OS DIÁRIOS DE CARRIE

Candace Bushnell

OS DIÁRIOS DE CARRIE

Tradução de
Alda Lima

5ª EDIÇÃO

GALERA RECORD
RIO DE JANEIRO • SÃO PAULO
2015

CIP-BRASIL. CATALOGAÇÃO-NA-FONTE
SINDICATO NACIONAL DOS EDITORES DE LIVROS, RJ.

B983d
5ª ed.

Bushnell, Candace, 1958-
Os diários de Carrie / Candace Bushnell; tradução de Alda Lima. – 5ª ed. – Rio de Janeiro: Galera Record, 2015.

Tradução de: The Carrie diaries
ISBN 978-85-01-08717-1

1. Romance americano. I. Lima, Alda. II. Título.

10-1860

CDD: 813
CDU: 821.111(73)-3

Publicado primeiramente no Reino Unido por HarperCollins Children's Books sob o título original de *The Carrie Diaries*.

Composição de miolo: Abreu's System
Adaptação de design de capa: Renata Vidal da Cunha

Texto revisado segundo o novo Acordo Ortográfico da Língua Portuguesa.

Direitos exclusivos de publicação em língua portuguesa para o Brasil adquiridos pela
EDITORA RECORD LTDA.
Rua Argentina 171 – Rio de Janeiro, RJ – 20921-380 – Tel.: 2585-2000
que se reserva a propriedade literária desta tradução

Impresso no Brasil

ISBN 978-85-01-08717-1

Para Calvin Bushnell

CAPÍTULO UM

Uma princesa em outro planeta

Dizem que muita coisa pode acontecer em um verão.

Ou não.

É o primeiro dia do último ano da escola e, pelo que posso perceber, estou exatamente igual ao ano passado.

Assim como minha melhor amiga, Lali.

— Não se esqueça, Bradley: precisamos arranjar namorados este ano — diz ela, dando partida na picape vermelha que herdou de um de seus irmãos mais velhos.

— Saco. — Era pra gente ter arranjado namorado no ano passado e nada. Abro a porta e entro correndo, escondendo a carta dentro do livro de biologia, onde, imagino, não possa causar grandes danos. — Já conhecemos todos os garotos da escola. E...

— Na verdade, não os conhecemos — diz Lali, enquanto muda para marcha a ré, olhando por cima do ombro. De todas as minhas amigas, Lali é a que dirige melhor. Seu pai é policial e insistiu para que ela aprendesse a dirigir quando tinha 12 anos, para o caso de alguma emergência.

— Ouvi dizer que tem um garoto novo — sugere ela.

— E daí? — O último garoto novo que entrou na nossa escola acabou se revelando um sequelado que nunca mudava de macacão.

— Jen P disse que ele é bonitinho. Muito bonitinho.

— Ahã. — Jen P era a presidente do fã-clube de Leif Garrett na sexta série. — Se ele for realmente bonitinho, Donna LaDonna vai ficar com ele.

— Ele tem um nome esquisito — observa Lali. — Sebastian alguma coisa. Sebastian Little?

— Sebastian Kydd? — Engasgo.

— Isso mesmo — responde, entrando no estacionamento do colégio. Ela me olha desconfiada. — Conhece ele?

Hesito, meus dedos já procurando a maçaneta.

Meu coração está pulando até a garganta; se eu abrir minha boca, tenho medo de que ele pule pra fora.

Sacudo a cabeça.

Já passamos da porta principal da escola quando Lali repara em minhas botas. São de vinil branco e têm uma rachadura num dos bicos, mas são autênticas botas go-go do começo dos anos 1970. Imagino que as botas tenham tido uma vida muito mais interessante que a minha.

— Bradley. — Ela diz, olhando as botas com desprezo. — Como sua melhor amiga, não posso permitir que use essas botas no primeiro dia do nosso último ano.

— Tarde demais — digo afetadamente. — Além disso, alguém tem que ousar um pouco por aqui.

— Mas não vá ousar demais. — Lali faz uma mímica de arma com uma das mãos, beija a ponta do dedo e aponta para mim antes de virar para ir até seu armário.

— Boa sorte, Pantera — digo. Ousar demais. Rá. Estou longe disso. Principalmente depois da carta.

"Cara Srta. Bradshaw", dizia.

Obrigado por se inscrever no Seminário de Verão de Literatura Avançada da New School. Apesar de suas histórias serem promissoras e imaginativas, lamentamos informar-lhe que no momento não podemos lhe oferecer uma vaga no programa.

Recebi a carta na última terça-feira. Li e reli umas 15 vezes, só para ter certeza, e então tive de largá-la. Não que eu me ache muito talentosa nem nada, mas, pela primeira vez na vida, fiquei na expectativa de ser.

Não contei a ninguém sobre ela. Eu não tinha nem contado a ninguém que havia me inscrito, nem mesmo para meu pai. Ele estudou na Brown e quer que eu também vá pra lá. Ele acha que eu seria uma boa cientista. E se eu não me der bem com estruturas moleculares, sempre posso mudar para biologia e estudar insetos.

Já estou na metade do corredor quando vejo Cynthia Viande e Tommy Brewster, o casal vinte dos Ocos da Castlebury. Tommy não é muito esperto, mas é pivô do time de basquete. Cynthia, por outro lado, é a representante de classe do último ano, presidente do comitê de formatura, integrante ilustre do National Honor Society, e aos 10 anos já tinha ganhado todas as medalhas de escoteira. Ela e Tommy namoram há três anos. Tento não prestar muita atenção neles, mas, em ordem alfabética meu sobrenome vem exatamente antes do de Tommy, então meu armário fica ao lado do dele e tenho de sentar a seu lado nas reuniões, razão pela qual sou basicamente forçada a olhar para ele — e para Cynthia — todo dia.

— E não fique fazendo aquelas caretas durante a reunião — repreendeu Cynthia. — Hoje é um dia muito importante pra mim. E não se esqueça do jantar do papai no sábado.

— E a minha festa? — Tommy protesta.

— Deixe para fazer a festa na sexta à noite — rebate Cynthia.

Pode até ser que haja um ser humano de verdade dentro de Cynthia, mas, se tem, eu nunca vi.

Abro a porta do meu armário. Cynthia subitamente levanta os olhos e me vê. Tommy me encara sem expressão, como se não fizesse a mínima ideia de quem eu sou, mas Cynthia é educada demais para isso.

— Olá, Carrie — cumprimenta ela, como se tivesse 30 anos em vez de 17.

Ousar. É uma coisa difícil nessa cidadezinha.

— Bem-vinda ao inferno — diz uma voz atrás de mim.

É um dos meus melhores amigos, Walt. Ele é namorado de outra melhor amiga minha, Maggie. Walt e Maggie estão namorando há dois anos, e nós três fazemos praticamente tudo juntos. O que parece meio estranho, mas Walt é como uma das meninas.

— Walt — diz Cynthia. — Era exatamente você que eu queria encontrar.

— Se quer que eu participe do comitê de formatura, a resposta é "não".

Cynthia ignora a piadinha de Walt:

— É sobre Sebastian Kydd. Ele voltou mesmo para a Castlebury?

De novo não. Meus nervos se acendem como luzinhas numa árvore de Natal.

— É o que Doreen diz. — Walt dá de ombros, como se não ligasse a mínima. Doreen é mãe de Walt e conselheira na Castlebury High. Ela alega saber de tudo, e passa todas as notícias de lá para Walt: as boas, as ruins e as completamente mentirosas.

— Ouvi dizer que ele foi expulso de uma escola particular por tráfico de drogas — diz Cynthia. — Preciso saber se vamos ter problemas.

— Não tenho ideia — responde Walt, abrindo um enorme e falso sorriso para ela. Walt considera Cynthia e Tommy quase tão irritantes quanto eu considero.

— Que tipo de drogas? — pergunto casualmente enquanto nos afastamos.

— Analgésicos?

— Como em *O vale das bonecas*? — É meu livro secreto favorito, junto com o *DSM III*, que é um breve manual sobre doenças mentais. — Onde é que se conseguem analgésicos hoje em dia?

— Ah, Carrie, eu sei lá — responde Walt, já desinteressado. — Com a mãe dele?

— Duvido. — Tento tirar da minha cabeça a lembrança do meu primeiro e último encontro com Sebastian Kydd, mas ela volta mesmo assim.

Eu tinha 12 anos e começara a entrar numa fase desajeitada. Tinha pernas finas e nenhum peito, duas espinhas e cabelo frisado. Também estava usando óculos de gatinha e carregando um exemplar já todo marcado de *What About Me?*, de Mary Gordon Howard. Eu era obcecada por feminismo. Minha mãe estava reformando a cozinha dos Kydd, e tínhamos parado na casa deles para ver o andamento do projeto. De repente, Sebastian apareceu na porta. E, sem motivo algum, completamente do nada, eu solto:

— Mary Gordon Howard acha que a maioria das relações sexuais pode ser classificada como estupro.

Por um momento, só houve silêncio. A Sra. Kydd sorriu. Era o final do verão, e seu bronzeado estava realçado por seu short verde e rosa de estampa em espiral. Ela usava sombra branca nos olhos e batom cor-de-rosa. Minha mãe sempre dizia que a Sra. Kydd era considerada uma mulher muito bela.

— Espero que você mude de ideia quanto a isso quando se casar — disse ela.

— Ah, não pretendo me casar. É uma forma de prostituição legalizada

— Minha nossa!

A Sra. Kydd riu, e Sebastian, que havia parado na entrada enquanto saía, disse:

— Vou nessa.

— De novo, Sebastian? — A Sra. Kydd exclamou com uma ponta de irritação. — Mas as Bradshaw acabaram de chegar.

Sebastian deu de ombros:

— Vou pra casa do Bobby tocar bateria.

Fiquei olhando para ele em silêncio, minha boca aberta. Estava claro que Mary Gordon Howard nunca conheceu um Sebastian Kydd.

Foi amor à primeira vista.

No auditório, sento em meu lugar ao lado do Tommy Brewster, que está batendo no garoto à sua frente com um caderno. Uma menina no corredor está perguntando se alguém tem um absorvente, enquanto duas garotas atrás de mim estão sussurrando animadamente sobre Sebastian Kydd, que parece ficar cada vez mais em evidência sempre que seu nome é mencionado.

— Ouvi dizer que ele foi preso...

— A família dele perdeu todo o dinheiro...

— Nenhuma garota conseguiu segurá-lo por mais de três semanas...

Tento tirar Sebastian Kydd da minha cabeça, fingindo que Cynthia Viande não é uma colega de escola e sim uma espécie rara de pássaro. Habitat: qualquer palco que a aceite. Plumagem: saia de tweed, blusa branca com suéter de cashmere, sapatos confortáveis e uma fileira de pérolas que provavelmente são verdadeiras. Ela não para de mudar seus papéis de um braço para o outro e de puxar sua saia para baixo, então talvez ela esteja, sim, um pouco nervosa no final das contas. Sei que eu estaria. Não ia querer, mas estaria. Minhas mãos estariam tremendo e minha voz sairia esganiçada, e depois eu me odiaria por não ter controle sobre a situação.

O diretor, Sr. Jordan, vai até o microfone e diz um monte de coisas chatas sobre chegar na hora certa para as aulas e algo sobre um novo sistema de deméritos, e então a Sra. Smidgens nos informa que o jornal da escola, *The Nutmeg*, está procurando repórteres e ainda discursa a respeito de uma história bombástica sobre a comida da lanchonete que sairá na edição dessa semana. Finalmente, Cynthia vai até o microfone.

— Esse é o ano mais importante da nossa vida. Estamos parados na beira de um grande precipício. Em nove meses, nossa vida estará irreparavelmente mudada — declara ela, se achando o próprio Winston Churchill ou coisa parecida. Estou quase esperando que ela acrescente que tudo que temos a temer é o medo em si, mas, em vez disso, ela continua: — Então este ano se resumirá a momentos inesquecíveis desta fase que se encerra. Momentos que lembraremos para sempre.

A expressão de êxtase de Cynthia transforma-se em irritação quando a cabeça de todos começa a virar para o meio do auditório.

Donna LaDonna está descendo o corredor. Ela está vestida como uma noiva, num vestido branco com um profundo decote em V, os seios grandes acentuados por uma pequena cruz de diamantes pendurada numa delicada corrente de platina. Sua pele é como alabastro; em um dos pulsos, uma constelação feita de pulseiras de prata que soam como sinos quando mexe o braço. O auditório fica em silêncio.

Cynthia Viande se inclina para o microfone:

— Olá, Donna. Que bom que conseguiu vir!

— Obrigada — Donna diz e se senta.

Todos riem.

Donna acena com a cabeça para Cynthia e dá um pequeno tchau, como se indicando que ela deve continuar. Donna e Cynthia são amigas daquele jeito estranho que as garotas ficam quando pertencem ao mesmo grupinho, mas não se gostam muito.

— Como eu estava dizendo — Cynthia recomeça, tentando reconquistar a atenção do público —, este ano se resumirá a momentos inesquecíveis desta fase que se encerra. Momentos que lembraremos para sempre. — Ela aponta para técnico de som, e a música "The Way We Were" começa a tocar nos alto-falantes.

Eu gemo e enterro o rosto em meu caderno. Começo a dar risadinhas junto com todo mundo, mas então me lembro da carta e de repente fico deprimida de novo.

Mas, toda vez que me sinto mal, tento me lembrar do que uma garotinha me disse uma vez. Ela tinha bastante personalidade — tão feia que era bonitinha. E dava pra perceber que ela também sabia disso.

— Carrie? — ela pergunta. — E se em outro planeta eu fosse uma princesa? E ninguém deste planeta soubesse?

De certa forma, aquela pergunta ainda me deixa meio embasbacada. Quero dizer, não é verdade? Quem quer que sejamos aqui, podemos muito bem ser princesas em outro lugar. Ou escritoras. Ou cientistas. Ou presidentes. Ou quem diabos queiramos ser que todo mundo diz que não podemos.

CAPÍTULO DOIS

Uma multidão infinita

— Quem sabe qual a diferença entre cálculo integral e cálculo diferencial?

Andrew Zion levanta a mão.

— Não tem alguma coisa a ver com como você usa as diferenciais?

— Chegou perto — disse Sr. Douglas, o professor. — Alguém mais tem alguma teoria?

Mouse levanta sua mão:

— No cálculo diferencial, a derivada está ligada ao problema de traçar a tangente a uma curva enquanto no cálculo integral está relacionada com o problema de determinar a área de certas figuras planas.

Nossa, eu penso. Como Mouse sabe *disso*?

Nunca vou conseguir passar nessa matéria. Vai ser a primeira vez que falho em matemática. Desde que era criança, matemática sempre foi uma das matérias mais fáceis para mim. Fazia o dever de casa e gabaritava nos testes, e mal precisava estudar. Mas vou ter de estudar agora se quiser sobreviver.

Estou sentada ali pensando em como posso sair dessa aula, quando alguém bate à porta. Sebastian Kydd entra na sala, usando uma camisa polo azul-marinho pré-histórica. Seus olhos são cor de mel e ele tem cílios longos, o cabelo está queimado de loiro-escuro do mar e do sol. Seu nariz, ligeiramente torto, como se tivesse levado um soco numa briga e nunca tivesse endireitado, é a única coisa que o salva de ser bonito demais.

— Ah, Sr. Kydd. Estava me perguntando quando resolveria aparecer — ironiza o Sr. Douglas.

Sebastian encara ele nos olhos, inabalável.

— Tive algumas coisas para resolver antes.

Dou uma olhada para ele por trás de uma das mãos. Aqui está alguém que realmente veio de outro planeta. Um planeta no qual todos os humanos têm constituição perfeita e cabelos incríveis.

— Por favor. Sente-se.

Sebastian olha em volta da sala, seu olhar parando em mim. Ele nota minhas botas brancas, desliza seus olhos até minha saia xadrez azul-clara e blusa de gola alta sem manga, até meu rosto, que, a essa altura, está pegando fogo. Um dos cantos de sua boca levanta, e depois volta ao normal, de forma confusa, até ganhar um aspecto de indiferença. Ele se senta nos fundos da sala.

— Carrie — diz o Sr. Douglas. — Pode me dizer a equação básica para movimento?

Graças a Deus aprendemos equações ano passado. Dou a resposta roboticamente:

— X elevado a cinco vezes Y elevado a dez menos um inteiro aleatório geralmente conhecido como N.

— Certo — o Sr. Douglas responde. Ele rabisca outra equação no quadro, dá um passo para trás e olha diretamente para Sebastian.

Ponho uma das mãos sobre o peito para ele não começar a palpitar.

— Sr. Kydd? — pergunta. — Pode me dizer o que essa equação representa?

Desisto de ser discreta. Eu me viro e o olho fixamente.

Sebastian se inclina para trás na cadeira e bate com a caneta em cima do livro de cálculo. Seu sorriso é tenso, como se ou não soubesse a resposta ou, sabendo, não acredita que alguém seja tão burro a ponto de perguntar.

— Ela representa o infinito, senhor. Mas não um infinito qualquer. O tipo de infinito que se encontra num buraco negro.

Ele olha para mim e pisca.

Uau. Que buraco negro!

— Sebastian Kydd está na minha aula de cálculo — sibilo para Walt, entrando na fila da lanchonete atrás dele.

— Por Deus, Carrie — diz Walt, revirando os olhos. — Você também, não. Todas as garotas desta escola estão falando sobre Sebastian Kydd. Incluindo Maggie.

O prato quente do dia é pizza — a mesma pizza que nosso sistema escolar tem servido há anos, que tem gosto de vômito e deve ser o resultado de alguma receita secreta especial dos sistemas escolares. Pego uma bandeja, depois uma maçã e um pedaço da torta de limão com merengue.

— Mas Maggie namora você.

— Tente explicar isso a ela.

Levamos nossas bandejas até a mesa de sempre. O grupo dos Ocos se senta na outra ponta do refeitório, perto das máquinas de comida. Como somos do último ano, devíamos nos sentar ao lado deles. Mas Walt e eu decidimos muito tempo atrás que o colegial era perturbadoramente igual à Índia — um exemplo perfeito do sistema de castas — e prometemos não fazer parte disso, por isso nunca trocamos nossa mesa. Infelizmente, como ocorre com a maioria dos protestos contra a força esmagadora da natureza humana, o nosso nem é notado.

Mouse se junta a nós, e ela e Walt começam a conversar sobre a aula de latim, uma matéria na qual os dois são melhores que eu. Então Maggie chega. Maggie e Mouse são amigas, mas Mouse diz que ela nunca gostaria de se aproximar muito de Maggie, porque ela é emotiva demais. Eu digo que excesso de emotividade é interessante, e que distrai a pessoa dos próprios problemas. Como não podia deixar de ser, Maggie está à beira das lágrimas.

— Acabei de ser chamada até o Serviço de Orientação Educacional... de novo. Ela disse que meu suéter era justo demais!

— Isso é um absurdo — declaro.

— Nem me fale — diz Maggie, espremendo-se entre Walt e Mouse. — Ela realmente está pegando no meu pé. Eu disse a ela que não havia regras para se vestir e que ela não tinha o direito de me dizer o que usar.

Mouse me olha e dá um sorrisinho. Ela provavelmente está se lembrando da mesma coisa que eu — de quando Maggie foi mandada para casa do Acampamento de Escoteiras porque seu uniforme era curto demais. Tudo bem, isso foi cerca de sete anos atrás, mas, quando você sempre viveu na mesma cidade pequena, lembra-se dessas coisas.

— E o que foi que *ela* disse? — pergunto.

— Ela disse que não ia me mandar pra casa dessa vez, mas que, se me visse usando esse suéter de novo, ia me suspender.

Walt dá de ombros.

— Que megera.

— Como ela pode ter discriminação com um suéter?

— Talvez devêssemos entrar com uma reclamação contra a diretoria da escola. Fazer com que ela seja despedida — diz Mouse.

Tenho certeza de que ela não queria parecer sarcástica, mas acabou parecendo, um pouco, e Maggie, que está sensibilizada ao extremo, explode em lágrimas e corre na direção do banheiro feminino.

Walt olha ao redor da mesa:

— Qual das megeras quer ir atrás dela?

— Foi alguma coisa que eu disse? — Mouse pergunta inocentemente.

— Não. — Walt suspira. — Tem uma crise nova dia sim, dia não.

— Eu vou. — Dou uma mordida em minha maçã e corro atrás dela, empurrando as portas do refeitório com um estrondo.

E dou de cara com Sebastian Kydd.

— Epa! — Ele exclama. — Onde é o incêndio?

— Desculpe — murmuro. Subitamente, viajo de volta no tempo, para quando tinha 12 anos.

— É aqui o refeitório? — Ele pergunta, indicando as portas do tipo vai e vem. Ele olha através da pequena janela. — Parece horrendo. Tem algum lugar para comer fora do *campus*?

Fora do *campus*? Desde quando Castlebury High virou um *campus*? E ele está me chamando para almoçar com ele? Não, não é possível. Não a mim. Mas talvez ele nem se lembre de que já nos conhecemos antes.

— Tem um lugar que vende hambúrgueres subindo a rua. Mas você precisa de um carro para ir até lá.

— Eu tenho carro — ele diz.

E então ficamos parados ali, olhando um pro outro. Consigo sentir os outros alunos passando por mim, mas não os vejo.

— OK. Obrigado. — Ele diz.

— Certo — concordo com a cabeça, lembrando-me de Maggie.

— Até mais — diz ele e vai embora.

Regra número um: Por que, na única vez em que um gatinho vem falar com você, há alguma amiga sua em crise?

Corro até o banheiro feminino.

— Maggie? Não vai acreditar no que aconteceu! — Eu olho por baixo das portas dos reservados e vejo os sapatos de Maggie ao lado da parede. — Mags?

— Estou completamente humilhada — choraminga ela.

Regra número dois: melhor amiga humilhada sempre tem preferência sobre um gatinho.

— Magwitch, não pode deixar que o que os outros dizem a afete tanto. — Sei que isso não ajuda muito, mas meu pai repete isso o tempo todo e é a única coisa que consigo pensar neste momento.

— E como é que vou fazer isso?

— Olhando todo mundo como se eles fossem uma grande piada. Vamos lá, Mags. Sabe que o ensino médio é absurdo. Em alguns meses, vamos estar longe daqui e nunca mais teremos que ver nenhuma dessas pessoas de novo.

— Preciso de um cigarro — geme Maggie.

A porta se abre e as duas Jens entram.

Jen S e Jen P são animadoras de torcida e parte dos Ocos. Jen S tem cabelo escuro e liso e parece uma linda tortinha. Jen P costumava ser minha melhor amiga na terceira série. Ela era legal, até chegar ao ensino médio e se dedicar a ser uma alpinista social. Ela passou dois anos fazendo ginástica olímpica para se tornar animadora de torcida, e até namorou o melhor amigo de Tommy Brewster, que tem dentes do tamanho dos de um cavalo. Eu oscilo entre sentir pena dela e admirar sua determinação desesperada. Ano passado, seus esforços deram certo e Jen finalmente foi aceita no grupinho deles, o que significa que agora ela basicamente só fala comigo quando quer algo em troca.

O que aparentemente é o caso hoje, porque, quando ela me vê, exclama "Oi!" como se fôssemos grandes amigas.

— Oi! — respondo, com um entusiasmo igualmente falso.

Jen S assente para mim enquanto as duas Jens começam a tirar batons e sombras de olho de suas bolsas. Uma vez escutei Jen S dizer a outra garota que, se você quer se dar bem com os caras, precisa ter uma "marca registrada" — uma coisa que você sempre usa para se tornar marcante. Para Jen S, essa coisa, aparentemente, é uma linha grossa de delineador azul-marinho na pálpebra superior. Vai entender. Ela se debruça para o espelho, para ter certeza de que o delineador ainda está intacto enquanto Jen P se vira para mim.

— Adivinha quem voltou para a Castlebury High? — pergunta.

— Quem?

— Sebastian Kydd.

— Me-e-e-smo? — Eu olho no espelho e mexo nas pálpebras, fingindo que tem alguma coisa nelas.

— Quero sair com ele — diz ela, com o máximo de confiança. — Pelo que ouvi dizer, ele seria um namorado perfeito para mim.

— Por que gostaria de namorar alguém que você nem conhece?

— Apenas quero, só isso. Não preciso de um motivo.

— Os caras mais gatos da história de Castlebury High — Jen S diz, como se fosse um grito de torcida.

— Jimmy Watkins.

— Randy Sandler.

— Bobby Martin.

Jimmy Watkins, Randy Sandler e Bobby Martin eram do time de futebol quando éramos do primeiro ano. Todos eles já se formaram há pelo menos dois anos. *Quem se importa?* Eu quero gritar.

— Sebastian Kydd — exclama Jen S.

— Vai pro Hall da Fama, com certeza. Né, Carrie?

— Quem? — pergunto, só para irritá-la.

— Sebastian Kydd — diz Jen P, enquanto ela e Jen S saem de repente porta afora.

— Maggie? — pergunto. Ela odeia as duas Jens e não vai sair da cabine enquanto elas não forem embora.

— Elas já foram.

— Graças a Deus. — A porta da cabine se abre e Maggie vai até o espelho. Ela penteia o cabelo. — Não acredito que Jen P acha que *ela* conseguiria ficar com o Sebastian Kydd. Aquela garota não tem a menor noção. Mas o que é que você ia me contar, afinal?

— Nada — digo, subitamente de saco cheio de Sebastian. Se eu ouvir mais uma pessoa mencionando o nome dele, sou capaz de me matar.

— Que história foi essa com Sebastian Kydd? — Mouse pergunta alguns minutos depois. Estamos na biblioteca, tentando estudar.

— Que história? — Eu destaco uma equação com marcador amarelo, pensando em como é inútil fazer isso. Faz você achar que está aprendendo, mas, na verdade, você está aprendendo só a usar um marcador de texto.

— Ele piscou pra você. Na aula de cálculo.

— Piscou?

— Bradley — diz Mouse, cética. — Nem tente me dizer que não percebeu.

— Como vou saber que ele estava piscando pra mim? Talvez estivesse piscando pra parede.

— Como é que sabemos que o infinito existe? É tudo uma teoria. E acho que devia sair com ele — insiste ela. — Ele é bonito e inteligente. Daria um bom namorado.

— É o que todas as garotas da escola pensam sobre ele. Incluindo Jen P.

— E daí? Você também é bonita e inteligente. Por que não deveria ser *você* a namorar com ele?

Regra número três: melhores amigas sempre acham que você merece o melhor namorado, ainda que o melhor namorado mal saiba que você existe.

— Que tal porque ele provavelmente só se interessa por animadoras de torcida?

— Desculpa esfarrapada, Bradley. Você não tem certeza disso. — E então ela fica toda sonhadora e apoia o queixo nas mãos. — Garotos podem ser cheios de surpresas.

Esse sentimentalismo não é típico da Mouse. Ela tem vários amigos homens, mas sempre foi prática demais para se envolver romanticamente.

— O que quer dizer com isso? — pergunto, me sentindo curiosa sobre essa nova Mouse. — Por acaso encontrou algum cara surpreendente há pouco tempo?

— Só um — diz.

E regra número quatro: melhores amigas também podem ser cheias de surpresas.

— Bradley. — Ela faz uma pausa. — Estou namorando.

O quê? Estou tão chocada que não consigo falar. Mouse nunca teve um namorado. Ela nunca teve nem um encontro decente.

— Ele é bem estiloso — diz ela.

— Estiloso? *Estiloso?* — crepito, recuperando a voz. — Quem é ele? Preciso saber tudo sobre esse sujeito estiloso.

Mouse dá risadinhas, o que também não é nada seu estilo:

— Nós nos conhecemos durante o verão. No acampamento.

— A-há! — Estou meio surpresa e um pouco magoada por não ter ouvido falar desse namorado misterioso da Mouse antes, mas agora faz sentido. Nunca vejo Mouse durante o verão porque ela sempre vai para um acampamento especial do governo em Washington, D.C.

E subitamente me sinto muito feliz por ela. Dou um pulo e a abraço, subindo e descendo como uma criancinha na manhã de Natal. Não sei por que é tão grande coisa. É só um namorado idiota. Mas mesmo assim.

— Qual o nome dele?

— Danny. — Os olhos dela se desviam e ela sorri como num transe, como se estivesse assistindo a um filme secreto qualquer dentro da própria cabeça. — Ele é de Washington. Fumamos maconha juntos e...

— Espere um minutinho. — Eu levanto as mãos. — Maconha?

— Minha irmã Carmen me contou tudo. Ela diz que serve para relaxar antes de transar.

Carmen é três anos mais velha que Mouse e a garota mais respeitável que você já viu. Ela usa meia-calça no verão.

— O que Carmen tem a ver com você e Danny? Carmen fuma maconha? Carmen transa?

— Olha, Bradley. Até pessoas inteligentes conseguem transar.

— O que significa que *a gente* devia conseguir transar.

— Fale por si mesma.

Hein? Eu afasto o livro de cálculo de Mouse e o fecho com força.

— Escute aqui, Mouse. Do que você está falando? Você *transou*?

— Sim — diz ela assentindo, como se não fosse grande coisa.

— Como você pode ter transado e eu não? Você supostamente é uma nerd. Você supostamente devia estar inventando a cura do câncer, e não transando no banco de trás de um carro cheio de fumaça de maconha.

— Aconteceu no sótão dos pais dele — diz ela, pegando o livro de volta.

— Aconteceu? — Tento imaginar Mouse pelada no colchão de algum cara num sótão úmido. Não consigo imaginar. — Como foi?

— O acampamento?

— O sexo. — Eu quase grito, tentando trazer Mouse de volta ao planeta Terra.

— Ah, isso. Foi bom. Muito divertido. Mas é o tipo de coisa que você tem que praticar. Você não começa simplesmente já fazendo. Tem que experimentar.

— Sério? — Aperto os olhos, desconfiada. Não sei bem como receber essas notícias. Durante todo o verão, enquanto eu estava escrevendo uma história idiota para entrar naquele programa idiota, Mouse estava perdendo sua virgindade. — E como foi que você descobriu o que fazer em primeiro lugar?

— Li um livro. Minha irmã me disse que todo mundo devia ler um manual de instruções antes de transar para saber o que esperar. Caso contrário, poderia ser uma grande decepção.

Aperto ainda mais os olhos, acrescentando um manual de sexo à minha imagem de Mouse e esse tal de Danny mandando ver no sótão dos pais dele.

— Acha que vocês vão... continuar?

— Ah, sim — diz Mouse. — Ele vai para Yale, como eu. — Ela sorri e volta para seu livro de cálculo, como se estivesse tudo arranjado.

— Humpf! — Cruzo os braços. Mas acho que faz sentido. Mouse é tão organizada que é a cara dela estar com a vida amorosa toda planejada aos 18 anos.

Enquanto eu não tenho nada nem um pouco planejado.

CAPÍTULO TRÊS

Duas em risco

— Não sei como vou sobreviver a este ano — diz Maggie.

Ela pega um maço de cigarros roubado de sua mãe e acende um.

— Aham — digo distraída. Ainda estou chocada com o fato de Mouse estar transando. *E se todo mundo estiver transando?*

Droga. Distraidamente, pego uma cópia do *The Nutmeg*. A manchete anuncia: IOGURTE SERVIDO NO REFEITÓRIO. Reviro meus olhos e largo o jornal de lado. Com exceção dos poucos alunos que trabalham no *The Nutmeg*, ninguém mais o lê. Mas alguém o largou na velha mesa de piquenique dentro do pré-histórico celeiro, que fica na saída da área da escola. A mesa está aqui há séculos, rabiscada com as iniciais de namorados, os anos dos formandos e sentimentos corriqueiros em relação à Castlebury High, tipo "*Castlebury é podre*". Os professores nunca vêm até aqui, então também é a área de fumantes não oficial.

— Pelo menos vamos ter iogurte este ano — eu digo, sem qualquer motivo em particular. *E se eu nunca transar? E se eu morrer num acidente de carro antes de ter a oportunidade de conseguir?*

— O que quer dizer com isso? — Maggie pergunta.

Ah, não. A seguir: a temida discussão sobre peso. Maggie vai dizer que se acha gorda, e eu vou dizer que me acho parecida com um menino. Maggie vai dizer que queria parecer comigo e eu vou dizer que queria parecer com ela. E não vai fazer diferença alguma, porque, dois minutos depois, estaremos ambas sentadas aqui do mesmo jeito, exceto que teremos conseguido nos fazer sentir mal por algo que não podemos mudar.

Tipo não entrar na maldita New School.

E se algum cara quiser transar comigo e eu tiver medo demais para deixar?

E para não fugirmos do padrão, Maggie diz:

— Estou parecendo gorda? Estou gorda, não estou? Estou *me sentindo* gorda.

— Maggie, você não é gorda. — Os caras babam por Maggie desde que ela tinha 13 anos, um fato que ela parece determinada a ignorar.

Eu desvio o olhar. Atrás dela, nos cantos escuros da parede do lado oposto do celeiro, uma ponta de cigarro acesa se move para cima e para baixo.

— Tem alguém aqui — sussurro.

— Quem? — Ela se vira na hora em que Peter Arnold sai das sombras.

Peter é o segundo garoto mais inteligente de nossa turma, mas um pouco babaca. Ele costumava ser um baixinho de rosto redondo e pele pálida, mas parece que alguma coisa aconteceu com Peter durante o verão. Ele cresceu.

E aparentemente começou a fumar.

Peter é muito amigo da Mouse, mas eu não o conheço bem. Quando se trata de relacionamentos, somos como pequenos planetas com nossos próprios sistemas solares de amigos. Uma lei não redigida estabelece que os sistemas solares raramente se cruzariam — até agora.

— Posso ficar aqui com vocês? — ele pergunta.

— Na verdade, não. Estamos tendo uma conversa entre garotas aqui.

Não sei por que sou assim com os garotos, especialmente garotos como Peter. Mau hábito, talvez. Pior do que fumar. Mas não quero que o velho e chato Peter estrague nossa conversa.

— Pode. Não tem problema. — Maggie me chuta por baixo da mesa.

— A propósito, eu não acho você gorda — diz Peter.

Dou um sorriso irônico, tentando chamar a atenção de Maggie, mas ela não está mais olhando para mim. Ela está olhando para o Peter. Então eu olho para o Peter também. Seu cabelo está mais comprido e ele se livrou da maioria das espinhas, mas tem algo a mais nele.

Confiança.

Nossa. Primeiro a Mouse e agora o Peter. Todo mundo vai aparecer diferente este ano?

Maggie e Peter ainda estão me ignorando, então eu pego o jornal e finjo estar lendo. Isso chama a atenção de Peter.

— O que acha de *The Nutmeg*? — pergunta.

— Uma baboseira — respondo.

— Obrigado — diz ele. — Sou o editor.

Boa. Consegui mais uma vez.

— Se você é tão esperta, por que não tenta escrever no jornal? — Peter pergunta. — Quero dizer, você não diz para todo mundo que quer ser escritora? O que você já escreveu?

Talvez ele não queira soar tão agressivo, mas a pergunta me pega desprevenida. Será que, de alguma forma, o Peter sabe sobre a carta de rejeição da New School? Mas isso seria impossível. Então fico com raiva.

— Que importa o que eu já escrevi ou não escrevi?

— Se diz que quer ser escritora, então é porque você escreve — diz Peter, convencido. — Caso contrário, você devia tentar ser animadora de torcida ou algo do tipo.

— E você devia enfiar sua cabeça num barril de óleo fervente.

— Talvez eu faça isso. — Ele ri genuinamente. Peter deve ser um daqueles tipos bem irritantes que está tão acostumado a ser insultado que já nem liga para ofensas.

Mesmo assim, fico abalada. Pego minha bolsa da natação.

— Tenho treino. — Eu digo, como se mal tivesse prestado atenção naquela conversa.

— O que há com ela? — Peter pergunta enquanto eu saio correndo.

Desço a colina até o ginásio, arrastando as solas das minhas botas na grama. Por que é sempre assim? Eu digo a todo mundo que quero ser escritora, todos reviram os olhos. Isso me deixa louca. Especialmente considerando que escrevo desde os 6 anos. Tenho uma imaginação bastante fértil, e por um tempo escrevi histórias sobre uma família de lápis chamada "Os Grafites", que estavam sempre tentando fugir de um cara malvado chamado "O Apontador". Depois escrevi sobre uma garotinha que tinha uma doença misteriosa que a fazia parecer ter 90 anos. E nesse verão, para entrar naquele curso de literatura idiota, escrevi um livro inteiro sobre um garoto que se transformou numa tevê e ninguém da sua família reparou até ele acabar com toda a eletricidade da casa.

Se eu contasse a Peter a verdade sobre o que já escrevi, ele teria começado a rir. Como aquelas pessoas da New School.

— Carrie! — Maggie chama. Ela se apressa a atravessar os campos de jogos para me alcançar. — Desculpe pelo Peter. Ele disse que estava brincando sobre aquela coisa de escritora. Ele tem um senso de humor esquisito.

— Não me diga.

— Quer ir ao shopping depois do treino de natação?

Olho para o prédio da escola e para o enorme estacionamento em frente. Tudo está exatamente igual, como sempre foi.

— Por que não? — Pego a carta de dentro do meu livro de biologia, amasso e a enfio no meu bolso.

Quem liga para Peter Arnold? Quem liga para a New School? Um dia serei uma escritora. Um dia, mas talvez não agora.

— Estou tão de saco cheio deste lugar — Lali diz, largando suas coisas num dos bancos do vestiário.

— Somos duas. — Abro o zíper de minhas botas. — Primeiro dia de treino da natação. Odeio tudo isso.

Pego um de meus velhos maiôs da bolsa e penduro-o no armário. Comecei a nadar antes de aprender a andar. Minha foto predileta é aos 5 meses, sentada numa pequena boia amarela no Estatuário de Long Island. Estou usando um chapeuzinho fofo e um maiô de bolinhas, e pareço radiante.

— Você vai ficar *bem* — diz Lali. — Sou eu que estou com problemas.

— Com o quê?

— Com o Ed. — Ela fala isso fazendo uma careta, referindo-se a seu pai.

Concordo com a cabeça. Às vezes, Ed é mais como um garoto do que como um pai, embora seja policial. Na verdade, ele é mais que um policial, é detetive — o único da cidade. Lali e eu sempre rimos disso porque não conseguimos entender exatamente o que ele investiga, considerando que nunca ocorreu um crime sério em Castlebury.

— Ele passou na escola — diz Lali enquanto tira a roupa. — Tivemos uma briga.

— O que foi dessa vez?

Os Kandesie brigam como os mongóis, mas sempre fazem as pazes contando piadas e fazendo coisas exorbitantes, como esqui aquático descalço. Por um tempo, eles meio que me acolheram, e às vezes eu desejava ter nascido uma Kandesie, em vez de uma Bradshaw, porque aí estaria rindo o tempo todo e ouvindo rock e jogando beisebol com a família nas noites de verão. Meu pai morreria se soubesse, mas é a verdade.

— Ed não vai pagar a faculdade — Lali se vira para mim, suas mãos nos quadris.

— *O quê?*

— Ele não vai pagar — ela repete. — Me contou hoje. Ele nunca fez faculdade e está muito bem assim — zomba ela. — Tenho duas escolhas. Posso ir pra escola militar ou arranjar um emprego. Ele não dá a mínima para o que *eu* quero.

— Ah, Lali. — Fico encarando-a em estado de choque. Como é possível? Lali é de uma família de cinco filhos, então o dinheiro sempre foi apertado. Mas Lali e eu achávamos que ela iria para a faculdade — nós duas iríamos, e então faríamos algo importante com nossa vida. No escuro, enfiadas em sacos de dormir no chão ao lado da cama de Lali, dividíamos nossos segredos em sussurros ansiosos. Eu seria uma escritora e Lali ganharia uma medalha de ouro em nado livre. Mas agora fui rejeitada pela New School. E Lali não vai nem poder ir pra faculdade.

— Acho que vou ficar presa em Castlebury pra sempre — diz Lali, furiosa. — Talvez eu possa trabalhar na Ann Taylor e ganhar 5 dólares por hora. Ou talvez arranje um emprego no supermercado. Ou — ela bate com a palma da mão na testa — posso trabalhar no banco. Mas acho que é preciso um diploma de faculdade para ser caixa de banco.

— Não vai ser assim — insisto. — Alguma coisa vai acontecer...

— O quê?

— Você vai ganhar uma bolsa para nadar...

— Natação não é profissão.

— Você pode ir pra escola militar. Seus irmãos...

— Os dois estão na escola militar e odeiam — vocifera.

— Você não pode deixar Ed arruinar sua vida — digo desafiadoramente. — Encontre algo que queira fazer e simplesmente faça. Se realmente quiser uma coisa, Ed não pode impedi-la.

— Ah, tá — diz Lali sarcasticamente. — Agora tudo que preciso fazer é descobrir o que seria esse "algo". — Ela segura o maiô, enfiando as pernas nas aberturas. — Não sou como você, tá? Não sei o que quero fazer pelo resto da minha vida. Quero dizer, por que deveria? Só tenho 17 anos. E tudo o que eu sei é que não quero alguém me dizendo o que *não* posso fazer.

Ela se vira e pega sua touca de natação, acidentalmente derrubando minhas roupas no chão. Me abaixo para apanhá-las e, quando faço isso, vejo que a carta da New School escorregou do meu bolso, caindo ao lado do pé de Lali.

— Deixe que eu pego — digo, indo com pressa pegar a carta, mas ela é mais rápida.

— O que é isso? — Ela pergunta, segurando o pedaço de papel amassado.

— Nada — digo, desamparada.

— Nada? — Seus olhos se arregalam quando ela olha o remetente. — Nada? — repete enquanto alisa a carta.

— Lali, *por favor*.

Seus olhos se movem de um lado para outro, examinando o curto parágrafo.

Droga. Sabia que devia ter deixado a carta em casa. O que eu realmente deveria ter feito era rasgá-la em pedacinhos e jogado fora. Ou queimado, apesar de não ser tão fácil assim queimar uma carta, não importa o quanto pareça dramático nos livros. Em vez disso, fico carregando isso por aí, esperando que vá funcionar como algum tipo de incentivo perverso para me esforçar mais.

Estou paralisada pelo que deve ser minha própria burrice.

— Lali, não — sussurro.

— Só um minuto — ela diz, lendo o texto mais uma vez. Ela levanta os olhos. Sacode a cabeça. Junta os lábios, mostrando compaixão. — Carrie. Sinto muito.

— Eu também. — Dou de ombros, tentando fazer pouco-caso. Por dentro, parece que estou cheia de vidro quebrado.

— Estou falando sério. — Ela dobra a carta e a devolve para mim, ocupando-se com os óculos de natação. — Aqui estou eu, reclamando do Ed. E você está sendo rejeitada pela New School. Isso deve ser péssimo.

— Mais ou menos.

— Parece que nós duas vamos ficar por aqui mais um pouco — diz ela, apoiando o braço em volta de meus ombros. — Mesmo que você vá pra Brown, fica a apenas 45 minutos daqui. Ainda vamos nos ver sempre.

Ela abre a porta para a piscina, envolvendo-nos num vapor químico de cloro e produtos de limpeza. Cogito pedir a ela para não contar a ninguém sobre a rejeição. Mas isso só vai deixar tudo pior. Se eu agir como se não fosse grande coisa, Lali vai esquecer o assunto.

Como era de se esperar, ela atira a toalha nos bancos e corre sobre os azulejos.

— A última é mulher do padre — grita ela, caindo como um tiro de canhão dentro d'água.

CAPÍTULO QUATRO

O grande amor

Eu volto para o pinel.

Um garoto franzino com corte de cabelo punk está correndo pelo quintal, perseguido por meu pai, que é perseguido pela minha irmã Dorrit, que está sendo perseguida por minha outra irmã, Missy.

— Nunca deixe eu te pegar nessa casa de novo! — meu pai grita enquanto o garoto, Paulie Martin, dá um jeito de pular em sua bicicleta e sair pedalando a toda.

— Que coisa, hein? — pergunto a Missy.

— Coitado do papai!

— Coitada da Dorrit — digo, mudando meus livros de braço. Como se para zombar da minha própria situação, a carta da New School cai de dentro do caderno. *Chega.* Eu a apanho, marcho até a garagem e a jogo no lixo.

Imediatamente, eu me sinto perdida sem ela e pego-a de volta da lata de lixo.

— Viu só isso? — meu pai diz, orgulhoso. — Acabei de botar aquele trombadinha para correr. — Ele aponta para Dorrit. — Você: trate de entrar em casa. E nem pense em ligar para ele.

— Paulie não é tão mal assim, pai. É só um garoto.

— É um m-e-r-d-i-n-h-a — diz meu pai, que se orgulha de raramente falar palavrão. — Ele é um vagabundo. Sabia que ele foi preso por comprar cerveja?

— Paulie Martin comprou cerveja?

— Saiu no jornal — exclama meu pai. — No *Castlebury Citizen*. E agora ele está tentando corromper Dorrit.

Missy e eu trocamos olhares. Conhecendo bem Dorrit, é exatamente o contrário.

Dorrit costumava ser uma criancinha bem doce. Ela concordava com tudo que Missy e eu a mandávamos fazer, incluindo loucuras como fingir que ela e nosso gato eram irmãos gêmeos. Ela estava sempre fazendo coisas pros outros — cartões e bilhetinhos e pegadores de panela de crochê, e no ano passado ela resolveu que queria ser veterinária, e passou praticamente todo o tempo depois das aulas segurando animais doentes enquanto eles precisavam tomar injeções.

Acontece que agora ela tem quase 13 anos, e tem sido uma adolescente muito problemática ultimamente, chorando e tendo ataques temperamentais enquanto grita comigo e com Missy. Meu pai fica insistindo que é uma fase e vai passar, mas Missy e eu não temos tanta certeza disso. Meu pai é um matemático muito importante, que inventou a fórmula de um tipo de metal usado nos foguetes da missão Apollo, e Missy e eu sempre brincamos que, se as pessoas fossem teorias, em vez de seres humanos de verdade, papai saberia tudo sobre nós.

Mas Dorrit não é uma teoria. E, ultimamente, Missy e eu notamos coisas sumindo de nossos quartos — um brinco ou um tubo de gloss, o tipo de coisa que você perde com facilidade ou esquece onde colocou. Missy ia confrontá-la, mas então achamos a maioria de nossas coisas caídas atrás das almofadas do sofá. Mesmo assim, Missy ainda está convencida de que Dorrit está no caminho para se tornar uma marginalzinha, enquanto eu estou preocupada com sua raiva. Missy e eu éramos ambas mimadas aos 13 anos, mas nenhuma das duas se lembra de ter sido tão furiosa o tempo todo.

E, como não podia deixar de ser, em alguns minutos Dorrit aparece na porta do meu quarto, louca para arranjar uma briga.

— O que Paulie Martin estava fazendo aqui? — pergunto. — Sabe que papai acha você nova demais pra estar namorando.

— Estou na oitava série — diz Dorrit, com teimosia.

— Isso ainda não é nem ensino médio. Você tem anos à frente para ter namorados.

— Todo mundo tem namorado. — Ela tira uma lasca de esmalte da unha. — Por que eu não posso?

É por isso que nunca quero ser mãe.

— Só porque todo mundo está fazendo alguma coisa, não significa que você deva fazer também. Lembre-se — acrescento, imitando meu pai —, somos Bradshaw. Não precisamos ser iguais a todo mundo.

— Talvez eu esteja *cheia* de ser uma das *Bradshaw* idiotas. O que há de tão incrível em ser uma Bradshaw afinal? Se eu quiser ter um namorado, vou ter um namorado. Você e Missy só estão com ciúmes porque não têm namorados. — Ela me olha com raiva, corre até seu quarto e bate a porta.

Encontro meu pai na sala, bebendo um gim-tônica e olhando para a tevê.

— O que posso fazer? — ele pergunta desolado. — Deixá-la de castigo? Quando eu era novo, as garotas não eram assim.

— Isso foi há trinta anos, pai.

— Não importa — diz ele, apertando as têmporas. — O amor é uma coisa sagrada. — Quando ele começa com um desses discursos, sei que já era. — O amor é espiritual. É sacrifício e compromisso. E disciplina. Você não pode querer amor verdadeiro sem disciplina. E respeito. Quando alguém perde o respeito pelo seu cônjuge, perdeu tudo. — Ele faz uma pausa. — Isso faz sentido pra você?

— Claro, pai — digo, não querendo ferir os sentimentos dele.

Alguns anos atrás, depois que minha mãe morreu, minhas irmãs e eu tentamos encorajar meu pai a conhecer outra pessoa, mas ele se recusou a pensar no assunto. Ele não queria nem sair para um encontro. Disse que já tivera o grande amor da sua vida, e que qualquer coisa menor que isso iria parecer uma farsa. Ele se sentia abençoado, disse, por ter tido aquele tipo de amor uma vez na vida, mesmo que não tenha durado para sempre.

Você não imaginaria que um cientista casca-grossa como meu pai seria tão romântico, mas ele é.

Isso me preocupa às vezes. Não por meu pai, mas por mim.

Subo até meu quarto, me sento na frente da velha máquina de escrever Royale de minha mãe e coloco uma folha de papel. "*O Grande Amor*", escrevo, e então acrescento um ponto de interrogação.

E agora?

Abro a gaveta e pego uma história que escrevi alguns anos atrás, quando tinha 13 anos. Era uma história boba sobre uma menina que salva um menino doente doando seu rim para ele. Antes de ele adoecer, nunca havia reparado nela, mesmo que ela fosse apaixonada por ele, mas depois de ela doar seu rim, ele se apaixona perdidamente por ela.

É uma história que eu nunca mostraria a ninguém, porque é piegas demais, mas nunca consegui jogar fora. Ela me dá medo. Fico preocupa porque talvez, secretamente, eu também seja uma romântica, igualzinha a meu pai.

E românticos se ferram.

Jen P tinha razão. É possível se apaixonar por um cara que você não conhece.

Durante aquele verão em que eu tinha 13 anos, Maggie e eu costumávamos frequentar as cachoeiras de Castlebury. Havia um penhasco de pedras de onde os meninos iam mergulhar num lago profundo, e às vezes Sebastian estava lá, exibindo-se enquanto Maggie e eu sentávamos do outro lado do rio.

— Vai lá — implorava Maggie. — Você mergulha muito melhor que esses garotos. — Eu balançava a cabeça, meus braços protetores abraçando meus joelhos. Eu era tímida demais. A ideia de ser vista era aterrorizante.

No entanto, não me importava de assistir. Eu não tirava os olhos de Sebastian enquanto ele escalava a lateral de pedra, esguio e com passos firmes. No alto, havia sempre umas brincadeiras brutas entre os garotos enquanto eles empurravam uns aos outros e gritavam desafios, exigindo cada vez mais habilidade nos saltos. Sebastian era sempre o mais corajoso, subindo mais alto que os outros garotos e se atirando na água com um destemor que me dizia que ele nunca pensava na morte.

Ele era livre.

É ele. O Grande Amor.

E então eu me esqueci dele.

Até agora.

Pego a já imunda carta de rejeição da New School e a coloco dentro da gaveta junto com a história da garota que doava o rim. Descanso o queixo em minhas mãos e fico olhando para a máquina de escrever.

Alguma coisa boa tem de acontecer para mim este ano.

CAPÍTULO CINCO

Rock Lobsters

— Maggie, saia já desse carro.

— Não posso.

— *Por favor...*

— O que foi dessa vez? — Walt pergunta.

— Preciso de um cigarro.

Maggie, Walt e eu estamos sentados dentro do carro de Maggie, que está estacionado num beco sem saída, na rua do Tommy. Estamos parados ali há pelo menos 15 minutos, porque Maggie é paranoica com multidões e se recusa a sair do carro quando vamos a festas. Por outro lado, ela tem o melhor carro. É um Cadillac gigante que bebe gasolina à beça, onde cabem umas nove pessoas. E tem som estéreo quadrifônico e um porta-luvas cheio de cigarros da mãe dela.

— Você já fumou três cigarros.

— Não estou me sentindo bem — geme Maggie.

— Talvez estivesse melhor se não tivesse fumado todos aqueles cigarros de uma vez — digo, perguntando-me se a mãe de Maggie repara que, toda vez que a filha devolve o carro, estão faltando cerca de cem cigarros. Perguntei isso a Maggie uma vez, mas ela apenas revirou os olhos e disse que sua mãe era tão desligada que não notaria se uma bomba explodisse dentro de casa. — Vamos lá — incentivo. — Você sabe que só está com medo.

Ela me olha feio:

— Nem sequer fomos convidados pra vir nessa festa.

— Nem fomos convidados a não vir. Então isso significa que fomos convidados.

— Não suporto o Tommy Brewster — murmura ela, e cruza os braços.

— Desde quando você precisa gostar de alguém pra ir à sua festa? — lembra Walt. Maggie o encara e Walt se inclina para sair do carro. — Para mim já chega. Vou entrar.

— Eu também — digo subitamente. Nós escorregamos para fora do carro. Maggie nos olha através do para-brisa e acende outro cigarro. Então, enfaticamente, tranca todas as quatro portas.

Faço uma careta.

— Quer que eu fique com ela?

— Quer mesmo ficar sentada no carro a noite toda?

— Na verdade, não.

— Nem eu — diz Walt. — E não tenho planos de aturar essa situação ridícula pelo resto do último ano na escola.

Fico surpresa com a veemência de Walt. Ele normalmente tolera as neuroses de Maggie sem reclamar.

— Quero dizer, o que pode acontecer com ela? — Ele acrescenta. — Dar ré em cima de uma árvore?

— Tem razão — digo enquanto olho em volta. — Não tem nenhuma árvore por aqui.

Começamos a subir a rua até a casa do Tommy. A única coisa boa sobre Castlebury é que, mesmo sendo chata, é linda à sua própria maneira. Até aqui, nesse condomínio novo em folha, onde mal existem árvores, a grama dos jardins é verde e brilhante, a rua é como uma fita negra esticada, o ar é quente e a lua está cheia. Seu brilho ilumina as casas e os campos ao redor da cidade; em outubro, eles estarão cheios de abóboras.

— Você e Maggie andam tendo problemas?

— Eu não sei — diz Walt. — Ela está um grande pé no saco. Não consigo entender o que há de errado com ela. A gente costumava se divertir.

— Talvez seja uma fase.

— Ela está passando por essa fase o verão inteiro. E não é como se eu não tivesse meus próprios problemas para me preocupar.

— Como o quê?

— Como tudo? — ele diz.

— Vocês dois estão transando também? — pergunto de repente. Se você quer arrancar informações de alguém, pergunte inesperadamente. As pessoas, em geral, ficam tão chocadas com a pergunta que respondem a verdade.

— Só mãos — admite Walt.

— Só isso?

— Não sei se quero ir além disso.

Eu vaio, não acreditando nele.

— Não é só nisso que vocês, homens, pensam? Ir além?

— Depende do tipo de homem que você é.

A música alta — Jethro Tull — está ameaçando trazer a casa do Tommy abaixo. Estamos prestes a entrar quando um carro rápido sobe a rua fazendo barulho, dá a volta no beco sem saída e para no meio-fio ao nosso lado.

— Quem será? — Walt pergunta irritado.

— Não tenho ideia. Mas amarelo é uma cor bem mais legal que vermelho.

— Conhecemos alguém que dirige um Corvette amarelo?

— Não — respondo, ficando curiosa.

Adoro Corvettes. Em parte porque meu pai acha que eles são um lixo, mas principalmente porque nesta minha conservadora cidadezinha eles são glamourosos e um sinal de que a pessoa que dirige um simplesmente não liga para o que os outros pensam. Há uma oficina de reparos para Corvettes descendo a minha rua e, toda vez que passo por lá, elejo qual Corvette eu dirigiria se pudesse escolher. Mas então um dia meu pai meio que arruinou a coisa toda dizendo que a carcaça de um Corvette é feita de um composto plástico, em vez de metal, e que, se você tiver um acidente, o carro inteiro se despedaça. Então, toda vez que vejo um Corvette agora, imagino plástico se quebrando em milhões de pedaços.

O motorista parece não ter pressa de sair, piscando o farol e subindo e descendo e subindo de novo as janelas, como se ele também não conseguisse decidir se quer mesmo ir a essa festa ou não. Finalmente, a porta se abre e Sebastian Kydd sai do carro como a própria Grande Abóbora do Charlie Brown, se A Grande Abóbora tivesse 18 anos, 1,85m de altura, e fumasse Marlboro. Ele olha para a casa, sorri de lado, e anda até a gente.

— Boa-noite — diz ele, acenando para mim e Walt. — E espero mesmo que seja boa. Vamos entrar?

— Depois de você. — Walt diz, revirando os olhos.

Vamos. Minhas pernas viram gelatina.

Sebastian imediatamente desaparece numa horda de garotos, enquanto Walt e eu costuramos nosso caminho pela multidão em direção ao bar. Pegamos duas cervejas e volto para a porta da frente, para ter certeza de que o carro de Maggie ainda está parado no final da rua. Ainda está. Então corro até Mouse e Peter Arnold, que estão encostados numa caixa de som gigante.

— Espero que não esteja precisando ir ao banheiro — grita Mouse, cumprimentando-me. — Jen P viu Sebastian Kydd e surtou, porque ele é tão lindo que ela não pode aguentar, e por isso começou a hiperventilar e agora ela e Jen S se trancaram no banheiro.

— Haha — eu acho graça, olhando Mouse cuidadosamente. Estou tentando decidir se ela mudou em alguma coisa agora que transou, mas está basicamente a mesma.

— Se quer minha opinião, acho que Jen P tem hormônios demais — acrescenta Mouse, para ninguém em particular. — Devia existir algum tipo de lei.

— O que foi? — Peter pergunta alto.

— Nada — diz Mouse. Ela olha em volta. — Cadê a Maggie?

— Escondida no carro.

— Naturalmente. — Mouse concorda e toma um gole de cerveja.

— Maggie está aqui? — Peter pergunta, animando-se.

— Ela ainda está dentro do carro — explico. — Talvez consiga tirá-la de lá. Eu já desisti.

— Sem problemas — grita Peter. Ele corre apressado, como se fosse um soldado numa missão.

A cena do banheiro parece interessante demais para ser ignorada, então eu vou para o andar de cima. O banheiro fica no final de um longo corredor e uma fila de gente esperando se estende pelo andar, tentando entrar. Donna LaDonna está batendo à porta:

— Jen, sou eu. Me deixa entrar — ela pede. Uma fresta se abre e Donna entra. A fila enlouquece.

— Ei! E a gente? — Alguém grita.

— Disseram que tem um lavabo lá embaixo.

Diversas pessoas irritadas empurram umas as outras para descer, enquanto Lali termina de subir as escadas.

— O que está acontecendo?

— Jen P surtou por causa do Sebastian Kydd e se trancou dentro do banheiro com Jen S e agora Donna LaDonna entrou e está tentando tirá-la de lá.

— Isso é ridículo — declara Lali. Ela vai até a porta, bate com força e berra: — Saiam daí suas tontas. As pessoas têm que fazer xixi!

Quando vários minutos se passam com Lali batendo mais vezes e gritando ainda mais, sem resultado, ela me olha, dá de ombros com exagero e fala:

— Vamos para o Emerald.

— Claro — digo, cheia de animação, como se fôssemos lá o tempo todo.

O Emerald é um dos poucos bares da cidade com — segundo meu pai — a reputação de ser um antro de pessoas suspeitas, leiam-se: alcoólatras, divorciados e viciados em drogas. Só fui lá três vezes e, em todas elas, procurei desesperadamente por esses supostos degenerados, mas nunca consegui achar ninguém que se encaixasse no perfil. Na verdade, quem parecia suspeita lá era eu — tremendo como uma fugitiva, apavorada, com medo de que alguém fosse pedir minha identidade e, quando eu me recusasse a mostrar, chamasse a polícia.

Mas isso foi no ano passado. Agora tenho 17 anos. Maggie e Mouse têm quase 18, e Walt já chegou lá. Eles não podem expulsá-lo — ele é maior.

Lali e eu achamos Walt e Mouse e eles também querem ir. Vamos juntos até o carro de Maggie, onde ela e Peter conversam intensamente. Acho isso ligeiramente irritante, apesar de não entender por quê. Então decidimos que Maggie vai levar Walt até o Emerald, enquanto Mouse vai levar Peter, e eu vou com Lali.

Graças à rapidez de Lali ao volante, somos as primeiras a chegar. Estacionamos a picape o mais longe possível da entrada, para evitar que sejamos identificadas.

— OK, isso é estranho — digo enquanto esperamos. — Você reparou como Maggie e Peter estavam conversando sérios? É muito estranho, especialmente porque Walt disse que ele e Maggie estão tendo problemas.

— Como se fosse novidade — bufa Lali. — Meu pai acha que Walt é gay.

— Seu pai acha que todo mundo é gay. Até Jimmy Carter. Enfim. Walt não pode ser gay. Ele namora a Maggie há dois anos. E eles definitivamente fazem mais do que só ficar nos amassos, porque ele me contou.

— Um homem pode transar com uma mulher e, ainda assim, ser gay — insiste Lali. — Lembra da Srta. Crutchins?

— Pobre Srta. Crutchins — suspiro, dando-lhe a razão. Ela era nossa professora de inglês no ano passado. Tinha cerca de 40 anos e nunca se casara. Então conheceu um "homem maravilhoso" e não conseguia parar de falar dele e, depois de três meses, eles se casaram. Mas então, um mês depois, ela anunciou para a turma que havia anulado o casamento. O rumor era que seu marido era gay. A Srta. Crutchins nunca admitiu abertamente, mas deixava passar pequenas pistas, como, por exemplo, "existem algumas coisas que uma mulher simplesmente não pode aceitar". E, depois disso, a Srta. Crutchins, que sempre fora cheia de vida e apaixonada por literatura inglesa, pareceu encolher-se cada vez mais, igual a um balão murcho.

Mouse estaciona a nosso lado num AMC Gremlin verde, seguida pelo Cadillac. É terrível o que dizem sobre mulheres ao volante, mas Maggie é realmente péssima. Enquanto ela tenta estacionar o carro, sobe com os pneus dianteiros no meio-fio. Ela sai do carro, vê os pneus e então dá de ombros.

E, assim, todos nós fazemos o nosso melhor para entrar casualmente no Emerald, que não é um lugar nem um pouco suspeito afinal — pelo menos não à primeira vista. É cheio de banquetas de couro vermelho e uma pequena pista de dança com um globo espelhado, além de uma *hostess* com cabelo loiro que parece a própria definição da palavra "peituda".

— Mesa para seis? — ela pergunta, como se tivéssemos idade suficiente para beber.

Nos esprememos numa banqueta. Quando a garçonete vem até nós, peço um Singapore Sling. Sempre que vou a um bar, tento pedir o drinque mais exótico do cardápio. Um Singapore Sling tem diferentes tipos de álcool, incluindo alguma coisa chamada "Galliano", e vem com uma cereja e um guarda-sol. Então Peter, que pediu um uísque com gelo, olha para meu drinque e ri sarcasticamente.

— Não seja tão óbvia — diz ele.

— Do que você está falando? — pergunto inocentemente, bebendo meu drinque com canudinho.

— Que você é menor de idade. Só uma menor de idade pede uma bebida com guarda-sol e frutas. E canudo — acrescenta.

— É, mas depois eu posso levar meu guarda-sol pra casa. E o que você vai levar pra casa além de uma ressaca?

Mouse e Walt acham isso tão engraçado que decidem pedir só drinques com guarda-sol pelo resto da noite.

Então Maggie, que normalmente só toma White Russians, pede uísque com gelo. Isso confirma que alguma coisa definitivamente está rolando entre Maggie e Peter. Quando Maggie gosta de um cara, faz sempre as mesmas coisas que ele. Bebe a mesma coisa, usa as mesmas roupas, de repente fica interessada nos mesmos esportes, ainda que sejam totalmente bizarros, como rafting. Durante todo o primeiro ano, antes de Maggie e Walt começarem a namorar, Maggie gostava desse garoto esquisito que praticava rafting todo fim de semana nas cataratas. Não posso imaginar quantas horas tive de passar congelando em cima de uma rocha, esperando ele passar com sua canoa. Tudo bem — eu sabia que não era bem uma canoa, era um caiaque, mas eu insistia em chamar de canoa só para irritar Maggie, por me fazer ficar congelando a bunda ali.

E então a porta do Emerald se abre e, por um momento, todo mundo esquece quem está bebendo o quê.

Parados ao lado da *hostess*, estão Donna LaDonna e Sebastian Kydd. Donna está com uma das mãos no pescoço dele, e depois que ele indica mesa para dois com os dedos, ela coloca a outra mão no rosto dele, vira sua cabeça e começa a beijá-lo.

Depois de cerca de dez segundos dessa demonstração pública de afeto exagerada, Maggie não se segura mais.

— Nojento — exclama ela. — Donna é muito piranha! Não consigo acreditar.

— Ela não é tão ruim assim — oferece Peter.

— Como sabe? — indaga Maggie.

— Ajudei Donna a estudar alguns anos atrás. Ela, na verdade, até que é engraçada. E esperta.

— Mesmo assim, isso não significa que ela devia estar dando amassos em um cara qualquer no meio do Emerald.

— Ele não parece estar reclamando muito — balbucio, mexendo meu drinque com o canudo.

— Quem *é* esse cara? — Lali pergunta.

— Sebastian Kydd — responde Mouse.

— Sei qual é o nome dele — corta Lali. — Mas quem é ele? De verdade?

— Ninguém sabe — digo. — Ele estudava num colégio particular.

Lali não consegue tirar os olhos dele. Na verdade, ninguém no bar consegue desgrudar do espetáculo. Subitamente, fico entediada com Sebastian Kydd e suas táticas para chamar a atenção.

Estalo meus dedos em frente ao rosto de Lali para distraí-la:

— Vamos dançar.

Lali e eu vamos até a jukebox e escolhemos algumas músicas. Não somos de beber sempre, então estamos ambas sentindo os efeitos alegrinhos de quando se está um pouco bêbada, quando tudo fica engraçado. Escolho minha música favorita, "We Are Family", do Sister Sledge, e Lali escolhe "Legs", do ZZ Top. Vamos até a pista de dança. Eu faço um monte de passos diferentes — o Pony, o Electric Slide, o Bump e o Hustle, junto com alguns outros que inventei sozinha. A música muda e Lali e eu começamos a fazer essa dança maluca lado a lado, algo que inventamos alguns anos atrás, durante um encontro de natação em que você balança os braços no ar e então dobra os joelhos e sacode a bunda. Quando nos endireitamos, Sebastian Kydd também está na pista.

Ele é um bom dançarino, mas eu já esperava por isso. Ele dança um pouco com Lali, e depois se vira para mim e pega minha mão e começa a fazer o Hustle. É uma dança na qual sou boa e, a certa altura, uma das suas pernas está entre as minhas, e eu estou meio que esfregando meus quadris, porque isso é, afinal de contas, parte legítima da dança. E então ele pergunta:

— Não te conheço?

E eu respondo:

— Sim, conhece.

E ele diz:

— Isso mesmo. Nossas mães são amigas.

— Eram amigas — eu digo. — Elas estudaram juntas na Smith. — E então a música acaba e voltamos para nossas respectivas mesas.

— Isso foi hilário. — Mouse assente, aprovando. — Vocês deviam ter visto a cara de Donna LaDonna quando ele estava dançando com você.

— Ele estava dançando com nós duas — Lali corrige.

— Mas ele estava dançando principalmente com a Carrie.

— Só porque a Carrie é mais baixa que eu — lembrou Lali.

— Que seja.

— Exatamente — digo, e me levanto para ir ao banheiro.

O banheiro fica no final de um corredor estreito, do outro lado do bar. Quando saio, Sebastian Kydd está parado ao lado da porta, como se estivesse esperando para entrar.

— Oi — cumprimenta. Ele solta essa frase de um jeito meio canastrão, como se fosse um ator num filme, mas é tão bonito que decido que não me importo.

— Oi — digo cautelosamente.

Ele sorri. E então diz uma coisa assombrosamente ridícula:

— Por onde você andou se escondendo?

Quase caio na gargalhada, mas ele parece estar falando sério. Várias respostas passam pela minha cabeça, e finalmente decido por uma:

— Com licença, mas você não está aqui acompanhado?

— Quem disse que estou acompanhado? É só uma garota que conheci numa festa.

— Então você está acompanhado.

— Estamos nos divertindo — diz ele. — Por enquanto. Você ainda mora na mesma casa?

— Acho que sim...

— Ótimo. Vou passar lá pra ver você um dia desses.

E, dito isso, ele sai.

Essa é uma das coisas mais estranhas e intrigantes que já me aconteceram. E, apesar da qualidade de filme B da cena, estou realmente esperando que ele faça o que disse que ia fazer.

Animada, volto para minha mesa cheia, mas o clima mudou. Mouse está parecendo entediada enquanto conversa com Lali, e Walt parece melancólico, enquanto Peter sacode os cubos de gelo de seu copo. Subitamente Maggie decide que quer ir embora.

— Acho que isso significa que também vou — diz Walt com um suspiro.

— Eu deixo você antes — diz Maggie. — Vou levar Peter pra casa também. Ele mora perto de mim.

Entramos em nossos respectivos veículos. Estou morrendo de vontade de contar a Lali sobre minha conversa com o notório Sebastian Kydd, mas, antes que eu consiga dizer uma palavra, Lali anuncia que está "meio chateada com a Mouse".

— Por quê?

— Por causa do que ela disse. Sobre aquele cara, Sebastian Kydd. Dançando com você, e não comigo. Será que ela não enxergou que ele estava dançando com nós duas?

Regra número cinco: Sempre concorde com suas amigas, mesmo que seja à sua própria custa, para elas não ficarem chateadas.

— Eu sei — digo, odiando-me. — Ele *estava* dançando com nós duas.

— E por que ele dançaria com você, afinal? — Lali pergunta. — Especialmente quando estava acompanhado de Donna LaDonna?

— Não faço ideia. — Mas então me lembrei do que Mouse falou. Por que Sebastian *não dançaria* comigo? Sou tão ruim assim? Não acho que seja. Talvez ele me ache meio esperta, interessante e excêntrica. Tipo a Elizabeth Bennett em *Orgulho e preconceito*.

Remexo dentro da minha bolsa e encontro um dos cigarros de Maggie. Eu o acendo, trago de leve e solto a fumaça pela janela.

— Ha, ha, ha — rio alto, sem qualquer motivo em particular.

CAPÍTULO SEIS

Química zero

Já tive namorados antes e, francamente, todos foram decepcionantes.

Não havia nada terrivelmente errado com esses garotos. A culpa foi minha. Sou meio esnobe quando se trata de garotos.

Até agora, o maior problema que tive com garotos com quem saí foi que eles não eram muito inteligentes. E, depois de algum tempo, eu acabava me odiando por estar com eles. Me assustava fingir ser uma coisa que eu não era. Eu conseguia ver como era algo fácil de fazer, e me fez perceber que era o que a maioria das outras garotas estava fazendo também — fingindo. Se você fosse uma garota, podia começar a fingir no ensino médio e continuar fingindo pelo resto da sua vida, até, suponho, explodir e ter um colapso nervoso, uma coisa que já aconteceu com algumas mães por aqui. Do nada, um dia elas não saem mais da cama pelos três anos seguintes.

Mas vamos voltar ao assunto. Namorados. Tive dois mais importantes: Sam, que era maconheiro, e Doug, que era do time de basquete. Dos dois, eu gostava mais do Sam. Posso até ter chegado a amá-lo, mas sabia que não ia durar. Ele era lindo, mas idiota. Fazia aulas de marcenaria, que eu nem sabia que existiam até que ele me deu uma caixa de madeira — presente do Dia dos Namorados. Apesar da sua falta de inteligência — ou talvez, mais perturbador ainda, por causa disso —, quando eu estava perto dele, achava-o tão bonito que sentia minha cabeça prestes a explodir. Eu passava na casa dele depois da aula e ficávamos no sótão com seus irmãos mais velhos, ouvindo o *Dark Side of the Moon*, enquanto eles passavam um baseado de um para o outro. Então Sam e eu subíamos até o quarto dele e ficávamos nos agarrando durante horas. Metade do tempo eu ficava preocupada, pensando que não devia estar ali, desperdiçando um tempo precioso com uma atividade que não iria levar a nada (em outras palavras, não usando meu tempo "construtivamente", como diria meu pai), mas, por outro lado, era tão bom que eu não conseguia ir embora. Minha mente ficava me dizendo para me levantar e ir pra casa estudar, escrever algumas histórias, progredir na vida, mas meu corpo era como uma criatura marinha sem ossos, incapaz de se mover fora d'água. Não me lembro de algum dia ter tido uma conversa com Sam. Era só beijar e tocar sem parar numa bolha parada no tempo que não parecia ter ligação alguma com a vida real.

Então, meu pai levou a mim e minhas irmãs por duas semanas a um cruzeiro educacional até o Alasca e eu conheci Ryan, que era alto e firme como madeira e ia estudar na Duke, e eu me apaixonei por ele, então quando voltei para Castlebury mal conseguia olhar para Sam. Ele ficava perguntando se eu havia conhecido alguém. Eu era uma covarde e dizia "não", o que, em parte, era verdade, pois Ryan morava no Colorado e eu sabia que nunca o veria novamente. Mesmo assim, a bolha de Sam tinha sido estourada por Ryan, e com isso Sam era como uma pequena mancha de sabão líquido. Afinal, é só disso que são feitas as bolhas — um pouco de ar e sabão. Palmas para as maravilhas da boa química.

Sem química, no entanto, você não consegue nem uma bolha. Eu e Doug? Química zero.

Doug era um ano mais velho, estava no terceiro ano quando eu estava no segundo. Ele era um dos atletas, um jogador de basquete, amigo de Tommy Brewster e Donna LaDonna e do restante do grupinho dos Ocos. Doug também não era dos mais espertos. Por outro lado, ele não era tão bonito para um monte de outras garotas andar atrás dele, mas era bonito *o bastante*. A única coisa realmente ruim nele eram as espinhas. Ele não tinha muitas, apenas uma ou duas que sempre pareciam estar em fase de crescimento. Mas eu sabia que eu também não era perfeita. Se eu quisesse um namorado, entendi que teria de ignorar uma espinha ou outra.

Jen P nos apresentou. E não deu outra: no fim da semana, ele veio até meu armário e perguntou se eu queria ir com ele a uma festa.

Até aí tudo bem. Doug me pegou em casa num pequeno carro branco que era da mãe dele. Eu conseguia imaginá-la dentro do carro: uma mulher nervosa com pele clara e cachos pequenos que era uma vergonha para o filho. Isso me deixou meio deprimida, mas eu disse a mim mesma que tinha de concluir esse experimento. Na festa, fiquei perto das Jens e de Donna LaDonna, e de umas garotas mais velhas que ficavam paradas com uma das pernas esticadas para o lado, e então fiquei parada do mesmo jeito e fingi não estar intimidada.

— Tem uma vista linda do alto da Mott Street — disse Doug, depois da festa.

— Não é aquele lugar perto da casa mal-assombrada?

— Você acredita em fantasmas?

— Claro. Você não?

— Não — disse ele. — Não acredito nem em Deus. Isso é coisa de garota.

Eu prometi tentar ser menos garota.

Realmente havia uma linda vista no alto da Mott Street. Dava pra ver, sem qualquer obstrução, das macieiras até as luzes da Hartford. Doug deixou o rádio ligado, então colocou a mão sob meu queixo, virou meu rosto e me beijou.

Não foi tão ruim, mas faltou paixão. Quando ele disse "Você beija bem", fiquei surpresa. "Acho que deve praticar muito", disse ele.

— Não. Raramente pratico.

— Sério? — perguntou.

— Sério — respondi.

— Porque não quero sair com uma garota que já esteve com todos os outros caras.

— Não estive com ninguém. — Achei que ele devia ser doido. Será que ele não sabia nada sobre mim?

Mais carros estacionaram à nossa volta, e continuamos nos beijando. A noite começou a me deprimir. Era isso, então? Era assim namorar, para os Ocos? Ficar sentado num carro cercado por vários outros carros, onde todo mundo estava se agarrando e vendo até onde iam, como se fosse algum tipo de *obrigação*. Comecei a imaginar se tinha mais alguém gostando tão pouco daquilo quanto eu.

Ainda assim, eu assistia aos jogos de basquete de Doug e ia para sua casa depois da aula, mesmo que houvesse outras coisas que eu preferia estar fazendo, tipo ler romances. E, como não podia deixar de ser, sua casa era monótona como eu havia imaginado — uma casa bem pequena numa rua bem pequena (Maple Lane), que podia pertencer a Qualquer Cidade, EUA. Acho que se eu estivesse apaixonada por Doug, não teria importado. Mas, se eu estivesse apaixonada por Doug, teria sido pior, porque daí eu teria olhado a minha volta e percebido, essa é a minha vida, e isso teria acabado com meus sonhos.

Mas, em vez de dizer, "Doug, não quero mais sair com você", comecei a me rebelar.

Aconteceu depois de outra festa. Eu mal deixara Doug me tocar, então talvez ele tenha pensado que estava na hora de dar um jeito em mim. O plano era estacionar com outro casal: Donna LaDonna e um cara chamado Roy, que era o capitão do time de basquete. Eles estavam no banco da frente. Nós estávamos atrás. Estávamos indo a um lugar onde nunca seríamos pegos em flagrante, um lugar onde ninguém poderia nos encontrar: um cemitério.

— Espero que não acredite mais em fantasmas — disse Doug, apertando minha perna. — Se ainda acredita, sabe que eles vão ficar assistindo.

Não respondi. Eu estava estudando o perfil de Donna LaDonna. Seu cabelo era uma nuvem de algodão-doce branco. Eu a achava parecida com Marilyn Monroe. Quisera eu parecer com Marilyn Monroe. Ela, pensei, saberia o que fazer.

Quando Doug abriu as calças e tentou empurrar minha cabeça pra baixo, cansei. Saí do carro. "Charada" foi a palavra que eu ficava pensando sem parar. É uma charada. Resumia tudo que estava errado entre os sexos.

Depois fiquei furiosa demais para ter medo. Comecei a andar pela pequena estrada que contornava os túmulos. Eu podia ter acreditado em fantasmas, mas não sentia realmente medo deles. Não achava que fantasmas podiam fazer alguma coisa com você. Eram as pessoas que me preocupavam. Por que eu não podia ser igual a todas as outras garotas e dar a Doug o que ele queria? Me imaginei como um boneco de massinha, então uma grande mão me pegava, apertando e apertando até a massinha sair pelo meio dos seus dedos.

Para me distrair, comecei a ler o que estava escrito nos túmulos. Eram bem antigos, alguns com mais de 100 anos, e então comecei a procurar por um tipo em particular. Era macabro, mas era esse o tipo de humor em que eu me encontrava. Logo achei um: "Jebediah Wilton. Quatro meses. 1888." Comecei a pensar na mãe de Jebediah e na dor que ela deve ter sentido ao colocar aquele bebezinho embaixo da terra. Aposto que foi pior que o parto. Caí de joelhos e gritei com as mãos cobrindo o rosto.

Acho que Doug imaginava que eu voltaria logo, porque não se deu o trabalho de me procurar por um bom tempo. Então o carro parou e a porta se abriu.

— Entra — disse Doug.

— Não.

— Chata. — Roy disse.

— Entra no carro — mandou Donna LaDonna. — Para de fazer drama. Quer que a polícia nos veja?

Entro no carro.

— Viu? — Donna LaDonna disse para Doug. — Eu disse que seria à toa.

— Não vou transar com um cara só para impressionar você.

— Nossa — disse Roy. — Ela realmente é uma chata.

— Não sou uma chata — digo. — Só uma mulher que sabe o que quer.

— É uma mulher agora? — Doug disse, rindo com ironia. — Essa é boa.

Eu sabia que devia ter ficado envergonhada, mas estava tão aliviada por ter acabado que nem liguei. Com certeza, Doug não teria a audácia de me chamar pra sair de novo.

Mas ele teve. Logo na segunda de manhã, encontrei-o parado na frente do meu armário na escola.

— Preciso falar com você — disse ele.

— Então fala.

— Agora não. Mais tarde.

— Estou ocupada.

— Você é uma puritana — sibilou ele. — Você é frígida. — Quando não respondi, ele acrescentou: — Não se preocupe — num tom de voz assustador. — *Eu* sei o que há de errado com você. Eu *entendo*.

— *Ótimo* — respondi.

— Vou passar na sua casa depois da aula.

— Não passe.

— Não precisa me dizer o que fazer — disse ele, girando uma bola de basquete imaginária sobre o dedo. — Você não é minha *mãe*. — Ele arremessou a bola imaginária num aro imaginário e saiu.

Doug realmente passou na minha casa naquela tarde. Levantei os olhos da máquina de escrever e vi o patético carro branco estacionar hesitantemente na entrada, como um rato se aproximando cautelosamente de um pedaço de queijo.

Uma nota de Stravinsky desafinada veio do piano, seguida pelos leves passos de Missy descendo as escadas.

— Carrie — chamou Missy lá debaixo. — Tem alguém aqui.

— Diga que não estou.

— É o *Doug*.

— Vamos dar uma volta — disse Doug.

— Não posso — supliquei. — Estou ocupada.

— Escuta aqui — disse ele. — Você não pode fazer isso comigo. — Ele estava implorando e eu comecei a sentir pena dele. — Você me *deve* isso — sussurrou. — É só uma volta de carro.

— Tudo bem. — Cedi. Achei que talvez realmente devesse algo a ele por envergonhá-lo na frente de seus amigos.

— Olha — eu disse quando já estávamos no carro indo até a casa dele —, me desculpe pela outra noite. É só que...

— Ah, eu sei. Você não está pronta — disse Doug. — Eu entendo. Com tudo que você passou.

— Não. Não é nada disso. — Eu sabia que não tinha nada a ver com a morte da minha mãe. Mas eu não podia contar a verdade a Doug. Estava relutante porque não o achava nem um pouco atraente.

— Tá tudo bem — disse ele. — Vou te perdoar. Vou te dar uma chance de me compensar.

— Ah, claro — eu disse, esperando que ele estivesse brincando.

Doug passou direto pela sua casa e continuou correndo, descendo pela estrada de terra que levava até o rio. Entre sua pequena e triste rua e o rio, ficavam quilômetros e quilômetros de terra lamacenta, desertas em novembro. Comecei a ficar com medo.

— Doug, para.

— Por quê? — ele perguntou. — Temos que conversar.

Eu já sabia bem que os homens odeiam esta frase: "Temos que conversar." Eu estava com uma sensação de cansaço e saco cheio.

— Aonde estamos indo? Não tem nada aqui.

— Tem, sim. A Gun Tree — disse ele.

A Gun Tree ficava no final do rio, era chamada assim porque um raio dividiu os galhos no formato de uma pistola. Comecei a calcular minhas chances de fugir. Se fôssemos até o final do rio, eu poderia pular do carro e correr pelo atalho estreito que percorria as árvores. Doug não ia conseguir me seguir de carro, mas certamente conseguiria me alcançar a pé. E então o que ele faria? Me estupraria? Ele podia me estuprar e me matar depois. Eu não queria perder minha virgindade para Doug Haskell, pelo amor de Deus, e definitivamente não desse jeito. Resolvi que ele teria de me matar primeiro.

Mas talvez ele realmente só quisesse conversar.

— Olha, Doug — eu disse. — Me desculpe pela outra noite.

— Mesmo?

— Claro. Eu só não queria transar num carro com outras pessoas dentro. É meio nojento.

Estávamos a cerca de um quilômetro da civilização.

— É. Bem, acho que consigo entender isso. Mas Roy é o capitão do time de basquete e...

— Roy é nojento. Sério, Doug. Você é muito melhor que ele. Ele é um babaca.

— Ele é um dos meus melhores amigos.

— Você devia ser o capitão do time de basquete. Quero dizer, é mais alto e mais bonito. E mais esperto. Se quer saber minha opinião, Roy está se aproveitando de você.

— Você acha? — Ele tirou os olhos da estrada e olhou para mim. A estrada estava ficando cada vez mais acidentada, propícia para tratores, e não para carros, e Doug tinha de reduzir a velocidade.

— Bem, claro que sim — disse suavemente. — Todo mundo sabe disso. Todo mundo diz que você joga melhor que o Roy...

— Eu jogo.

— E... — Olhei rapidamente para o velocímetro: uns trinta quilômetros por hora. O carro estava pulando como um touro velho. Se eu daria um fim naquilo, precisava ser agora. — E Doug, eu *preciso* ir pra casa. — Abaixei a janela. Um jato de ar frio bateu em meu rosto como um tapa. — O carro está coberto de lama. Sua mãe vai te matar.

— Minha mãe não vai nem reparar.

— Vamos, Doug. Pare o carro.

— Vamos até a Gun Tree. Depois eu levo você pra casa. — Mas ele não disse com convicção.

— Eu vou sair. — Segurei a maçaneta.

Doug tentou puxar minha mão quando o carro saiu da estrada e escorregou para uma pilha de talos de milho secos.

— Meu Deus, Carrie! Por que fez *isso*?

Saímos do carro para olhar o estrago. Não era tão mal. Só palheiro preso no para-choque.

— Se *você* não tivesse... — falei, com uma mistura de alívio e raiva queimando na garganta. — Você queria provar... para seus amigos idiotas... Que não é um *fracassado*...

Ele ficou me olhando, sua respiração formando vapor no ar à sua volta, como um gelo-seco misterioso.

Então ele bateu com uma das mãos no capô do carro.

— Eu não comeria você nem se me pagassem — gritou ele, parando para recuperar o fôlego. — Você tem sorte... sorte porque um dia pensei em transar com você. Sorte por eu ter te levado pra sair em primeiro lugar. Só fiz isso porque sentia *pena* de você.

O que mais ele teria dito?

— Ótimo. Então deve estar *muito feliz*.

— Ah, estou feliz, sim. — Ele deu um chute com força no pneu da frente. — Estou soltando *fogos*.

Eu me virei e comecei a subir a estrada. Os nervos das minhas costas pareciam estar pegando fogo. Quando me afastei cerca de 15 metros, comecei a assobiar. Quando estava a 30 metros, escutei o barulho do motor do carro, mas continuei em frente. Algum tempo depois, ele me ultrapassou, olhando em frente, como se eu nem existisse. Peguei um pedaço de grama seca e a rasguei com os dedos, olhando os pedaços voando longe.

É claro que contei essa história a Mouse e Maggie. Contei até pro Walt. Contei e recontei inúmeras vezes, mas fiz com que ela fosse engraçada. Deixei-a tão engraçada que Mouse não conseguia parar de rir. Rir sempre ajuda as coisas ruins a irem embora.

CAPÍTULO SETE

Pintando a cidade de vermelho

— Carrie, você não vai conseguir se safar dessa com alguma piadinha — diz a Sra. Givens, apontando a lata de tinta.

— Eu não ia fazer uma piada — insisto, como se fosse completamente inocente. Tenho um problema com autoridade. Tenho mesmo. E isso me reduz à condição de uma tonta. Sou uma verdadeira água-viva quando se trata de encarar adultos.

— O que estava planejando fazer com a tinta, então? — A Sra. Givens é uma daquelas mulheres de meia-idade para quem você olha e pensa: "Se eu acabar como ela, me mate antes." O cabelo dela é desfiado num emaranhado seco que parece pronto para entrar em autocombustão a qualquer momento. De repente, imagino a Sra. Givens com uma fogueira na cabeça, correndo pelos corredores da Castlebury High, e quase caio na gargalhada.

— Carrie? — ela chama.

— A tinta é para o meu pai. Um dos seus projetos.

— Você não era assim, Carrie. Nunca arranjou problemas antes.

— Eu juro, Sra. Givens. Não é nada.

— Muito bem. Pode deixar a tinta comigo e pegar de volta depois da aula.

— Givens confiscou minha lata de tinta — sussurro para Mouse, enquanto entramos na aula de cálculo.

— Como ela achou?

— Ela me viu tentando enfiar a lata no meu armário.

— Droga — diz Mouse.

— Eu sei. Vamos ter que mudar para o plano B.

— Qual é o plano B?

— Temos que agir — digo. — Vou pensar em alguma coisa.

Eu me sento e olho pela janela. Agora é outubro. Hora de arranjar uma folha vermelha perfeita e guardá-la dentro de duas folhas de papel manteiga. Ou de enfiar cravos numa maçã suculenta, com o suco escorrendo pelos seus dedos. Ou tirar o recheio gosmento de uma abóbora e tostar as sementes até elas quase explodirem. Mas, principalmente, é hora de pintar o ano de nossa formatura do ensino médio no teto do estábulo.

É uma grande tradição por aqui. Todo outono, alguns integrantes da turma prestes a se formar pintam seu ano no teto e nós resolvemos que este ano as meninas é que vão fazer isso. Por que os meninos ficam com toda a diversão? Depois conseguimos convencer Lali a se juntar a nós. Lali ia trazer a escada, e Mouse e eu traríamos a tinta. E depois Maggie quis participar. Maggie é basicamente inútil nesse tipo de situação, mas achei que seria bom tê-la, pela bebida e pelos cigarros. E então Maggie contou para Peter. Eu disse para ela retirar o que disse a Peter, mas ela falou que não podia fazer isso, e que agora Peter estava todo animado, embora tenha dito que não vai participar. Em vez disso, ele planeja ficar por perto e dirigir.

Depois da aula de cálculo, vou até o estábulo, onde dou uma boa olhada na estrutura. Tem pelo menos cem anos e parece resistente o suficiente, mas o teto é mais alto e inclinado do que pensei. Mas, se dermos pra trás, semana que vem os garotos provavelmente vão pôr nosso plano em prática, e não quero que isso aconteça. Chega de oportunidades perdidas. Quero deixar alguma marca na Castlebury High, para, quando estiver velhinha, poder dizer: "Eu que fiz. Eu pintei o ano da nossa formatura no velho celeiro dos fundos." Ultimamente, o colegial não tem me irritado tanto quanto irritava e tenho estado num humor bastante bom. Hoje, estou usando macacão, All Star e uma blusa xadrez vermelha e branca que comprei num brechó para homenagear a ocasião. Também tenho tranças nos cabelos, e estou usando uma tirinha de couro em volta da cabeça.

Fico ali parada, encarando o teto quando, subitamente, sou inundada por uma felicidade misteriosa e tenho de começar a fazer minha melhor imitação de John Belushi em *O clube dos cafajestes*. Corro em volta do celeiro inteiro e, quando volto para onde comecei, Sebastian Kydd está lá, olhando para mim com curiosidade, enquanto tira um cigarro do seu maço de Marlboro vermelho.

— Se divertindo? — ele pergunta.

— Claro — respondo. Eu devia estar com vergonha, mas não estou. Odeio o jeito como as garotas acham que devem ter vergonha o tempo todo e decidi muito tempo atrás que eu simplesmente não ia fazer isso também. — E você? Está se divertindo?

— Relativamente.

Aposto que ele está se divertindo, mas não comigo. Depois daquela noite no Emerald... nada. Nenhuma ligação, nenhuma visita à minha casa — tudo que ganho são olhares estupefatos dele quando me vê na aula de cálculo ou nos corredores, ou ocasionalmente matando tempo aqui no celeiro. Digo a mim mesma que tanto faz, que não preciso mesmo de um namorado — mas, ainda assim, isso não evita que minha mente saia de controle toda vez que o vejo por perto. É quase tão ruim quanto na época em que tinha 12 anos — é pior, me dou conta, porque eu deveria ser mais experiente a essa altura.

Olho para Sebastian, pensando em como sou grata por ele não poder ler meus pensamentos, mas ele não está mais prestando atenção. Ele está olhando por cima do meu ombro para as duas Jens, que estão cuidadosamente subindo a colina usando saltos altos, como se nunca tivessem pisado na grama antes. A aparição delas não me surpreende. As duas Jens começaram a seguir Sebastian por todo canto, como duas alegres ovelhinhas.

— Ah — digo. — Seu fã-clube chegou.

Ele me olha intrigado, mas não diz nada. Na minha fantasia, Sebastian é uma pessoa de pensamento complexo e perceptivo. Mas, na realidade, não sei absolutamente nada a seu respeito.

Lali me busca com a picape às nove horas daquela noite. Estamos usando blusas de gola alta preta, jeans preto e tênis. A lua está enorme, é o equinócio do outono. Lali me passa uma cerveja e eu aumento o rádio e gritamos mais alto que a música. Tenho quase certeza de que isso vai ser a melhor coisa que já fizemos. Tenho quase certeza de que esse vai ser realmente um dos momentos inesquecíveis desta fase que se encerra. Momentos que lembraremos para sempre.

— Foda-se Cynthia Viande — grito, sem motivo algum.

— Foda-se Castlebury High — diz Lali. — Fodam-se os Ocos.

Chegamos à entrada da escola, a aproximadamente 120km/h, e passamos direto por cima da grama. Tentamos subir a colina, mas a picape ameaçou atolar, então decidimos deixá-la num canto escuro do estacionamento. Enquanto suamos para tirar a escada do porta-malas, escuto o ruído inconfundível de um motor V8 envenenado, e Sebastian Kydd para ao nosso lado.

Que diabos ele está fazendo aqui?

Ele desce o vidro e diz:

— Vocês estão precisando de alguma ajuda?

— Não.

— Sim — diz Lali. Ela me lança um olhar de cala a boca. Eu devolvo a ela o olhar de cala a boca imediatamente.

Sebastian sai do carro. Ele parece uma pantera acordando de um cochilo. Ele até boceja.

— Noite calma?

— Pode-se dizer que sim — diz Lali.

— Ou você pode levantar seu traseiro daí e nos ajudar. Afinal, não parece disposto a ir embora — acrescento.

— Podemos confiar em você? — Lali pergunta.

— Depende de *o que* querem confiar a mim — diz ele.

Algum tempo depois, levantamos a escada contra o celeiro, e então Mouse aparece com duas latas de tinta vermelha e um pincel largo. Dois enormes faróis em formato de cone brincam no estacionamento, indicando a chegada de Maggie em seu Cadillac. Maggie insiste que não consegue controlar o farol alto e baixo e, em geral, acaba cegando seus colegas motoristas. Ela estaciona e sobe a colina com Walt e Peter a tiracolo. Peter se ocupa de examinar a tinta.

— Vermelha? — Ele pergunta e, então, como se já não tivéssemos escutado da primeira vez, repete: — *Vermelho*?

— Qual o problema de vermelho?

— Não é a cor tradicional de Castlebury para essa tradição. Deveria ser azul.

— A gente queria *vermelho* — rebato. — Quem pinta escolhe a cor.

— Mas não está certo — insiste Peter. — Durante o restante do ano, vou olhar pela janela vendo o ano da nossa graduação pintado de vermelho em vez de azul.

— Importa tanto assim? — Sebastian pergunta.

— Vermelho tem personalidade. Um foda-se para as tradições — diz Walt. — Quer dizer, não é esse o objetivo?

— Isso aí, cara. — Sebastian assente.

Maggie abraça o próprio corpo.

— Estou com medo.

— Fuma um cigarro — lembra Walt. — Isso vai acalmar seus nervos.

— Quem está com a bebida? — Lali pergunta. Alguém dá a ela uma garrafa de uísque e ela toma um gole, limpando a boca na manga da camisa.

— Tudo bem, Bradley. Sobe aí — comanda Mouse.

Ao mesmo tempo, inclinamos nossas cabeças para trás e olhamos em direção ao céu. A lua alaranjada subiu por trás do telhado, jogando uma sombra negra como uma caixa. Na luz sombria, o topo parece tão alto quanto o monte Everest.

— *Você* vai subir? — Sebastian pergunta, atônito.

— Bradley costumava ser muito boa na ginástica olímpica — diz Mouse. — *Muito boa*. Mais ou menos, quero dizer. Até uns 12 anos. Lembra quando você deu aquele salto na trave e caiu bem de...

— Prefiro não lembrar — respondo, lançando um olhar para Sebastian.

— Eu iria, mas tenho medo de altura — explica Lali. Altura, realmente, é a única coisa da qual ela admite ter medo, provavelmente porque acha que a torna mais interessante. — Toda vez que cruzo a ponte para Hartford, tenho que deitar no chão para não ficar tonta.

— E se for você dirigindo? — pergunta Mouse.

— Aí ela tem que parar no meio do trânsito e ficar sentada lá tremendo até a polícia chegar e rebocar o carro — digo, achando essa cena histérica.

Lali me olha feio.

— Isso está tão longe da verdade. Se eu estiver dirigindo, é diferente.

— Ahã — diz Walt.

Maggie toma um gole de uísque.

— Talvez devêssemos ir ao Emerald. Estou ficando com frio.

Ah não. Não depois de termos tido todo esse trabalho.

— *Você* vai pro Emerald, Magwitch. Eu vou terminar isso aqui — declaro, com o que espero que soe como uma determinação ousada.

Peter esfrega os ombros de Maggie, um gesto que Walt não deixa de notar.

— Vamos ficar. Podemos ir ao Emerald depois.

— Tá bom — diz Mouse, séria. — Quem não quer estar aqui deve ir embora agora mesmo. Quem quer ficar deve simplesmente calar a boca.

— Eu vou ficar — diz Walt, acendendo um cigarro. — E não vou calar a boca.

O plano é simples: Lali e Peter seguram a escada enquanto eu subo. Quando chegar ao topo, Sebastian sobe atrás de mim com a lata de tinta. Coloco uma das mãos numa barra. O metal é frio e estriado. Olhe para cima, fico me lembrando. O futuro está na sua frente. Não olhe para baixo. Nunca olhe para trás. Nunca deixe que a vejam suando.

— Vamos lá, Carrie.

— Você consegue.

— Ela está lá em cima. Aimeudeus. Ela está no teto! — Isso foi a Maggie gritando.

— Carrie? — Sebastian grita. — Estou bem atrás de você.

A lua se transformou numa órbita branca e brilhante cercada por um milhão de estrelas.

— É lindo aqui em cima — grito de volta. — Vocês todos deviam ver.

Lentamente, eu me ponho de pé, testando meu equilíbrio, e dou alguns passos para me posicionar. Não é tão difícil. Fico me lembrando de todos os alunos que fizeram isso no passado. Sebastian está no alto da escada com a tinta. Com a lata numa das mãos e o pincel na outra, sigo em direção à lateral do telhado.

Começo a pintar, enquanto o grupo começa um coro lá embaixo.

— Um... Nove... Oito...

— MIL NOVECENTOS E OITENTA... — e, justamente quando estou prestes a pintar o último número, meu pé escorrega.

A lata voa para longe de uma das mãos, quica uma vez e rola de cima do telhado, deixando uma grande mancha de tinta. Maggie grita. Eu caio de joelhos, procurando um jeito de me segurar na madeira cheia de farpas. Escuto um ruído abafado quando a lata cai na grama. E depois... nada.

— Carrie? — Mouse chama cautelosamente. — Você está bem?

— Estou bem.

— Não se mexa! — grita Peter.

— Não estou me mexendo.

E é verdade. Não estou me mexendo. Mas então, com uma lentidão excruciante, começo a escorregar. Tento enfiar meu dedão numa das telhas para parar, mas meu tênis desliza por cima da mancha de tinta vermelha escorregadia. Eu digo a mim mesma que não vou morrer. Não está na minha hora. Se eu fosse morrer, eu saberia, não? Alguma parte do meu cérebro está ciente da pele esfolada, mas ainda não tive tempo de sentir a dor. Estou me imaginando num gesso de corpo inteiro, quando subitamente uma mão firme agarra meu pulso e me puxa de volta até o topo. Atrás de mim, vejo a ponta da escada se afastando da beirada do telhado, seguida por mais barulho, enquanto cai no meio dos arbustos.

Todo mundo começa a gritar.

— Tudo certo. Estamos bem. Sem ferimentos. — Sebastian grita, e o lamento de uma sirene de polícia corta o ar.

— E lá se vai Harvard embora — diz Peter.

— Esconde a escada no celeiro — manda Lali. — Se a polícia perguntar, estamos aqui só fumando cigarros.

— Maggie, me dá a bebida — diz Walt. A garrafa espatifa alto quando ele a joga dentro do celeiro.

Sebastian puxa meu braço.

— Temos que ir pro outro lado.

— Por quê?

— Não faça perguntas. Apenas obedeça. — Ele manda, enquanto nos dobramos pelo pico do telhado. — Deite-se de costas com os joelhos dobrados.

— Mas assim não consigo ver o que está acontecendo — protesto.

— Tenho passagem na polícia. Não se mexa e não dê um pio, e reze para que os policiais não nos vejam.

Minha respiração está mais alta do que batidas num tambor.

— Oi, policiais — diz Walt.

— O que estão aprontando?

— Nada. Só fumando uns cigarrinhos — diz Peter.

— Andaram bebendo?

— Não. — Uma resposta uníssona.

Silêncio, seguido pelo som de passos na grama molhada.

— Que diabos é isso? — pergunta um dos policiais. A luz de sua lanterna sobe até o teto e alcança o céu. — Vocês andaram pintando o celeiro? Isso é contravenção. Violação de propriedade privada.

— Ei, Marone — Lali diz para um dos policiais. — Sou eu.

— Epa — diz o cara chamado Marone. — Lali Kandesie. Ei, Jack. Essa é a Lali. A filha do Ed.

— Quer dar uma olhada por aqui? — o tal do Jack pergunta cuidadosamente, agora que está sendo confrontado pela filha do chefe.

— Não. Parece tudo em ordem pra mim — diz o tal do Marone.

Jack ri.

— Certo, crianças. A festa acabou. Queremos ter certeza de que vocês chegarão até seus carros e suas casas em segurança.

E então vão todos embora.

Sebastian e eu ficamos deitados congelados no teto. Eu olho para as estrelas, intensamente ciente do corpo dele a alguns centímetros do meu. Se isso não é romântico, não sei mais o que pode ser.

Sebastian levanta a cabeça e olha para um dos lados.

— Acho que eles foram embora.

Subitamente, olhamos um pro outro e rimos. A risada de Sebastian — nunca tinha escutado nada parecido — é profunda e rouca, além de ligeiramente doce, como fruta madura. Imagino que a boca dele tem sabor de frutas também, mas intenso, com uma pitada de nicotina. A boca de um garoto nunca é como você acha que vai ser, de qualquer maneira. Às vezes são duras e cheias de dentes afiados, ou como pequenas cavernas cheias de travesseiros.

— Bem, Carrie Bradshaw — diz ele. — Qual é seu grande plano agora?

Abraço meus joelhos junto ao peito.

— Não tenho plano algum.

— Você? Sem um plano? Deve ser algo inédito.

Sério? É isso que ele pensa de mim? Um tipo de *planejadora* nerd, metida e eficiente? Sempre pensei em mim como alguém do tipo espontâneo.

— Nem *sempre* tenho um plano.

— Mas você sempre parece saber para onde está indo...

— Pareço?

— Claro. Mal consigo te acompanhar.

O que *isso* quer dizer? Isso é um sonho? Estou mesmo tendo essa conversa com Sebastian Kydd?

— Você pode sempre tentar ligar...

— Eu tentei. Mas seu telefone está permanentemente ocupado. Então hoje à noite eu ia passar na sua casa quando te vi entrando na picape de Lali e segui vocês. Achei que podiam estar indo fazer alguma coisa interessante.

Ele está dizendo que *gosta* de mim?

— Você definitivamente é uma figura — completa ele.

Uma figura? Isso é bom ou ruim? Quer dizer, que tipo de cara se apaixona por uma *figura*?

— Acho que posso ser... meio engraçada às vezes.

— Você é engraçada muitas vezes. É muito divertida. Isso é bom. A maioria das meninas são chatas.

— São?

— Qual é, Carrie? Você é uma garota. Deve saber disso.

— Acho a maioria das garotas bem interessantes. Quero dizer, elas são muito mais interessantes que os garotos. *Garotos* é que são chatos.

— Eu sou chato?

— Você? Você não, nem um pouco. Só quis dizer...

— Entendi. — Ele se aproxima um pouco mais. — Está com frio?

— Estou bem.

Ele tira a jaqueta. Enquanto eu a visto, ele nota minhas mãos.

— Nossa — diz. — Isso deve estar doendo.

— Tá. Um pouquinho. — As palmas das minhas mãos, onde esfolei a pele, estão ardendo como o inferno. — No entanto, não é a pior coisa que já aconteceu comigo. Uma vez caí do trampolim e quebrei o braço. Eu não sabia que estava quebrado até o dia seguinte. Lali me fez ir ao médico.

— Lali é sua melhor amiga, não?

— Basicamente. Quer dizer, ela é minha melhor amiga desde que tínhamos 10 anos. Ei — pergunto —, quem é o seu melhor amigo?

— Não tenho um — diz ele, olhando para as árvores.

— Acho que meninos são sempre assim — digo pensativa. Olho minhas mãos. — Será que um dia vamos conseguir descer desse telhado?

— Você quer descer do telhado?

— Não.

— Então não fique pensando nisso. Alguém vai vir e nos buscar uma hora. Talvez Lali. Ou sua amiga Mouse. Ela é legal.

— É — concordo. — Ela já está com a vida toda planejada. Vai tentar entrar antes em Yale. E definitivamente vai conseguir.

— Isso deve ser legal — diz ele, com uma ponta de amargura.

— Você se preocupa com futuro?

— Todo mundo se preocupa, não?

— Acho que sim... Mas eu pensei... não sei. Achei que você ia pra Harvard ou coisa parecida. Você não era de um colégio particular?

— Era. Mas percebi que não queria ir para Harvard.

— Como alguém pode não querer ir para Harvard?

— Porque é uma prisão. Se eu for para Harvard, acabou. Aí vou ter que fazer direito. Ou administração. E então serei mais um terno trabalhando numa grande corporação. Pegando o trem para a cidade de Nova York todo dia. E então alguma garota vai me fazer casar com ela e, antes de me dar conta, vou ter filhos e uma hipoteca. Fim do jogo.

— Humpf. — Não é exatamente o que uma garota quer ouvir de um cara, mas, por outro lado, tenho que dar créditos a ele por ser honesto. — Sei o que quer dizer. Eu sempre digo que nunca vou me casar. Previsível demais.

— Vai mudar de ideia. Todas as mulheres mudam.

— Eu não. Vou ser escritora.

— Você parece uma escritora — diz ele.

— Pareço?

— Sim. E parece que está sempre pensando em alguma coisa

— Sou tão transparente assim?

— Mais ou menos. — Ele se inclina e me beija. E, de repente, minha vida se divide em duas partes: antes e depois.

CAPÍTULO OITO

Os mistérios do amor

— Me diz *exatamente* o que ele falou.

— Ele disse que eu era interessante. E uma figura.

— Ele disse que gostava de você?

— Pareceu mais que ele gostou da ideia de mim.

— Gostar da *ideia* de uma garota é diferente de realmente *gostar* de uma garota — diz Maggie.

— Acho que, se um cara diz que você é interessante e uma figura, significa que você é *especial* — rebate Mouse.

— Mas não significa que ele quer ficar com você. Talvez ele ache você especial... e *estranha* — diz Maggie.

— Então o que aconteceu depois que fomos embora? — pergunta Mouse, ignorando-a.

— Lali voltou e nos resgatou. Ele foi pra casa. Disse que tinha tido emoções demais pra uma só noite.

— E ele falou mais alguma coisa desde então? — Maggie pergunta.

Eu coço uma coceira inexistente.

— Nada. Mas não importa.

— Ele vai ligar. — Mouse diz confiante.

— Claro que vai ligar. Ele tem que ligar. — Maggie diz, com muito entusiasmo.

Quatro dias se passaram desde o incidente de tentar pintar o celeiro e estamos dissecando os acontecimentos pela décima segunda vez, aproximadamente. Depois que Lali nos buscou, aparentemente Mouse e Walt também voltaram, mas não estávamos mais lá, nem a escada, então eles concluíram que estávamos bem. Segunda-feira, quando aparecemos na escola, não conseguíamos parar de rir da história. Toda vez que um de nós olhava pela janela e via 198 e aquela grande mancha vermelha, caíamos na gargalhada. No auditório, aquela manhã, Cynthia Viande mencionou o incidente, dizendo que o vandalismo à propriedade privada não havia passado despercebido e que os responsáveis, se fossem pegos, seriam processados.

Respondíamos com risinhos abafados, como gatinhos.

Todos nós — menos Peter.

— Será que os policiais podem mesmo ser *tão* burros assim? — Ele não para de perguntar. — Quer dizer, eles estavam *lá*. Eles nos viram.

— E o que foi que viram? Alguns moleques parados num estábulo antigo.

— Esse tal Peter, nossa! — Lali diz. — Ele é tão paranoico. Que diabos ele estava fazendo lá afinal?

— Acho que ele gosta da Maggie.

— Mas Maggie é namorada do Walt.

— Pois é.

— Ela tem dois namorados agora? Como você pode ter dois namorados?

— Escuta — diz Peter depois, alcançando-me no corredor. — Não sei se podemos confiar nesse tal de Sebastian. E se ele dedurar a gente?

— Relaxa. Ele é a última pessoa que vai contar alguma coisa.

Escutar o nome de Sebastian é como um espeto perfurando meu estômago.

Desde o beijo, a presença de Sebastian é como uma sombra invisível costurada na minha pele. Não consigo ir a lugar algum sem ele. No chuveiro, ele me passa o xampu. Seu rosto flutua por trás das palavras nos meus livros. No domingo, Maggie, Walt e eu fomos a um brechó e, enquanto eu revirava pilhas de camisas dos anos 1960, tudo que conseguia pensar era no que Sebastian gostaria.

Com certeza, ele vai ligar.

Mas não ligou.

Uma semana se passa, e no sábado de manhã, relutantemente arrumo uma mala pequena. Olho para as roupas que estendi sobre a cama, perplexa. São como pensamentos aleatórios e desconexos de milhares de estranhos. O que eu estava pensando quando comprei aquele suéter bordado dos anos 1950? Ou aquela bandana cor-de-rosa? Ou as leggings verdes com listras amarelas? Não tenho nada para usar nessa entrevista. Como posso ser quem deveria ser com essas roupas?

Aliás, quem eu deveria ser mesmo?

Apenas seja você mesma.

Mas quem sou eu?

E se ele ligar quando eu estiver fora? E se ele já tiver ligado?

Talvez tenha acontecido alguma coisa com ele.

Como o quê? Você o vê todo dia no colégio e ele está bem.

— Carrie? — chama meu pai. — Está pronta?

— Quase. — Dobro uma saia xadrez e o suéter bordado dentro da mala, acrescento um cinto largo e jogo uma velha echarpe da Hermès que pertencia à minha mãe. Ela comprou na única viagem que fez a Paris com meu pai, alguns anos atrás.

— Carrie?

— Tô indo. — E desço correndo as escadas.

Meu pai sempre fica nervoso antes de viajar. Ele junta mapas e calcula tempo e distância. Ele só se sente confortável com o desconhecido e inesperado se for um número numa equação. Fico lembrando a ele que não estamos indo fazer nada demais. É simplesmente a faculdade em que ele estudou e lembro que Brown fica a apenas 45 minutos de distância.

Mas ele insiste. Ele leva o carro para lavar. Saca dinheiro. Inspeciona o kit de viagem. Dorrit revira os olhos:

— Vocês vão ficar fora por menos de 24 horas!

Chove durante o trajeto. Enquanto nos aproximamos do leste, noto que as folhas já estão começando a voar para longe de seus galhos, como revoadas de pássaros indo para o sul durante o inverno.

— Carrie — meu pai diz. — Não ligue para coisas pequenas. Não se torture por tudo. — Ele, em geral, sente quando algo está errado, apesar de raramente identificar a causa.

— Não estou fazendo isso, pai.

— Porque, quando faz isso — continua ele, esquentando para começar um de seus assuntos favoritos —, perde duplamente. Perde o que você perdeu, mas também perde sua perspectiva. Porque a vida acontece para as pessoas. A vida é maior que as pessoas. É tudo natureza. O ciclo da vida... está fora de nosso controle.

Mas não devia ser assim. Devia haver uma lei que diz que, toda vez que um garoto beija uma garota, tem de ligar em até três dias.

— Então, em outras palavras, meu velho, a vida é uma droga e depois você morre.

Falo isso de um jeito que faz meu pai rir. Infelizmente, consigo ouvir Sebastian no banco de trás rindo também.

— Carrie Bradshaw, certo?

O tal do George muda minha pasta de um braço para o outro e me cumprimenta.

— E o senhor deve ser o Sr. Bradshaw.

— Isso mesmo — diz meu pai. — Turma de 1958.

George olha para mim, me avaliando:

— Está nervosa?

— Um pouco.

— Não fique. — Ele ri tranquilizadoramente. — O professor Hawkings é um dos melhores. Ele é PhD em literatura inglesa e física. Vejo na sua ficha que está interessada em Ciências e Letras. Aqui na Brown, pode fazer as duas. — Ele fica um pouco corado, como se tivesse percebido que está sendo um senhor vendedor, e de repente, sem avisar, acrescenta: — Além disso, está com uma aparência ótima.

— Obrigada — murmuro, sentindo-me como uma ovelhinha a caminho do matadouro.

Imediatamente, percebo que estou sendo boba e excessivamente dramática. George tem razão. Tudo sobre a Brown é perfeito, dos charmosos prédios de tijolinhos vermelhos, no Campus Pembroke, ao Campus Green, pontilhado de olmos voluptuosos que ainda estão com suas folhas, às gloriosas colunas da Biblioteca John Carter Brown. Só preciso inserir uma fotinha minha nessa cena de cartão-postal.

Mas, à medida que o dia avança da entrevista no cuidadosamente desarrumado escritório do professor — "Quais são seus objetivos, Srta. Bradshaw?", "Eu gostaria de impactar a sociedade. Gostaria de contribuir com alguma coisa significativa" — até o tour pelo campus, laboratórios de química, sala de informática, um dormitório dos calouros, e finalmente um jantar com George na rua Thayer, começo a me sentir cada vez mais frívola, como uma boneca feita de lenço de papel. Na metade do jantar, quando George comenta que tem uma banda de rock tocando no Avon Theatre, sinto que não posso recusar, por mais que prefira mentir e pensar em Sebastian, em vez disso.

— Vá lá — insiste meu pai. Ele já me comunicou que George é o tipo de jovem, inteligente, bem-educado, com quem ele sempre me imaginou namorando.

— Vai amar Brown. — George me diz no carro. Ele dirige um Saab. Bem-acabado, ligeiramente caro, com design europeu. Assim como George, eu penso. Se eu não estivesse tão obcecada por Sebastian, provavelmente acharia George bonito.

— Por que você ama tanto a Brown? — pergunto.

— Sou da cidade. Isso aqui é um bom refúgio. É claro que voltarei pra cidade durante o próximo verão. Isso é o melhor da Brown. Os estágios. Vou trabalhar no *New York Times*.

Subitamente, George se tornou muito mais interessante.

— Sempre quis morar em Nova York — digo.

— É o melhor lugar do mundo. Mas a Brown está de bom tamanho pra mim por enquanto. — Ele sorri hesitante. — Preciso explorar um lado diferente meu.

— Como você era antes?

— Torturado — diz George, e então sorri. — E você?

— Ah, sou um pouco torturada também — digo, pensando em Sebastian. Mas, quando estacionamos no Theatre, prometo tentar tirar Sebastian da cabeça. Montes de estudantes universitários, bebendo cerveja e paquerando, estão sentados do lado de fora em pequenas mesas de estilo francês. Enquanto nos empurramos no meio da multidão, George põe uma das mãos no meu ombro e aperta. Levanto os olhos para ele e sorrio.

— Você é uma gracinha, Carrie Bradshaw — diz ele no meu ouvido.

Ficamos lá até a hora de fechar e, quando voltamos para o carro, George me beija. E então me beija mais uma vez na entrada do hotel. É um beijo puro e cauteloso, o beijo de um homem que pensa logicamente. Ele tira uma caneta do porta-luvas.

— Posso pedir seu telefone?

— Pra quê? — pergunto, dando risadinhas.

— Pra poder te ligar, bobinha. — Ele tenta me beijar de novo, mas eu viro a cabeça.

Estou me sentindo meio tonta, e a cerveja bate com tudo quando vou me deitar. Eu me pergunto se teria dado a ele meu número se não estivesse tão bêbada. Provavelmente eu também não o teria deixado me beijar. Mas com certeza Sebastian vai ligar agora. Os caras sempre ligam assim que outro homem fica interessado. São como os cachorros: nunca notam se você mudou o cabelo, mas conseguem farejar quando há algum outro homem rondando seu território.

Estamos de volta a Castlebury no meio da tarde de domingo, mas minha teoria falha. Sebastian não ligou. Maggie, por outro lado, sim. Várias vezes. Estou prestes a ligar pra ela quando ela me liga.

— O que está fazendo? Pode vir até aqui?

— Acabei de voltar — digo, de repente me sentindo cansada.

— Aconteceu uma coisa. Uma coisa séria. Não posso explicar por telefone. Tenho que te contar pessoalmente. — Maggie parece muito triste e me pergunto se os pais dela estão se divorciando.

A mãe da Maggie, Anita, abre a porta. Anita está usando o que parece uma espécie de roupão, que é sua vestimenta de sempre, mas dá pra perceber que muito tempo atrás ela provavelmente era linda. Anita é muito, muito gentil — gentil demais, na verdade. Ela é tão gentil que sempre tenho a impressão de que a gentileza engoliu a verdadeira Anita, e de que algum dia ela vai fazer alguma coisa drástica, como botar fogo na casa.

— Ah, Carrie — diz Anita. — Que bom que está aqui! Maggie não quer sair do quarto e não me diz o que houve de errado. Talvez você consiga fazer com que ela desça. Eu ficaria bastante agradecida.

— Vou dar um jeito nisso, Sra. Stevenson — digo, tranquilizadoramente. Esconder-se dentro do quarto é uma coisa que Maggie tem feito desde que a conheci. Não saberia dizer quantas vezes já tive de convencê-la a sair.

O quarto da Maggie é enorme e tem janelas do chão até o teto em três lados e um closet do comprimento de uma parede inteira. Quase todo mundo na cidade conhece a casa dos Stevenson, porque foi desenhada por um famoso arquiteto contemporâneo e é, em sua maior parte, toda feita de vidro. Entretanto, o interior da casa é bastante espaçoso, porque o pai dela não suporta bagunça. Eu abro uma fresta da porta do quarto e Anita fica parada ansiosamente a meu lado.

— Magwitch?

Maggie está deitada na cama, usando uma camisola branca de algodão. Ela se levanta debaixo das cobertas parecendo um fantasma, um fantasma bastante medonho.

— Anita! — Ela repreende. — Eu disse pra me deixar sozinha. — A expressão no rosto de Anita é de susto, culpa e desamparo, o que é basicamente seu comportamento normal quando está perto da Maggie. Ela sai correndo enquanto eu entro.

— Mags? — pergunto cuidadosamente. — Você está bem?

Maggie se senta de pernas cruzadas na cama e põe a cabeça entre as mãos.

— Eu não sei. Fiz uma coisa horrível.

— O quê?

— Não sei como contar.

Dá pra adivinhar, no entanto, que essa revelação terrível vai demorar a vir, então eu me sento no banco estofado que Maggie usa como cadeira. Segundo seu pai, é um móvel ergonomicamente correto, desenhado na Suécia, que previne dor nas costas. Ele também balança um pouco, então subo e desço um pouco enquanto me sento. Mas então me sinto subitamente cansada dos problemas dos outros.

— Olha, Mags — digo firmemente —, não tenho muito tempo. Tenho que buscar a Dorrit no Hamburger Shack. — Isso é verdade, em parte. Eu provavelmente vou ter de buscá-la uma hora ou outra.

— Mas Walt vai estar lá!

— E daí? — Os pais de Walt insistiram para que ele tivesse um emprego depois da aula, para guardar dinheiro pra faculdade, mas o único emprego que Walt já teve foi trabalhando no Hamburger Shack, ganhando 4 dólares por hora. E é só meio período, então é difícil imaginar como Walt vai conseguir guardar dinheiro suficiente para pelo menos um único semestre.

— Isso significa que você vai vê-lo — sibila Maggie.

— E?

— Vai contar a ele que você me viu?

Isso está ficando cada vez mais irritante.

— Não sei. É pra eu dizer a ele que vi você?

— Não! — Ela exclama. — Estou evitando-o o fim de semana inteiro. Eu disse a ele que ia visitar minha irmã na Filadélfia.

— Por quê?

— Você não entendeu? — Ela suspira dramaticamente. — Peter.

— Peter? — repito, ligeiramente chocada.

— Eu transei com ele.

— O *quê*? — Minhas pernas estão todas emboladas no móvel sueco e eu balanço tanto que a coisa cai toda pra frente. Eu levanto junto.

— Shhhhh! — diz Maggie.

— Eu não entendo — digo, tentando me desprender. — Você *transou* com o Peter?

— Eu tive *relações* com ele.

Grande diferença!

— Quando? — pergunto quando consigo me levantar.

— Noite passada. No mato atrás da minha casa. — Ela assente. — Lembra? Na noite que pintamos o celeiro? Ele estava dando em cima de mim. Então ele ligou ontem de manhã e disse que *precisava* me ver. Ele disse que estava secretamente apaixonado por mim há tipo três anos, mas tinha medo de falar comigo, porque me achava tão deslumbrante que não ia nem falar com ele. Então fomos dar uma volta, e imediatamente começamos a nos agarrar.

— E depois? Vocês simplesmente transaram? No meio do mato?

— Não pareça tão chocada. — O tom de voz de Maggie parece levemente magoado e superior ao mesmo tempo. — Só porque você nunca transou.

— Como sabe que não?

— Transou?

— Ainda não.

— Então.

— Então vocês simplesmente transaram. Em cima das folhas? E os galhos? Um galho podia ter furado a sua bunda.

— Acredite em mim: quando se está transando, você não presta atenção em coisas como galhos.

— É mesmo? — Tenho de admitir que estou imensamente curiosa. — E como foi?

— Foi maravilhoso — suspira ela. — Não sei exatamente como descrever, mas foi a melhor sensação que já tive. É o tipo de coisa que, uma vez que você faz, tudo o que quer é fazer de novo e de novo. E — ela pausa dramaticamente — acho que tive um orgasmo.

Fico de boca aberta.

— Isso é incrível!

— Eu sei. Peter disse que garotas quase nunca têm orgasmos na primeira vez. Ele disse que eu devo ser muito sexual.

— Peter já tinha transado antes? — Se já, eu me mato.

— Pelo visto, sim. — Maggie diz, convencida.

Por um minuto, nenhuma de nós duas fala. Maggie puxa sonhadoramente um fio em sua colcha, enquanto eu finjo olhar pela janela, perguntando-me como foi que fiquei tão pra trás. De repente, o mundo todo parece dividido em dois tipos de pessoas — as que já transaram e as que não.

— Bem — digo finalmente —, isso quer dizer que você e Peter estão namorando?

— Eu não sei — sussurra ela.

— E o Walt?

— Acho que estou apaixonada por Peter.

— Mas e o Walt? Achei que estava apaixonada por Walt.

— Não. — Ela sacode a cabeça. — Achei que estava apaixonada por Walt há dois anos. Mas, ultimamente, ele tem sido mais como um amigo.

— Entendo.

— Costumávamos ir até quase o final. Mas então Walt nunca queria continuar. E me deixou pensando. Acho que talvez Walt não me ame afinal. Estivemos juntos durante dois anos. Você imagina que um garoto quer transar depois de dois anos.

Penso em dizer que talvez ele esteja se guardando, mas a verdade é que realmente é meio estranho.

— Então você queria e ele não? — pergunto, para não restarem dúvidas.

— Eu quis transar no meu aniversário, e ele não quis.

— Esquisito — digo. — Definitivamente esquisito.

— E isso realmente explica muita coisa.

Não necessariamente. Mas não tenho mais energias para contradizê-la.

De repente, mesmo que eu saiba que isso tudo não é problema meu, sinto uma estarrecedora sensação de perda. Maggie, Walt e eu éramos uma unidade. Durante os últimos dois anos, íamos juntos a todo canto. Entrávamos escondidos no Country Clube à noite e roubávamos carrinhos de golfe, e bebíamos uma caixa de cerveja de uma vez enquanto falávamos e falávamos e falávamos sobre tudo, de matérias da escola a com quem Jen P estava namorando. O que vai acontecer com nós três agora? Por que, de alguma maneira, não consigo imaginar Peter no lugar de Walt em nossas aventuras.

— Acho que vou ter que terminar com Walt — diz Maggie. — Mas não sei como. Quer dizer, o que devo dizer?

— Podia tentar dizer a verdade.

— Carrie? — ela pergunta num tom interesseiro. — Estava pensando se de repente você podia...

— O quê? Terminar com ele? Você quer que eu termine com Walt por você?

— Só meio que o prepare — diz Maggie.

Maggie e Peter? Não consigo imaginar duas pessoas mais do tipo "nada a ver" juntas. Maggie é tão inconstante e emocional. E Peter é tão sério. Mas talvez a personalidade de um anule a do outro.

Paro o carro no estacionamento do Hamburger Shack, desligo o motor e penso: "Pobre Walt."

O Hamburger Shack é um dos poucos restaurantes da cidade conhecido por seus hambúrgueres cheios de cebolas e pimentões grelhados. Isso é basicamente considerado o máximo da sofisticação em culinária por aqui. O pessoal de Castlebury é louco por cebolas grelhadas e pimentões, e, por mais que eu adore o cheiro, Walt, que tem de operar a grelha das cebolas e dos pimentões, diz que o cheiro o deixa enjoado. Entra nos poros dele e, até quando está dormindo, tudo com que consegue sonhar são cebolas e pimentões.

Vejo Walt atrás do balcão ao lado da grelha. Os outros únicos clientes são três adolescentes com cabelos pintados em diversos tons de rosa, azul e verde. Eu quase passo direto por elas quando, subitamente, percebo que uma dessas punks é minha irmã.

Dorrit está comendo um anel de cebola, como se tudo estivesse perfeitamente normal.

— Oi, Carrie — diz ela. Nem mesmo um "gostou do meu cabelo?". Ela pega seu milk-shake e esvazia o copo com um barulho alto.

— Papai vai te matar — digo. Dorrit dá de ombros. Eu olho para suas amigas, que estão igualmente apáticas. — Entra no carro. Vou ter uma conversinha com você em um minuto.

— Não terminei minha comida — diz ela, com tranquilidade. Odeio o modo como minha irmã não obedece à autoridade, especialmente à minha autoridade.

— Entra no carro — insisto, e volto a caminhar.

— Aonde está indo?

— Tenho que falar com o Walt.

Walt está usando um avental manchado e sua testa está suada.

— Odeio esse emprego — diz ele, acendendo um cigarro no estacionamento.

— Mas os hambúrgueres são bons.

— Quando eu sair daqui, nunca mais quero olhar pra um hambúrguer na vida.

— Walt — digo. — Maggie...

Ele me interrompe.

— Ela não foi visitar a irmã na Filadélfia.

— Como você sabe?

— Primeiro: quantas vezes por ano ela visita a irmã? Uma? E segundo: conheço Maggie bem o bastante para saber quando ela está mentindo.

Eu me pergunto se ele também sabe sobre Peter.

— O que você vai fazer?

— Nada, eu acho. Vou esperar ela terminar comigo e ponto final.

— Talvez *você* devesse terminar com *ela*.

— Trabalho demais. — Walt joga seu cigarro nos arbustos. — Por que vou me dar ao trabalho quando o resultado vai ser o mesmo de qualquer jeito?

Walt, eu penso, às vezes pode ser bastante passivo.

— Mas talvez se você fizesse antes...

— E evitar que Maggie se sinta culpada? Acho que não.

Minha irmã passa por nós dois com seu novo cabelo fluorescente.

— Melhor não deixar papai te ver fumando — diz ela.

— Escuta, garota. Em primeiro lugar, eu não estava fumando. E, em segundo, você tem coisas mais importantes para se preocupar do que cigarros. Como, por exemplo, o seu cabelo.

Enquanto Dorrit entra no carro, Walt sacode a cabeça.

— Meu irmãozinho é a mesma coisa. Essa nova geração... eles não têm respeito.

CAPÍTULO 9

O artista habilidoso

Quando Dorrit e eu chegamos em casa, meu pobre pai dá uma olhada no cabelo da minha irmã e quase cai pra trás. Depois ele vai até o quarto dela para terem uma conversa. E isso é a pior coisa: quando meu pai entra no seu quarto para conversar. Ele tenta fazer com que você se sinta melhor, mas raramente isso dá certo. Ele geralmente começa a contar uma longa história sobre alguma coisa que aconteceu com ele quando era garoto, ou então faz referências à natureza, e, como não podia deixar de ser, é exatamente o que ele faz dessa vez com Dorrit.

A porta do quarto de Dorrit está fechada, mas nossa casa tem 150 anos, então dá pra ouvir cada palavra de qualquer conversa se você ficar parado do lado de fora da porta. O que é exatamente o que eu e Missy fazemos.

— Agora, Dorrit — diz meu pai —, suspeito que suas ações em relação ao seu, ahn, *cabelo*, estão indiretamente ligadas à superpopulação. Que é uma coisa cada vez mais problemática em nosso planeta, que não foi feito para suportar essas imensas aglomerações de gente em espaços limitados... E tende a resultar nessas mutilações do corpo humano... piercings, tingimento de cabelo, tatuagem... Faz parte do instinto humano tentar se destacar, e isso se manifesta em medidas cada vez mais extremas... Está entendendo o que quero dizer?

— Não.

— Quero dizer — continua ele — que você deve fazer o que puder para resistir a esses instintos indesejáveis. O ser humano bem-sucedido consegue controlar seus desejos mais íntimos e tolos. Estou sendo claro?

— Claro, papai — diz Dorrit, sarcasticamente.

— De qualquer forma, ainda te amo — diz meu pai, que é como ele termina todas as suas conversas. E depois geralmente chora. E então você se sente tão mal que promete nunca mais chateá-lo.

Dessa vez, no entanto, a parte do choro é interrompida pelo toque do telefone. Por favor, faça com que seja Sebastian, rezo, enquanto Missy corre para atender. Ela astutamente cobre o receptor com uma das mãos.

— Carrie? É pra você. É um *cara*.

— Obrigada — digo casualmente. Levo o telefone até meu quarto e fecho a porta.

Tem que ser ele. Quem mais poderia ser?

— Alô? — pergunto casualmente.

— Carrie?

— Sim?

— É o George.

— *George* — digo, tentando esconder o desapontamento em minha voz.

— Chegou em casa bem?

— Claro.

— Bem, adorei o sábado à noite. E queria saber se você quer sair algum dia novamente.

Eu não sei. Mas ele perguntou educadamente demais para recusar. E não quero ferir seus sentimentos.

— Tudo bem.

— Tem um lugar bacana no meio do caminho daqui até Castlebury. Achei que podíamos ir lá no sábado que vem.

— Parece ótimo.

— Apanho você por volta das sete horas. Jantamos às oito e a levo em casa até às onze.

Desligamos e entro no banheiro para examinar meu rosto. Sinto o desejo súbito de alterar radicalmente minha aparência. Talvez eu devesse pintar meu cabelo de rosa e azul, igual ao de Dorrit. Ou cortar bem curtinho. Ou descolorir de loiro-platinado. Pego um delineador de boca e começo a contornar meus lábios. Preencho o centro com batom vermelho e viro os cantos da minha boca para baixo. Desenho duas lágrimas pretas em minhas bochechas e me afasto para examinar o resultado.

Nada mal.

Levo minha cara de palhaço triste até o quarto de Dorrit. Agora ela está no telefone. Posso perceber pela parte dela na conversa que está comparando respostas de dever com alguma de suas amigas. Ela bate o telefone com força quando me vê.

— Então? — pergunto.

— Então o quê?

— O que achou da minha maquiagem? Estava pensando em usá-la na escola.

— Isso é pra ser algum tipo de comentário sobre meu cabelo?

— Como você se sentiria se eu aparecesse amanhã na escola assim?

— Não ia ligar.

— Aposto que ia.

— Por que está sendo tão má? — Dorrit grita.

— Como é que estou sendo má? — Mas ela tem razão. Estou sendo má. Estou num mau humor de matar.

E é tudo por causa do Sebastian. Às vezes acho que todos os problemas do mundo são causados pelos homens. Se não existissem homens, as mulheres sempre estariam felizes.

— Qual é, Dorrit. Eu só tava *brincando*.

Dorrit coloca suas mãos em cima da cabeça.

— Tá tão feio assim? — ela sussurra.

Minha cara de palhaço triste já não parece mais uma piada.

Quando minha mãe adoeceu pela primeira vez, Dorrit me perguntava o que ia acontecer. Eu fingia que estava bem, porque li em algum lugar que, se você sorri, mesmo que esteja se sentindo mal, o movimento dos músculos vai enganar seu cérebro e você vai achar que está realmente feliz.

— O que quer que aconteça, vamos todos ficar bem — eu disse.

— Promete?

— Claro, Dorrit. Você vai ver.

— Tem alguém aqui — grita Missy agora. Dorrit e eu nos entreolhamos, nossa briguinha esquecida.

Descemos correndo as escadas. Bem ali na cozinha, está Sebastian. Ele olha para minha cara de palhaço triste e para o cabelo rosa e azul de Dorrit. E lentamente sacode a cabeça.

— Se quer ficar por perto dos Bradshaw, tem que estar *preparado*. Vai haver loucura. Tudo pode acontecer.

— Não brinca — diz Sebastian. Ele está usando uma jaqueta preta de couro, a mesma que estava usando na festa do Tommy

Brewster e na noite em que pintamos o celeiro. A noite em que nos beijamos pela primeira vez.

— Você sempre usa essa jaqueta? — pergunto, enquanto Sebastian desce a curva que leva até a estrada.

— Não gosta dela? Comprei quando morava em Roma.

De repente, eu me sinto como se tivesse sido engolida por uma onda. Já fui até a Flórida e ao Texas e por toda Nova Inglaterra, mas nunca até a Europa. Não tenho nem passaporte. Queria muito ter um agora, para saber lidar com Sebastian. Eles deviam fazer passaportes para relacionamentos.

Um cara que já morou em Roma. Soa tão romântico.

— No que está pensando? — Sebastian pergunta.

Estou pensando que você provavelmente não vai gostar de mim porque nunca fui à Europa e não sou sofisticada o suficiente.

— Você já foi a Paris? — pergunto.

— Claro — responde ele. — Você não?

— Não de verdade.

— Isso parece meio como estar grávida de mentira. Ou você esteve lá ou não esteve.

— Não estive pessoalmente. Mas isso não significa que não estive lá em pensamento.

Ele ri.

— Você é uma garota muito estranha.

— Obrigada. — Eu viro e olho pela janela para esconder meu sorrisinho. Não ligo se ele me acha estranha. Estou simplesmente muito feliz por vê-lo.

Eu não pergunto por que ele não ligou. Não pergunto por onde andou. Quando o encontrei na minha cozinha, encostado na bancada como se fosse da casa, fingi que era algo perfeitamente normal, e que nem surpreendida eu estava.

— Estou interrompendo alguma coisa? — ele perguntou, como se não fosse estranho ele ter resolvido aparecer de repente.

— Depende do que chama de interromper. — Por dentro eu estava cheia de diamantes, agora iluminados pelo sol.

— Quer dar uma volta?

— Claro. — Subi correndo as escadas e esfreguei meu rosto de palhaço, sabendo o tempo todo que devia ter dito não, ou pelo menos ter permitido a mim mesma ser convencida. Que garota concorda com um encontro em cima da hora desse jeito? Estabelece um mal precedente, e faz o cara achar que pode ver você na hora que quiser, e tratá-la do jeito que quiser. Mas não consigo recusar. Enquanto calçava minhas botas, eu me perguntei se um dia me arrependeria de ter sido assim tão fácil.

No entanto, não estou arrependida. Quem inventou essas regras sobre relacionamentos, afinal? E por que não posso burlá-las?

Ele põe uma das mãos na minha perna. Casualmente. Como se estivéssemos saindo há muito tempo. Se estivéssemos, eu me pergunto se essa mão na minha perna estaria causando a mesma reação que estou tendo agora: uma alegria boba, confusa e divina. Decido que sim. Não consigo imaginar não me sentir assim toda vez que estiver com ele.

Estou enlouquecendo.

— Não é tão incrível, sabe — diz ele.

— O quê? — Viro para ele, minha felicidade tornando-se um pânico inexplicável.

— A Europa — diz ele.

— Ah. — Respiro novamente. — Europa.

— Dois verões atrás, quando morei em Roma, viajei por todo canto: França, Alemanha, Suíça, Espanha. Quando voltei pra cá, percebi que este lugar é tão lindo quanto lá.

— *Castlebury?* — Eu arfo.

— É tão bonita quanto a Suíça — diz ele.

Sebastian Kydd gosta mesmo de Castlebury?

— Mas sempre imaginei você — hesito — morando em Nova York. Ou Londres. Ou algum lugar excitante.

Ele franze o cenho.

— Você não me conhece muito bem. — E, quando estou prestes a entrar em desespero com receio de tê-lo insultado, ele continua: — Mas vai conhecer. Na verdade — continua ele —, como concluí que devemos nos conhecer melhor, vou levar você para ver a exposição de um dos meus artistas preferidos.

— Ah — digo, assentindo. Não sei nada sobre arte também. Por que não fiz aula de história da arte quando tive a chance?

Sou um caso perdido.

Sebastian logo vai perceber isso e me largar antes de termos a chance de um primeiro encontro decente.

— Max Ernst — diz ele. — Meu artista favorito. Quem é seu artista favorito?

— Peter Max? — É o único nome que consigo pensar na hora.

— Você é mesmo engraçada — diz ele, e ri.

Ele me leva até o Museu de Arte Wadsworth Atheneum, em Hartford. Já estive lá um milhão de vezes em excursões da escola, segurando a mão suada de algum outro coleguinha para ninguém se perder. Odiava o modo como marchávamos por lá, repreendidos por um ajudante de professor que era sempre a mãe de alguém. Onde estava Sebastian naquela época, pergunto-me, enquanto ele pega minha mão?

Olho para baixo, para nossos dedos entrelaçados, e vejo uma coisa que me choca.

Sebastian Kydd rói as unhas?

— Vamos lá — diz ele, e me puxa para o seu lado. Paramos na frente de um quadro de um menino e uma menina num banco de mármore num lago de fantasia nas montanhas. Sebastian fica parado atrás de mim, descansando sua cabeça em cima da minha e envolvendo meus ombros com seus braços. — Às vezes acho que podia entrar nessa pintura. Fechar meus olhos e acordar lá dentro. Ficaria ali pra sempre.

Mas e eu? Grita uma voz em minha cabeça. Subitamente, não gosto de ter sido deixada de fora de sua fantasia.

— Não ia ficar entediado?

— Não se você estivesse lá comigo.

Eu quase caio pra trás. Homens geralmente não são de dizer essas coisas. Ou melhor, eles são, mas nunca dizem. Quer dizer, quem realmente diz coisas assim?

Um cara que esteja louca e insanamente apaixonado por você. Um cara que vê como você é incrível e maravilhosa, mesmo que nem de longe seja animadora de torcida ou a garota mais linda da escola. Um cara que ache você linda do jeito que é.

— Meus pais estão em Boston — diz ele. — Quer ir lá pra casa?

— Claro. — Acho que seria capaz de ir a qualquer lugar com ele.

Tenho essa teoria de que você pode entender tudo sobre uma pessoa pelo quarto dela, mas, no caso de Sebastian, isso não é verdade. O quarto dele é mais como um quarto de hóspedes num reformatório antigo do que o habitat de um garoto. Tem uma colcha vermelha e preta feita à mão e um velho mastro de capitão de madeira pendurado na parede. Nada de pôsteres, fotos, álbuns, bolas de beisebol — nem uma única meia suja. Olho pela janela e vejo um campo marrom-claro e, além dele, os tijolos amarelos de um asilo. Fecho os olhos e finjo que estou com Sebastian na pintura de Max Ernst sob um céu de azul profundo.

Agora que estou dentro do quarto dele — com ele, pra valer —, me sinto um pouco desconfortável.

Sebastian pega minha mão e me leva até a cama. Ele coloca uma das mãos em cada lado do meu rosto e me beija.

Mal consigo respirar. Eu — e Sebastian Kydd. Está realmente acontecendo.

Depois de um tempo, ele levanta a cabeça e me olha. Está tão perto que consigo ver os risquinhos verde-escuros em seus olhos. Ele está tão perto que eu podia contá-los se quisesse.

— Ei — diz ele —, você nunca perguntou por que não liguei.

— Era pra eu ter perguntado?

— A maioria das garotas perguntaria.

— Talvez eu não seja a maioria das garotas. — Isso soa meio arrogante, mas certamente não vou contar a ele como passei as duas últimas semanas em pânico emocional, dando saltos toda vez que o telefone tocava, olhando pra ele de lado durante as aulas, prometendo que eu nunca, nunca mais, faria nada de mal pelo resto da vida se ele simplesmente falasse comigo do jeito que tinha falado aquela noite no celeiro... E depois me odiando por ser tão idiota e mulherzinha sobre essa coisa toda.

— Você pensou em mim? — ele pergunta maliciosamente.

Agora ferrou. Uma pegadinha. Se eu disser que não, ele vai se sentir insultado. Se eu disser que sim, vou parecer patética.

— Talvez um pouco.

— Eu pensei em você.

— Então por que não ligou? — pergunto de brincadeira.

— Fiquei com medo.

— De mim? — Eu rio, mas ele parece estranhamente sério.

— Fiquei com medo de me apaixonar por você. E não quero me apaixonar por ninguém agora.

— Ah! — Meu coração afunda até o estômago.

— Então? — pergunta ele, passando o dedo pelo meu queixo.

Ahá. Eu sorrio. É só mais uma de suas pegadinhas.

— Talvez você apenas não tenha conhecido a garota certa — murmuro.

Ele leva seus lábios para perto do meu ouvido.

— Eu esperava que você dissesse isso.

CAPÍTULO DEZ

Salve-me

Meus pais se conheceram numa biblioteca.

Depois da faculdade, minha mãe trabalhou como bibliotecária. Meu pai entrou para pegar alguns livros, viu minha mãe e se apaixonou por ela.

Eles se casaram seis meses mais tarde.

Todos dizem que minha mãe parecia Elizabeth Taylor, mas naquela época diziam a todas as garotas bonitas que elas se pareciam com Elizabeth Taylor. De qualquer maneira, sempre imaginei Elizabeth Taylor sentada de maneira recatada atrás de uma mesa de carvalho, e meu pai de óculos, esguio, seu cabelo loiro cortado bem rente, se aproximando da mesa enquanto minha mãe/Elizabeth Taylor se levanta para ajudá-lo. Ela está usando uma saia rodada, estilo anos 1950, com pompons cor-de-rosa.

A saia está enfiada em algum lugar no sótão, lacrada num saco de roupas com o restante das antigas roupas de minha mãe, inclusive seu vestido de noiva, sapatos Oxford, sapatilhas de balé e o megafone gravado com seu nome, "Mimi", dos tempos como animadora de torcida no colegial.

Raramente vi minha mãe sem estar lindamente vestida e de cabelo e maquiagem feitos. Por um tempo, ela costurava as próprias roupas e muitas das nossas. Ela fazia refeições completas do livro de receitas da Julia Child. Ela decorava a casa com antiguidades locais, tinha os jardins e as árvores de Natal mais bonitos, e ainda nos surpreendia com elaboradas cestas de Páscoa mesmo um bom tempo depois de termos parado de acreditar no coelhinho da Páscoa.

Minha mãe era igual às outras mães, mas um pouco melhor, porque acreditava que apresentar seu lar e família da melhor maneira possível valia a pena, e fazia tudo isso parecer tão fácil.

E, mesmo que ela usasse perfume White Shoulders e achasse que jeans era coisa de fazendeiro, também achava que as mulheres deviam aderir a esse maravilhoso modo de ser chamado feminismo.

No verão antes da minha segunda série, minha mãe e suas amigas começaram a ler *The Consensus*, de Mary Gordon Howard. Era um romance grande, carregado para o clube e de volta para casa em grandes bolsas de tecido cheias de toalhas e bronzeadores e repelentes de mosquito. Todas as manhãs, enquanto elas se acomodavam em suas espreguiçadeiras em volta da piscina, uma mulher após a outra tirava *The Consensus* de dentro da bolsa. A capa ainda está gravada em minha memória: um mar azul com um barco abandonado, cercado pelas fotografias de faculdade em preto e branco de oito jovens mulheres. No verso, havia uma foto de perfil da própria Mary Gordon Howard, uma aristocrata que, para minha jovem alma, lembrava George Washington usando tailleur de lã e pérolas.

— Já chegou à parte do pessário? — Uma sussurrava pra outra.

— Shhh. Ainda não. Não me conte.

— Mamãe, o que é um pessário? — perguntei.

— É uma coisa com a qual você não precisa se preocupar enquanto for criança.

— Vou precisar me preocupar quando for adulta?

— Talvez. Talvez não. Pode ser que já existam novos métodos até lá.

Passei o verão inteiro tentando descobrir o que aquele livro tinha que prendia tanto a atenção das mulheres do clube, a ponto de a Sra. Dewittle nem ter notado que seu filho David caíra do trampolim e precisara de dez pontos na cabeça.

— Mãe! — eu disse mais tarde, tentando ter sua atenção. — Por que Mary Gordon Howard tem dois sobrenomes?

Minha mãe baixou o livro, marcando onde havia parado com um dedo.

— Gordon é o nome de solteira da mãe dela e Howard é o sobrenome do pai.

Pensei nessa informação.

— E o que acontece se ela se casar?

Minha mãe parece ter gostado da pergunta.

— Ela é casada. Ela já se casou três vezes.

Na época, pensei que era a coisa mais glamourosa do mundo ter se casado três vezes. Na época, eu não conhecia um único adulto sequer divorciado.

— Mas ela nunca adota os sobrenomes dos maridos. Mary Gordon Howard é uma grande feminista. Ela acredita que as mulheres devem ter condições de definir a si mesmas e não devem deixar um homem tirar sua identidade.

Achei que devia ser a coisa mais glamourosa do mundo ser uma feminista.

Até *The Consensus* aparecer em minha vida, nunca havia pensado muito sobre o poder dos livros. Tinha lido todos os livros cheios de ilustrações, e os de Roald Dahl e *As crônicas de Nárnia*. Mas, naquele verão, a ideia de que um livro podia mudar as pessoas começou a rondar a minha consciência. Achei que eu também podia querer me tornar uma escritora e feminista.

No Natal daquele ano, enquanto estávamos sentados em volta da mesa comendo o Bouche de Noel que minha mãe passara dois dias preparando, ela fez um anúncio: ia voltar a estudar e ter seu diploma de arquitetura. Nada mudaria, exceto que papai teria de preparar nossos jantares algumas noites por semana.

Anos depois, minha mãe conseguiu um emprego na Beakon and Beakon Architects. Eu adorava ir ao seu escritório depois da aula, que era uma casa antiga no centro da cidade. Todos os cômodos tinham carpetes macios e eram perfumados com os suaves aromas de papel e tinta. Havia uma mesa inclinada engraçada onde minha mãe trabalhava, desenhando estruturas elegantes num traço fino e firme. Ela tinha duas pessoas trabalhando para ela — os dois jovens pareciam adorá-la — e eu nunca achei que não fosse possível ser feminista e, ao mesmo tempo, usar meia-calça e saltos altos e prender os cabelos para trás com uma linda presilha.

Achava que ser uma feminista tinha a ver com o modo como você levava sua vida.

Quando eu tinha 13 anos, li no jornal local que Mary Gordon Howard estava na cidade para uma palestra e autógrafos em nossa biblioteca pública. Minha mãe já não estava mais bem o suficiente para sair de casa, então decidi ir sozinha e surpreendê-la com um livro autografado. Trancei meus cabelos em marias-chiquinhas e amarrei as pontas com laços de fita amarelos.

Usei um vestido estampado indiano amarelo e um par de sandálias de salto. Antes de sair, fui ver minha mãe.

Ela estava deitada na cama com as cortinas fechadas pela metade. Como sempre, tinha esse tique-taque mecânico do relógio do vovô, e imaginei pequenos dentinhos dentro da engrenagem mordendo um pedacinho de tempo com cada movimento inexorável.

— Aonde está indo? — minha mãe perguntou. Sua voz, antes suave e doce, se reduzira a um arranhão.

— Pra biblioteca — disse, reluzente. Estava louca para contar a ela meu segredo.

— Que bom — disse ela. — Está bonita. — Ela respirou fundo e continuou. — Gostei dos seus laços de fita. Onde os arranjou?

— Na sua velha caixa de costura.

Ela assentiu:

— Meu pai trouxe esses laços da Bélgica.

Toquei os laços, incerta se devia tê-los pegado.

— Não, não — disse minha mãe. — Use-os. Para isso é que existem, certo? Além disso — repetiu ela —, você está linda.

Ela começou a tossir. Eu odiava aquele som — alto e fraco, parecia mais o engasgo inútil de um animalzinho indefeso do que uma tosse de verdade. Ela havia tossido durante um ano antes de descobrirem que estava doente. A enfermeira entrou, tirando a tampa de uma seringa com os dentes enquanto batia nas veias de minha mãe com dois dedos.

— Já vai, querida, já vai — disse ela tranquilizadoramente, enfiando a agulha com delicadeza. — Agora você vai dormir. Vai dormir um pouquinho e quando acordar estará se sentindo melhor.

Minha mãe olhou para mim e piscou:

— Duvido — disse, enquanto começava a cair no sono.

Subi na minha bicicleta e pedalei os oito quilômetros pela Main Street até a Biblioteca. Estava atrasada e, enquanto pedalava, uma ideia começou a tomar forma em minha cabeça: Mary Gordon Howard iria me salvar.

Mary Gordon Howard iria me *reconhecer*.

Mary Gordon Howard iria me ver e saber, instintivamente, que eu também era escritora e feminista, e que um dia escreveria um livro que mudaria o mundo.

Ficando de pé sobre os pedais para ir mais rápido, eu tinha grandes expectativas de uma transformação dramática em breve.

Quando cheguei à biblioteca, larguei minha bicicleta nos arbustos e subi as escadas correndo até a sala de leitura.

Doze fileiras de mulheres estavam sentadas em cadeiras dobráveis. A grande Mary Gordon Howard, metade de seu corpo escondido atrás de um pódio, estava de pé na frente delas. Ela parecia uma mulher vestida para batalha, um terno enganado da cor de armadura ressaltado por enormes ombreiras. Senti certo clima de hostilidade no ar, e sentei atrás de uma pilastra.

— Sim? — Ela ladrou para uma mulher na primeira fila que levantara a mão. Era nossa vizinha, Sra. Agnosta.

— O que você disse é muito bom e bem-intencionado — começou cuidadosamente a Sra. Agnosta —, mas e se você não estiver infeliz com sua vida? Quer dizer, não sei se a vida da minha filha *deve* ser diferente da minha. Na verdade, gostaria que minha filha ficasse igual a mim.

Mary Gordon Howard franziu o cenho. Em suas orelhas havia enormes pedras azuis. Quando ela moveu a mão para ajeitar o brinco, notei um relógio de diamantes retangular em seu pulso. De alguma maneira, não esperava que Mary Gordon Howard usasse muitas joias. Então ela abaixou a cabeça como um touro e encarou a Sra. Agnosta, como se estivesse prestes a atacar. Por um momento, fiquei até com medo pela Sra. Agnosta, que, sem dúvida, não tinha ideia de onde se metera e estava simplesmente procurando um pouco de cultura para animar sua tarde.

— Isso, minha cara, é porque você é uma clássica narcisista — declarou Mary Gordon Howard. — Está tão apaixonada por si mesma que acha que uma mulher só pode ser feliz se for "igual a você". Você espelha exatamente o que falo quando me refiro a mulheres que são um atraso ao progresso de outras mulheres.

Bem, pensei. Isso provavelmente era verdade. Se dependesse da Sra. Agnosta, todas as mulheres passariam os dias fazendo biscoitos e esfregando privadas.

Mary Gordon Howard olhou em volta da sala, sua boca fechada numa linha de triunfo.

— E agora, se vocês não têm mais nenhuma pergunta, ficaria feliz em autografar seus livros.

Não houve mais perguntas. A plateia, imaginei, ficou intimidada demais.

Entrei na fila, segurando o exemplar de *The Consensus* de minha mãe junto ao peito. A bibliotecária chefe, Srta. Detooten, que eu conhecia desde criança, ficou ao lado de Mary Gordon Howard, entregando a ela os livros para autografar. Mary Gordon Howard suspirou irritada diversas vezes. Finalmente, ela se virou para a Srta. Detooten e murmurou:

— Donas de casa ignorantes, receio.

A essa altura, só havia duas pessoas na minha frente. "Ah não", eu queria protestar. "Isso não é verdade." E eu queria poder contar a ela sobre minha mãe e como *The Consensus* mudou a vida dela.

A Srta. Detooten se encolheu e corou de vergonha, virar-se de costas e me viu.

— Ora vejam, aqui está Carrie Bradshaw — exclamou ela numa voz alegre demais, como se eu fosse uma pessoa que Mary Gordon Howard gostaria de conhecer.

Meus dedos agarraram com força o livro. Eu parecia não conseguir mover os músculos do meu rosto, e imaginei como devia estar parecendo com a boca congelada num sorriso bobo e tímido.

Górgona, como eu agora a chamava em minha cabeça, olhou na minha direção, analisou minha aparência e voltou a assinar.

— Carrie vai ser escritora — disse efusivamente a Srta. Detooten. — Não é mesmo, Carrie?

Eu assenti.

De repente, eu tinha a atenção da Górgona. Ela baixou sua caneta.

— E por quê? — perguntou.

— Como? — Sussurrei. Meu rosto pinicava de tão quente.

— Por que *você* quer escrever?

Olhei para a Srta. Detooten em busca de ajuda. Mas a Srta. Detooten apenas parecia tão aterrorizada quanto eu.

— Eu... eu não sei.

— Se não consegue pensar num motivo muito bom para fazer isso, então não faça — rebateu Gordon. — Ser escritor envolve ter algo a dizer. E é bom que seja interessante. Se não tem nada interessante a dizer, não seja escritora. Seja alguma coisa útil. Como médica.

— Obrigada — sussurrei.

Górgona estendeu uma das mãos para pegar o livro da minha mãe. Por um momento, pensei em pegá-lo de volta e sair correndo de lá, mas estava intimidada demais. Górgona rabiscou seu nome numa letra pequena e afiada.

— Obrigada por vir, Carrie. — A Srta. Detooten disse quando peguei o livro de volta.

Minha boca estava seca. Assenti como uma boba enquanto tropeçava para o lado de fora.

Eu estava fraca demais para pegar minha bicicleta. Sentei no meio-fio em vez disso, tentando recuperar o controle do meu ego. Esperei enquanto ondas venenosas de vergonha caíam sobre mim e, quando passou, me levantei, sentindo como se tivesse perdido uma dimensão. Subi na bicicleta e pedalei até minha casa.

— Como foi? — minha mãe sussurrou mais tarde, quando acordou. Estava sentada na cadeira ao lado de sua cama, segurando sua mão. Minha mãe sempre cuidou bem das mãos. Se você olhasse apenas para suas mãos, nunca imaginaria que ela estava doente.

Dei de ombros.

— Não tinham o livro que eu queria.

Minha mãe assentiu:

— Talvez da próxima vez.

Nunca contei à minha mãe que tinha ido ver sua heroína, Mary Gordon Howard. Nunca contei a ela que Mary Gordon Howard autografara seu livro. E certamente não contei a ela que Mary Gordon Howard não era nenhuma feminista. Como você pode ser feminista quando trata outras mulheres como lixo? Assim você é só mais uma mulher má como Donna LaDonna. Nunca contei a ninguém nada sobre aquele incidente. Mas a lembrança permaneceu comigo, como uma terrível surra que você pode afastar da cabeça, mas nunca realmente esquecer.

Ainda sinto uma ponta de vergonha quando penso nisso. Eu queria que Mary Gordon Howard me salvasse.

Mas aquilo foi há muito tempo. Não sou mais aquela garota. Não preciso ter vergonha. Eu me viro e enfio o travesseiro embaixo da bochecha, pensando em meu encontro com Sebastian.

E também não preciso mais ser salva.

CAPÍTULO ONZE

Competição

— Ouvi dizer que Donna LaDonna está saindo com Sebastian Kydd — diz Lali, ajeitando os óculos de natação.

O quê? Mergulho o dedão na água enquanto ajeito as alças do meu maiô, tentando me recompor.

— Mesmo? — indago casualmente. — Onde foi que ouviu isso?

— Ela contou pras duas Jens e elas estão contando pra todo mundo.

— Talvez ela esteja inventando — digo, alongando as pernas.

— Por que ela faria isso?

Subo no degrau ao lado dela e dou de ombros.

— Em seus lugares. Apontar. *Já*! — diz o treinador Nipsie.

Quando estamos as duas em pleno ar, grito:

— Eu saí com Sebastian Kydd.

Vejo sua expressão chocada de relance enquanto ela cai de barriga na piscina.

A água está fria, mal chegando a 20 graus. Nado uma volta, viro e, quando vejo Lali vindo atrás de mim, começo a bater na água com tudo.

Lali nada melhor que eu, mas eu sou melhor no mergulho. Durante quase oito anos estivemos competindo uma com a outra e uma contra a outra. Já levantamos às quatro da manhã, já bebemos estranhas combinações de ovo cru para ficarmos mais fortes, já passamos semanas em colônias de férias de natação, puxamos pra cima os maiôs uma da outra, inventamos danças de vitória engraçadas e pintamos nossos rostos com as cores da escola. Já levamos broncas de treinadores, fomos censuradas por mães, e fizemos criancinhas chorarem. Somos consideradas uma má combinação, mas, até agora, ninguém conseguiu nos separar.

Nadamos uma série exaustiva de oito voltas. Lali me ultrapassa na sexta volta e, quando bato na chegada, ela está em pé acima de mim, pingando água na minha raia.

— Boa maneira de enlouquecer a concorrência — diz ela, enquanto nos cumprimentamos.

— Só que é verdade — digo, agarrando minha toalha e esfregando a cabeça.

— O *quê*?

— Noite passada. Ele veio até a minha casa. Fomos a um museu. E depois fomos pra casa dele e nos beijamos.

— Ahã. — Ela flexiona o pé e o puxa até a coxa.

— E ele passou um verão morando em Roma. E — olho em volto para ter certeza de que ninguém está ouvindo —, ele rói as unhas.

— Tá bom, Bradley.

— Lali — sussurro —, estou falando *sério*.

Ela para de alongar a perna e me olha. Por um segundo, acho que está zangada. Então sorri e solta:

— Qual é, Carrie. Por que Sebastian Kydd iria sair com *você*?

Por um momento, estamos as duas surpresas num daqueles terríveis momentos em que uma amiga vai longe demais e você imagina se vai começar uma briga de palavras duras. Você vai dizer uma coisa feia e defensiva. Ela vai dizer algo cruel pra magoar. Você vai se perguntar se um dia vão voltar a se falar.

Mas talvez não tenha sido de propósito. Então você dá outra chance a ela:

— Por que ele não sairia? — pergunto, tentando descontrair.

— Por causa da Donna LaDonna, só por isso — diz ela, instantaneamente arrependida. — Quero dizer, se ele está com ela... Não se imagina que ele começaria a sair com outra pessoa também.

— Talvez ele não esteja saindo com ela — digo, com minha garganta apertada. Estava louca pra contar a Lali tudo sobre o encontro, detalhando cada coisinha que ele disse e fez, mas agora não posso mais.

E se ele *estiver* com Donna LaDonna? Vou parecer uma idiota completa.

— Bradshaw! — O treinador Nipsie grita. — Qual é o problema com você hoje? É sua vez lá nas pranchas.

— Desculpe — digo para Lali, como se de algum modo fosse tudo culpa minha. Pego minha toalha e subo até os trampolins.

— E preciso que consiga o duplo carpado para quinta-feira — diz o treinador Nipsie.

Subo a plataforma até o trampolim e paro, tentando visualizar meu mergulho. Mas tudo que consigo ver é Donna LaDonna e Sebastian juntos aquela noite no Emerald. Talvez Lali esteja certa. Por que ele se daria ao trabalho de vir atrás de mim quando ainda está saindo com Donna LaDonna? Por outro lado, talvez ele não esteja saindo com ela e Lali só esteja tentando me confundir. Mas por que ela faria isso? Ela é minha melhor amiga.

— Bradshaw! — O treinador Nipsie grita, advertindo-me. — Não tenho o dia todo.

Droga. Dou quatro passos, piso com o pé direito, e pulo para cima. Assim que estou no ar, sinto que o mergulho vai ser um desastre. Meus braços e pernas se abrem para os lados enquanto caio com a parte de trás da cabeça na piscina.

— Qual é, Bradshaw? Não está nem tentando — Nipsie me dá uma bronca.

Geralmente sou bem durona, mas as lágrimas começam a inundar meus olhos. Não sei se é por causa da dor na minha cabeça ou pela humilhação ao meu ego, mas, de qualquer maneira, as duas coisas estão doendo. Olho para Lali, esperando algum apoio, mas ela não está prestando atenção. Está sentada na arquibancada, e ao lado dela, a cerca de 30 centímetros de distância, está Sebastian.

Por que ele fica aparecendo sem avisar? Não estou preparada pra isso.

Volto para o trampolim. Não ouso olhar para ele, mas consigo senti-lo me observando.

Minha segunda tentativa é um pouco melhor e, quando saio da água, Lali e Sebastian começam a conversar. Lali levanta os olhos para mim e sacode os punhos:

— Isso aí, Bradley!

— Obrigada — aceno de volta. Sebastian me olha e pisca.

Meu terceiro mergulho é bastante bom, mas Lali e Sebastian estão muito envolvidos em uma animada conversa para notar.

— Ei — digo, espremendo a água do meu cabelo enquanto vou até eles.

— Ah, oi — diz Lali, como se estivesse me vendo pela primeira vez aquele dia. Agora que Sebastian está aqui, acho que ela deve estar se sentindo bem boba pelo que disse.

— Doeu? — Sebastian pergunta quando sento a seu lado. Ele dá um tapinha no topo da minha cabeça e diz docemente: — Seu cocuruto. Pareceu ter sofrido algum tipo de dano ali na piscina.

Olho para Lali, que está com os olhos do tamanho de ovos.

— Que nada — dou de ombros. — Acontece sempre. Não é nada.

— Estávamos falando sobre a noite em que pintamos o celeiro — diz Lali.

— Aquilo foi hilário — digo, numa tentativa de me comportar como se isso tudo fosse normal. Como se não estivesse nem um pouco surpresa de ver Sebastian me esperando ali.

— Quer uma carona pra casa? — ele pergunta.

— Claro. — Ele me segue até a porta do vestiário e por algum motivo fico aliviada. De repente percebo que não quero deixá-lo mais sozinho com Lali.

Quero ele todo pra mim. Ele é novo demais pra emprestar.

E então me sinto uma megera. Lali é minha melhor amiga.

Saio para o estacionamento pelo ginásio, e não pela piscina, meu cabelo ainda molhado, meus jeans colando desconfortavelmente em minhas coxas. Estou na metade do asfalto quando um Toyota bege me alcança e para. A janela desce e Jen S coloca a cabeça pra fora.

— Oi, Carrie — diz ela, bem casualmente. — Para onde está indo?

— Lugar nenhum.

Jen P se inclina por cima dela.

— Quer ir pro Hamburger Shack?

Lanço a elas um olhar deliberadamente cético. Elas nunca me convidaram para ir ao Hamburguer Shack antes — pensando bem, elas nunca me chamaram para ir a lugar algum. Elas realmente me acham tão idiota assim?

— Não posso — respondo vagamente.

— Por que não?

— Tenho que ir pra casa.

— Tem tempo pra um hambúrguer — diz Jen S. Pode ser minha imaginação, mas detecto um leve tom de ameaça em sua voz.

Sebastian buzina.

Dou um salto. Jen S e Jen P se entreolham mais uma vez.

— Entre — insiste Jen P.

— Sério, gente. Obrigada. Fica pra outra vez.

Jen S me fuzila com os olhos. E dessa vez não restam dúvidas quanto à hostilidade em sua voz:

— Você é que sabe — diz ela, enquanto sobe a janela. E então elas ficam paradas ali, assistindo enquanto eu vou até o carro de Sebastian e entro.

— Oi — diz ele, inclinando-se para me beijar.

Eu me afasto.

— Melhor não. Estamos sendo observados. — Aponto para o Toyota bege. — As duas Jens.

— E daí! — exclama ele, e me beija de novo. Eu entro na dele, mas me afasto de novo após alguns segundos. — As Jens — digo enfaticamente. — São as melhores amigas da Donna LaDonna.

— E?

— Bem, obviamente vão contar a ela. Sobre nós dois — digo cautelosamente, não querendo soar presunçosa.

Ele franze o cenho, gira a chave e muda de marcha. O carro vai pra frente com um guincho. Olho pelo vidro de trás. O Toyota parou bem atrás de nós. Escorrego para baixo no assento.

— Não acredito nisso — murmuro. — Elas estão nos seguindo.

— Ah, pelo amor de Deus — diz ele, olhando pelo retrovisor. — Talvez esteja na hora de aprenderem uma lição.

O motor ruge como um animal selvagem enquanto ele passa a quarta marcha. Fazemos uma curva íngreme entrando na avenida e chegamos a 75Km/h. Eu me viro para ver o progresso do Toyota.

— Acho que as estamos despistando.

— Por que fariam isso? O que há de errado com essas garotas?

— Tédio. Elas não têm nada melhor pra fazer.

— Bem, é melhor que arranjem alguma coisa então.

— Ou o quê? Vai dar uma surra nelas? — Eu rio.

— Algo do tipo. — Ele toca minha perna e sorri. Fazemos outro retorno na avenida até a Main Street. Enquanto nos aproximamos da minha casa, ele vai desacelerando.

— Aqui não — sibilo. — Vão ver seu carro na entrada.

— Onde?

Eu penso por um momento.

— Na biblioteca.

Ninguém vai nos achar lá. Ninguém vai nem pensar em nos procurar lá, exceto talvez pela Mouse, que sabe que a Biblioteca Pública de Castlebury é meu esconderijo favorito. Ela fica numa mansão de tijolos brancos, construída no começo do século XX, quando Castlebury era uma cidade em expansão e cheia de milionários querendo exibir suas fortunas com a construção de mansões grandiosas no rio Connecticut. Mas quase ninguém tem dinheiro pra mantê-las agora, então todas se tornaram propriedades públicas ou asilos.

Sebastian passa reto em frente à entrada e estaciona atrás do prédio. Eu salto e olho pros lados. O Toyota bege está lentamente descendo a rua principal, direto pela biblioteca. Dentro do carro, as duas Jens estão olhando de um lado pro outro, como dois ventiladores, tentando nos achar.

Eu me dobro pra frente de tanto rir. Toda vez que tento levantar, olho para Sebastian e caio na gargalhada de novo. Eu tropeço pelo estacionamento e caio no chão, segurando a barriga.

— Carrie? — ele diz. — É realmente *tão* engraçado assim?

— É — rio. E caio em outra onda de gargalhadas enquanto Sebastian fica me olhando, desiste, e acende um cigarro.

— Toma — diz ele, passando-o para mim.

Eu me levanto, segurando nele para me apoiar.

— É engraçado sim, não é?

— Hilário.

— Por que não está rindo?

— Estou. Mas gosto mais de ver você rindo.

— Mesmo?

— Sim. Me deixa feliz. — Ele põe os braços em volta de mim e entramos.

Eu o levo até o quarto andar. Quase ninguém sobe lá, porque todos os livros são sobre engenharia e botânica e pesquisas científicas obscuras. Então, a maioria das pessoas não se dá ao trabalho de subir quatro lances de escada para ler esse tipo de livro. No meio da sala há um velho sofá de chita.

Estamos há pelo menos meia hora em intensos amassos quando somos surpreendidos por uma voz alta e furiosa.

— Oi, Sebastian. Estava me perguntando para onde tinha fugido.

Sebastian está em cima de mim. Olho por cima de seu ombro e vejo Donna LaDonna de pé encarando a cena de cima, como uma Valquíria raivosa. Seus braços estão cruzados, enfatizando seus seios formidáveis. Se peitos pudessem matar alguém, os dela matariam.

— Você é nojento — escarnece ela para Sebastian, antes de mudar o foco de sua atenção para mim. — E *você*, Carrie Bradshaw. Você é *pior* ainda.

— Não entendo — digo numa voz baixa.

Sebastian parece culpado:

— Carrie, me desculpe. Eu não fazia ideia de que ela reagiria assim.

Como ele pode "não fazer ideia"? Pergunto-me, minha raiva aumentando. Todo mundo vai saber amanhã na escola. E sou eu que vou parecer ou uma boba ou uma piranha.

Sebastian está com uma das mãos no volante, batucando o painel de madeira com uma unha roída, como se estivesse tão perplexo com tudo aquilo quanto eu. Provavelmente, eu deveria gritar com ele, mas ele parece tão fofo e inocente que não consigo fazer isso.

Olho pra ele séria, cruzando os braços.

— Você *está* saindo com ela?

— É complicado.

— Como?

— Não é tão simples assim.

— É como dizer que está meio grávida. Ou se está ou não se está.

— Não estou, mas ela *acha* que estou.

E de quem é a culpa disso?

— Não pode dizer a ela que não está saindo com ela?

— Não é tão fácil assim. Ela *precisa* de mim.

Agora realmente chega. Como alguma garota que tem um mínimo de respeito próprio pode responder a essa baboseira? Ele quer que eu diga, "Não, por favor, também preciso de você"? E qual é a desse lance ultrapassado de "precisar", afinal?

Ele sobe na entrada da minha casa e para o carro.

— Carrie...

— É melhor eu entrar. — Minha voz está um pouco ríspida. Mas o que mais eu posso fazer? E se ele gosta mais da Donna LaDonna e está só me usando para deixá-la com ciúmes?

Saio do carro e bato a porta.

Corro o caminho até a entrada da casa. Estou quase na porta quando escuto o som rápido e satisfatório de seus passos atrás de mim.

Ele pega meu braço:

— Não vá — diz. Eu deixo ele me virar e colocar suas mãos no meu cabelo. — Não vá — sussurra ele. Ele levanta meu rosto até o dele — Talvez *eu* precise de *você*.

CAPÍTULO DOZE

Não se pode ter tudo

— Maggie, o que foi?

— Nada — responde ela friamente.

— Está chateada? Comigo? — engasgo.

Ela para, se vira e me olha feio. E lá está: a expressão internacionalmente conhecida de garotas para "Estou com raiva de você e você devia saber muito bem por que, mas não vou explicar".

— O que foi que *eu* fiz?

— É mais o que você não fez.

— Tudo bem, o que foi que *não* fiz?

— Diga você — responde ela. E começa a andar.

Penso em uma série de situações recentes, mas não encontro nada.

— Mags. — Começo a persegui-la pelos corredores. — Desculpe se não te contei sobre "alguma coisa". Mas, honestamente, não sei que "alguma coisa" é essa.

— Sebastian — rebate ela.

— Hein?

— Você e Sebastian. Eu chego à escola hoje de manhã e todo mundo sabe de tudo. Todo mundo menos eu. E eu *supostamente* sou uma das suas melhores amigas.

Estamos quase na porta do auditório, onde vou ter de entrar, sabendo que terei de enfrentar a hostilidade dos amigos de Donna LaDonna, assim como um exército de alunos que não são seus amigos, mas gostariam de ser.

— Maggie — imploro. — Aconteceu oficialmente ontem à noite. Eu não tive exatamente tempo de ligar. Eu planejava contar hoje logo cedo.

— Lali sabia — diz ela, não acreditando nas minhas desculpas.

— Lali estava lá. Na piscina. Quando ele veio me buscar.

— E daí?

— Qual é, Magwitch? Não preciso de você chateada comigo também.

— Veremos. — Ela abre a porta do auditório. — Falamos sobre isso depois.

— OK. — Dou um suspiro enquanto ela se afasta. Eu passo colada na parede de trás da sala e me apresso enquanto desço o corredor até meu lugar marcado, tentando atrair o menos possível a atenção. Quando finalmente chego à minha fileira, paro surpreendida ao perceber que alguma coisa está terrivelmente errada. Checo mais uma vez a letra "B" para ter certeza de que não fiz confusão.

Não fiz. Mas meu lugar está agora ocupado por Donna LaDonna.

Procuro em volta da sala por Sebastian, mas ele não está lá. Covarde. Não tenho escolha. Vou ter de sair dessa sozinha.

— Com licença — digo, passando por Susie Beck, que tem usado preto todos os dias da sua vida pelos últimos dois anos; Ralph Bomenski, um garoto pálido e franzino cujo pai é dono de um posto de gasolina e faz Ralphie trabalhar lá não importa sob que condições; e Ellen Brack, que tem 1,80m de altura e está dando a impressão de que preferia desaparecer. Um sentimento que entendo perfeitamente neste momento.

Donna LaDonna está ignorando minha aproximação. Seu cabelo é como um dente-de-leão gigante, obstruindo sua vista. Ela está conversando muito animada com Tommy Brewster. É a conversa mais longa que já testemunhei entre os dois até hoje, mas, ainda assim, faz sentido, considerando que Tommy é do seu grupinho de amigos. A voz dela é tão alta que praticamente já dá pra escutá-la, mesmo a três fileiras de distância.

— Algumas pessoas não sabem seu lugar — diz ela. — É tudo sobre a ordem de ciscar. Sabe o que acontece com galinhas que não ficam no seu lugar?

— Não — responde Tommy, abobalhado. Ele me viu, mas rapidamente voltou seus olhos e atenção para onde pertencem, ao rosto de Donna LaDonna.

— Elas são bicadas até a morte. Pelas outras galinhas. — Donna fala sombriamente.

OK. Chega. Não posso ficar parada aqui para sempre. Os pobres joelhos de Ellen Brack estão enfiados até suas orelhas. Simplesmente não há espaço suficiente para nós duas.

— Com licença — digo mais uma vez educadamente.

Nenhuma resposta. Donna LaDonna continua sua história.

— E, ainda por cima, tentando roubar o namorado de outra garota.

Jura? Donna LaDonna já roubou praticamente todos os namorados de todas as suas amigas em algum momento ou outro, simplesmente para lembrá-las de que ela é capaz.

— Repare que eu disse *tentando*. Porque a parte mais patética é que ela não foi bem-sucedida. Ele me ligou ontem de noite e me disse que — Donna subitamente se inclina pra frente e sussurra no ouvido do Tommy para eu não ouvir — ela é.

Tommy ri histericamente.

Sebastian ligou pra ela?

Duvido. Não posso deixá-la me atingir.

— Com licença — repito. Mas dessa vez é muito mais alto e com muito mais autoridade. Se ela não se virar dessa vez, vai parecer uma completa idiota.

Ela se vira. Seus olhos descem da minha cabeça pra baixo, como se fossem ácido corrosivo.

— Carrie — diz. — Considerando que você parece uma pessoa que gosta de mudar as regras, achei que podíamos trocar de lugar hoje.

Esperta, penso. Infelizmente, não é permitido.

— Por que não trocamos de lugar outro dia? — sugiro.

— Oooooh — zomba ela. — Está com medo de se meter em confusão? Uma certinha como você? Não quer sujar sua preciosa ficha, quer?

Tommy joga a cabeça pra trás como se isso também fosse hilariamente engraçado. Nossa. Ele riria até de um palito se alguém mandasse.

— Tudo bem — digo. — Se não sair, acho que vou ter que sentar em cima de você.

Infantil, sim. Mas eficiente.

— Não teria coragem.

— Ah, é mesmo? — E levanto minha bolsa como se fosse apoiá-la em cima de sua cabeça.

— Com licença, Tommy — diz ela, levantando-se. — Mas algumas pessoas são simplesmente imaturas demais para eu gastar meu tempo. — Ela me dá um empurrão enquanto sai, deliberadamente pisando no meu pé. Finjo não notar. Mas mesmo depois de ela ter ido embora, não fico aliviada. Meu coração está batendo como uma banda de orquestra inteira tocando. Minhas mãos estão tremendo.

Sebastian teria ligado *mesmo* pra ela?

E cadê o Sebastian, a propósito?

Consigo aturar o tempo no auditório censurando meu próprio comportamento. O que eu estava pensando? Por que enfurecer a garota mais poderosa da escola por causa de um cara? Porque tive a chance, só por isso. E a agarrei. Não pude evitar. O que me torna uma pessoa não muito lógica e talvez não muito legal também. Vou realmente me ferrar por essa. E provavelmente mereço.

E se *todo mundo* ficar com raiva de mim pelo restante do ano?

Se ficarem, vou escrever um livro sobre eles. Vou mandar para o programa de literatura intensivo da New School e, dessa vez, vou conseguir entrar. Então vou morar em Nova York e fazer novos amigos e mostrar a todo mundo.

Mas, assim que estamos saindo agrupados do auditório, Lali me acha.

— Estou orgulhosa de você — diz ela. — Não acredito que tenha enfrentado Donna LaDonna.

— É, não foi nada. — Dou de ombros.

— Eu estava te vendo o tempo todo. Fiquei com medo de você começar a chorar ou coisa parecida. Mas você não chorou.

Não sou exatamente chorona. Nunca fui. Mas mesmo assim...

Mouse se junta a nós.

— Estava pensando. Talvez você e eu e Danny e Sebastian possamos sair num encontro de casais. Quando Danny vier fazer uma visita.

— Claro — respondo, querendo que ela não tivesse dito isso na frente de Lali. Com Maggie chateada comigo, a última coisa de que preciso é que Lali se sinta excluída também. — Talvez possamos ir todos. Num grupo — acrescento enfaticamente para agradar a Lali. — Desde quando precisamos de namorado pra nos divertir?

— Tem razão — diz Mouse, pegando minha deixa. — Sabe o que dizem por aí: uma mulher precisa de um homem tanto quanto um peixe precisa de uma bicicleta.

Todas nós assentimos, concordando. Um peixe pode até não precisar de uma bicicleta, mas com certeza precisa de amigos.

— Ai! — Alguém me espeta nas costas. Eu me viro esperando encontrar um dos servos de Donna LaDonna. Em vez disso, é Sebastian, segurando um lápis e rindo.

— Como está? — pergunta ele.

— Bem — digo, com bastante sarcasmo. — Donna LaDonna estava sentada em meu lugar quando entrei no auditório.

— Ahã — diz ele, como se não tivesse nada a ver com isso.

— Não *te* vi lá.

— Isso é porque eu *não estava* lá.

— Onde estava? — Não acredito que acabei de perguntar isso. Quando foi que virei mãe dele?

— Importa mesmo? — Ele pergunta.

— Houve uma situação. Com Donna LaDonna.

— *Legal*.

— O negócio foi feio. Agora ela realmente me odeia.

— Sabe meu lema — diz ele, batendo de brincadeira no meu nariz com seu lápis. — Evite problemas com mulheres a todo custo. O que vai fazer hoje à tarde? Mate o treino de natação e vamos a algum lugar.

— E quanto a Donna LaDonna? — É o mais perto que consigo chegar de perguntar se ele ligou mesmo pra ela.

— O que tem ela? Quer que ela venha junto? — Sebastian diz e eu apenas olho para ele. — Então, esquece ela. Ela não é importante — diz ele enquanto sentamos em nossos lugares na aula de cálculo.

Ele está certo, eu penso, enquanto abro meu livro no capítulo sobre números inteiros enganosos. Donna LaDonna não é importante. Cálculo é, assim como os inteiros enganosos. Nunca se sabe quando um inteiro enganoso vai aparecer e estragar sua equação inteira. Talvez seja assim que Donna LaDonna se sinta em relação a mim. Sou uma inteira enganosa e devo ser detida.

— Carrie?

— Sim, Sr. Douglas?

— Pode vir até aqui e terminar essa equação?

— Claro. — Pego um pedaço de giz e olho os números no quadro. Quem poderia imaginar que cálculo seria mais fácil que namorar?

— Então as espadas foram sacadas — diz Walt, referindo-se ao incidente no auditório com certo grau de satisfação. Ele acende um cigarro e inclina a cabeça pra trás, jogando fumaça pelas vigas do estábulo.

— Sabia que ele gostava de você — diz Mouse triunfante.

— Mags? — pergunto.

Maggie dá de ombros e desvia o olhar. Ela ainda não está falando comigo.

Ela apaga o cigarro embaixo do sapato, pega seus livros e vai embora.

— O que há com ela? — Mouse pergunta.

— Está chateada comigo porque não contei a ela sobre Sebastian.

— Isso é idiotice — diz Mouse. Ela olha para Walt. — Tem certeza de que ela não está chateada com você?

— Não fiz absolutamente nada. Estou sem culpa nessa — insiste Walt.

Walt lidou com o término incrivelmente bem. Passaram-se dois dias desde que Walt e Maggie tiveram sua "conversa", e o relacionamento dos dois parece estar quase como antes, exceto pelo fato de que Maggie agora oficialmente namora Peter.

— Talvez Maggie esteja chateada com você porque não está muito triste — acrescento.

— Ela disse que achava melhor sermos amigos do que amantes. E eu concordei — diz Walt. — Você não pode tomar uma decisão e depois ficar zangado quando a outra pessoa concorda com você.

— Não — diz Mouse. — Porque isso exige um grau mínimo de lógica. Não é uma crítica — diz ela rapidamente, captando a expressão de alerta em meu rosto. — Mas é verdade. Maggie não é a pessoa mais lógica do mundo.

— Mas é a mais gentil. — Estou pensando que é melhor ir atrás dela, quando Sebastian chega.

— Vamos sair daqui. Acabei de ser abordado por Tommy Brewster querendo arrumar briga.

— Vocês dois são tão fofos juntos — diz Walt, sacudindo a cabeça. — Igualzinho a Bonnie e Clyde.

— O que vamos fazer? — Sebastian pergunta.

— Não sei. O que quer fazer? — Agora que estamos no carro de Sebastian, subitamente me sinto insegura. Estamos saindo já há alguns dias seguidos. O que isso quer dizer? A gente tá namorando?

— Podemos ir pra minha casa.

— Ou talvez possamos *fazer* alguma coisa. — Se formos para a casa dele, vamos ficar só nos amassos. Não quero ser a garota que só se agarra com ele. Quero mais. Quero ser a *namorada* dele.

Mas como diabos vou fazer isso?

— OK — diz, descansando uma das mãos na minha perna e deslizando-a até minha coxa. — Aonde é que *você* quer ir?

— Não sei — digo, melancólica.

— Cinema?

— Quero. — Eu fico mais animada.

— Tem uma retrospectiva ótima do Clint Eastwood no Chesterfield Theatre.

— Perfeito. — Não tenho certeza se sei exatamente quem é Clint Eastwood, mas, tendo concordado, não sei como admitir isso agora. — Sobre o que é o filme?

Ele me olha e sorri:

— Qual é — diz, como se não pudesse acreditar que eu estivesse perguntando uma coisa dessas. — Não é *um* filme. São filmes. Plural. *Três homens em conflito* e *Josey Wales, o fora da lei.*

— Fantástico — respondo, com o que espero que seja entusiasmo o bastante para esconder minha ignorância. Ei, a culpa não é minha. Não tenho irmãos, então sou uma completa ignorante a respeito de cultura de garotos. Recosto no assento e sorrio determinada a abordar esses encontros como aventuras antropológicas.

— Isso é ótimo — diz Sebastian, balançando a cabeça enquanto fica mais e mais animado com seu plano. — Ótimo mesmo. E sabe o que mais?

— O quê?

— Você é ótima. Estou louco pra assistir a essa retrospectiva há séculos e não consigo imaginar outra garota que toparia ir comigo.

— Ah — digo, agradecida.

— Normalmente garotas não gostam do Clint Eastwood. Mas você é diferente, sabe? — Ele tira os olhos da estrada por um segundo e olha para mim. Sua expressão é tão sincera que quase consigo ver meu coração derretendo numa pequena poça de xarope doce e melado. — Quer dizer, é meio como se você fosse mais que uma garota. — Ele hesita, procurando a descrição perfeita. — É como se... você fosse um cara no corpo de uma garota.

— *O quê?*

— Calma. Não disse que você parece um cara. Disse que você pensa como um cara. Você sabe. Meio prática, mas durona. E você não tem medo de aventuras.

— Olha aqui, cara. Só porque uma pessoa é uma garota, não significa que ela não possa ser durona e prática, e ter aventuras. É assim que a maioria das garotas *é* — até estarem perto de garotos. E aí os garotos fazem com que elas ajam como bobas.

— Sabe o que eles dizem: todos os caras são babacas e todas as garotas são doidas.

Tiro meu sapato e bato nele.

Quatro horas depois, saímos tortos do cinema. Meus lábios estão rachados de tanto beijar, e eu me sinto ligeiramente tonta. Meu cabelo está embaraçado e tenho certeza de que estou com o rímel borrado na cara toda. Quando saímos da escuridão para a luz do dia, Sebastian me pega, me beija mais uma vez, e puxa meu cabelo para trás.

— Então, o que achou?

— Muito bom. Adorei a parte em que o Clint Eastwood atira no Eli Wallach pelo laço.

— É — diz, colocando o braço em volta de mim. — É minha parte favorita também.

Ajeito meu cabelo, tentando me deixar ligeiramente mais respeitável, e não como se tivesse passado metade do dia beijando um garoto dentro de um cinema.

— Como estou?

Sebastian dá um passo para trás e sorri enquanto me avalia.

— Está igualzinho ao Tuco.

Dou um chute em sua bunda. Tuco é o nome do personagem de Eli Wallach, também conhecido como "o feio".

— Acho que é assim que vou te chamar de agora em diante — diz ele, rindo. — Tuco. Tucozinha. O que você acha?

— Eu vou te matar — digo e corro atrás dele o estacionamento inteiro até o carro.

CAPÍTULO TREZE

Criaturas do amor

Fico na minha pelos próximos dois dias, tentando manter-me longe da vista de Donna LaDonna, sem ir ao auditório e evitando o refeitório durante o almoço. No terceiro dia, Walt vai me procurar na biblioteca, onde estou escondida na sessão de livros de autoajuda, lendo *Os astros comandam o amor*, de Linda Goodman, numa tentativa inútil de tentar descobrir se Sebastian e eu temos futuro. O problema é que não sei qual o dia do aniversário dele. Só posso torcer para que seja de Áries, e não Escorpião.

— Astrologia? Ah, não. Você não, Carrie — diz Walt.

Fecho o livro e o recoloco na prateleira.

— Qual o problema com astrologia?

— É besteira — diz Walt com escárnio. — Pensar que você pode prever sua vida por meio do signo. Sabe quantas pessoas nascem por dia? Dois milhões quinhentos e noventa e nove. Como podem dois milhões quinhentos e noventa e nove seres humanos terem alguma coisa em comum?

— Alguém já falou que você anda de muito mau humor ultimamente?

— Do que está falando? Sempre fui assim.

— Foi o término, não foi?

— Não, não foi.

— Então o que é?

— Maggie está chorando — diz ele subitamente.

Suspiro.

— É por minha causa?

— Nem tudo é por sua causa, Bradley. Aparentemente ela teve algum tipo de briga com Peter. Ela me pediu para procurar você. Ela está no banheiro feminino perto do laboratório de química.

— Não tem que ficar fazendo favores pra ela.

— Eu não me importo — diz Walt, como se aquilo fosse irreversível. — É mais fácil do que não fazer.

Alguma coisa definitivamente está errada com Walt, penso, enquanto corro para encontrar Maggie. Ele sempre foi levemente sarcástico e cínico, algo que sempre gostei nele. Mas nunca pareceu tão cansado do mundo, como se estivesse carregando uma pedra gigantesca nos ombros, sem forças para continuar.

Abro a porta do lavatório na parte antiga da escola que quase ninguém mais usa porque o espelho está manchado e todos os encanamentos ainda são de cerca de 60 anos atrás. As coisas escritas nas portas também parecem ter 60 anos. Minha favorita é, "Para curtir, ligue para Myrtle". Quer dizer, quando foi a última vez que alguém deu à sua filha o nome de Myrtle?

— Quem está aí? — Maggie pergunta.

— Sou eu.

— Tem alguém com você?

— Não.

— OK. — E então ela sai do reservado, seu rosto inchado e manchado de tanto chorar.

— Jesus, Maggie — digo, enquanto dou a ela um papel-toalha.

Ela assoa o nariz e me olha por cima do papel.

— Sei que está enrolada com o Sebastian agora, mas preciso da sua ajuda.

— Tudo bem — digo cautelosamente.

— Porque preciso ir ao médico. E não posso ir sozinha.

— Claro. — Eu sorrio, aliviada, por aparentemente termos feito as pazes. — Quando?

— Agora.

— *Agora?*

— A não ser que tenha algo melhor pra fazer.

— Não tenho. Mas por que agora, Maggie? — Pergunto cada vez mais desconfiada. — Que tipo de médico?

— Você *sabe* — diz ela, abaixando a voz. — Um médico de... coisa de mulher.

— Tipo aborto? — a palavra sai num arfar alto. Não consigo segurar.

Maggie parece estar em pânico.

— Não fale isso.

— Você está...?

— *Não* — diz ela, num sussurro rápido. — Mas achei que podia estar. Quer dizer, eu podia estar, mas aí fiquei menstruada na segunda.

— Então você fez... sem proteção?

— Você não planeja exatamente essas coisas, sabe? — Maggie diz defensivamente. — E ele sempre tira antes.

— Ah Maggie. — Mesmo que eu nunca tenha transado, sei bastante sobre a parte teórica. A primeira é que o método de tirar antes é conhecido por não funcionar. E Maggie devia saber disso também. — Não está tomando pílula?

— Bem, estou tentando tomar — diz e me olha fixamente. — Por isso é que tenho que ir a esse médico. Em East Milton.

East Milton fica bem ao lado da nossa cidade, mas supostamente é cheia de criminosos e ninguém vai lá. Ninguém passa por lá, sob circunstância alguma. Honestamente, não consigo acreditar nem que exista um consultório médico lá.

— Como foi que achou esse médico, afinal?

— Nas páginas amarelas. — Percebo pelo jeito que ela fala que está mentindo. — Eu liguei e marquei uma consulta para hoje ao meio-dia e meia. E você precisa ir comigo. É a única pessoa em quem posso confiar. Quer dizer, não posso exatamente levar o Walt, posso?

— Por que não pode ir com Peter? Ele é que é responsável por tudo isso, certo?

— Ele está meio que com raiva de mim — diz Maggie. — Quando descobriu que eu podia estar grávida, surtou e não falou comigo durante 24 horas.

Tem alguma coisa nessa história toda que simplesmente não faz sentido.

— Mas Maggie — argumento. — Quando nos vimos no domingo à tarde, você disse que tinha transado com o Peter pela primeira vez...

— Não disse não.

— Disse sim.

— Eu não me lembro. — Ela pega um punhado de papel higiênico e o coloca sobre o rosto.

— Não foi a primeira vez, foi? — digo. Ela balança a cabeça. — Já tinha transado com ele antes.

— Desde aquela noite depois do Emerald — admite.

Balanço a cabeça lentamente. Vou até a janelinha e olho lá para fora.

— Por que você não me contou?

— Ah, Carrie, eu não podia — chora ela. — Sinto muito. Queria contar, mas estava com medo. Quer dizer, e se os outros descobrissem? E se Walt descobrisse? Todo mundo ia me achar uma piranha.

— Eu nunca acharia você uma piranha. Só se você tivesse transado com cem homens.

Isso a faz rir.

— Acha que uma mulher pode dormir com cem homens?

— Acho que pode, se ela se esforçar muito, mas muito mesmo. Quer dizer, teria que dormir com um cara diferente a cada semana. Durante dois anos. Você praticamente não teria tempo para nada que não fosse sexo.

Maggie atira o papel fora e se olha no espelho enquanto joga água gelada no rosto.

— Parece até o Peter. Ele só pensa em sexo.

Não brinca. Caramba! Quem diria que o velho nerd Peter era tão garanhão?

O consultório médico devia ficar a 15 minutos de distância, mas meia hora já se passou e ainda não o encontramos. Até agora, já quase batemos em dois carros, subimos em quatro meios-fios e atropelamos uma porção inteira de batata frita. Maggie insistiu para que parássemos num McDonald's no caminho e, quando levamos a comida para o carro, ela arrancou do estacionamento com tanta força que todas as minhas batatas fritas voaram pela janela.

Chega! Tenho vontade de gritar. Mas você não pode fazer isso — não quando está tentando levar sua melhor amiga a esse médico de meia-tigela para pegar uma receita de pílula anticoncepcional. Então quando olho meu relógio e vejo que já passa do meio-dia e meia, gentilmente sugiro que paremos num posto de gasolina.

— Pra quê? — Maggie pergunta.

— Eles têm mapas.

— Não precisamos de mapa.

— Qual é a sua? É homem agora? — Eu abro o porta-luvas e olho para dentro, desamparada. Está vazio. — Além disso, precisamos de cigarros.

— Minha maldita mãe — diz Maggie. — Está tentando parar. Odeio quando ela faz isso.

Felizmente, a história do cigarro nos distrai do fato de estarmos perdidas, rodando na cidade mais perigosa de Connecticut e que somos otárias. O bastante para nos levar até um posto de gasolina de qualquer modo, onde sou forçada a dar em cima de um atendente cheio de espinhas enquanto Maggie faz xixi de tanto nervoso no banheiro sujo.

Mostro ao atendente o pedaço de papel com o endereço rabiscado.

— Ah, claro — diz ele. — Essa rua é virando a esquina. — Então ele começa a fazer sombras de bichinhos com as mãos contra a parede do prédio.

— Você faz um coelhinho muito bem — digo.

— Eu sei — diz ele. — Vou pedir demissão daqui em breve. Vou fazer mímica em festinhas de crianças.

— Tenho certeza de que terá muitos clientes. — De repente, começo a me sentir meio emotiva em relação a esse cara doce e cheio de espinhas que quer fazer mímicas em festas de criança. É tão diferente de qualquer um na Castlebury High. Então Maggie sai do banheiro e eu a apresso até o carro, fazendo uma mímica de cachorro latindo enquanto aceleramos.

— Que história foi essa? — Maggie pergunta. — Com a mão. Desde quando faz bonecos de sombra?

Desde que você resolveu transar e não me contar, é o que tenho vontade de dizer, mas não digo. Em vez disso, falo:

— Sempre fiz isso. Você é que nunca reparou.

O endereço do consultório médico é numa rua residencial com casas pequenas espremidas umas ao lado das outras. Quando chegamos ao número 46, Maggie e eu nos entreolhamos como se não fosse possível. É só mais uma casa — uma pequena casa azul de porta vermelha. Atrás da porta descobrimos outra porta com um cartaz ao lado que diz, CONSULTÓRIO MÉDICO. Mas agora que finalmente encontramos esse médico, Maggie está apavorada.

— Não vou conseguir — diz ela, batendo no volante. — Não posso entrar aí.

Sei que eu devia ficar irritada com ela por ter me feito vir até East Milton pra nada, mas, em vez disso, entendo exatamente como ela se sente. Querendo se agarrar ao passado, querendo ser como você sempre foi, assustada demais para caminhar rumo ao futuro. Quer dizer, quem pode saber o que há no futuro? Por outro lado, talvez seja tarde demais para voltar.

— Olha — digo —, eu vou entrar e dar uma olhada. Se for tranquilo, volto e pego você. Se eu não voltar em cinco minutos, chama a polícia.

Colado na porta, está um pedaço de papel que diz, BATA ALTO. Eu bato alto. Bato tão alto que quase esfolo os nós dos dedos.

A porta abre uma fresta, e uma mulher de meia-idade usando uniforme de enfermeira põe a cabeça para fora.

— Sim?

— Minha amiga está aqui para uma consulta.

— Para quê? — pergunta ela.

— Pílulas anticoncepcionais? — sussurro.

— É você a amiga? — ela pergunta.

— Não — respondo, surpreendida. — Minha amiga está no carro.

— Melhor ela entrar logo. O médico está ocupado hoje.

— Tá bom — digo, assentindo. Minha cabeça está balançando igual à de uma daquelas miniaturas que os caipiras colocam no painel do caminhão.

— Ou busca sua "amiga" ou entra logo — diz a enfermeira.

Eu me viro e aceno para Maggie. E, pela primeira vez na vida, ela realmente obedece e sai do carro.

Nós entramos. Estamos numa pequena sala de espera que talvez tenha sido a sala de café da manhã da casa original. O papel de parede tem estampa de chaleiras. Há seis cadeiras de metal e uma mesinha de centro de madeira falsa com cópias de revistas *Highlights* infantis. Uma garota com mais ou menos nossa idade está sentada numa das cadeiras.

— O médico já vai atender vocês — diz a enfermeira para Maggie e então sai.

Nós nos sentamos.

Eu olho para a garota, que está nos encarando com hostilidade. Seu corte de cabelo tem um mullet, curto na frente e bem comprido atrás, e ela está usando delineador preto puxado até os cantos externos dos olhos, como pequenas asinhas, como se seus olhos pudessem sair voando para longe de seu rosto. Ela parece dura, infeliz e meio má. Na verdade, parece que está louca para nos dar uma surra. Tento sorrir para ela, mas ela me olha feio e, enfaticamente, pega uma das revistas. Então ela a coloca de volta. Depois diz:

— O que *você* tá olhando?

Não vou aguentar mais uma briga entre garotas, então respondo o mais suavemente possível:

— Nada.

— É? — diz ela. — Acho bom mesmo que esteja olhando pra nada.

— Estou olhando pra nada. Eu juro.

E finalmente, antes de isso se estender mais, a porta se abre e a enfermeira sai, trazendo outra adolescente pelos ombros. A garota parece bastante com sua amiga, só que está chorando baixinho e limpando as lágrimas das bochechas com a parte de trás das mãos.

— Está tudo bem, querida — diz a enfermeira, com uma bondade surpreendente. — O médico falou que correu tudo bem. Nada de aspirina pelos próximos três dias. E nada de sexo por pelo menos duas semanas. — A garota assente, choramingando. Sua amiga levanta num pulo e coloca as mãos na face da que chora.

— Vamos lá, Sal. Tá tudo bem. Você vai ficar bem. — E, com um último olhar fuzilante em nossa direção, ela leva a menina embora.

A enfermeira balança a cabeça e olha para Maggie:

— O médico vai vê-la agora.

— Maggie — cochicho. — Não precisa fazer isso. Podemos ir a outro lugar...

Mas Maggie continua, seu rosto decidido.

— *Preciso* fazer isso.

— Isso mesmo, querida — diz a enfermeira. — Muito melhor se prevenir. Queria que todas as garotas se prevenissem.

E, por algum motivo, ela olha diretamente para mim.

Epa, moça. Vai com calma. Ainda sou virgem.

Mas talvez não seja por muito tempo. Talvez devesse pegar umas pílulas também. Só por precaução.

Dez minutos se passam e Maggie sai de dentro do consultório sorrindo e parecendo que um peso foi tirado de suas costas. Ela agradece à enfermeira efusivamente, na verdade, ela agradece tanto que tenho de lembrá-la de que precisamos voltar para a escola. Lá fora, ela diz:

— Foi fácil. Não tive nem que tirar a roupa. Ele só me perguntou qual tinha sido a última vez em que fiquei menstruada...

— Isso é ótimo — digo, entrando no carro. Não consigo afastar da cabeça a imagem daquela garota chorando. Ela estava chorando de tristeza ou de alívio? Ou só de medo? De qualquer maneira, foi bem horrível. Eu abro um pouco a janela e acendo um cigarro. — Mags — digo —, como foi que ouviu falar nesse lugar? De verdade?

— Peter me contou sobre ele.

— Como ele sabia?

— Donna LaDonna contou a ele — cochichou ela.

Concordo com a cabeça, soprando a fumaça no ar frio. Estou longe de estar pronta para tudo isso.

CAPÍTULO CATORZE

Aguente firme

— Missy! — grito, batendo à porta do banheiro. — Missy, tenho que entrar.

Silêncio.

— Tô ocupada — ela finalmente diz.

— Fazendo o quê?

— Não é da sua conta.

— Missy, por favor. Sebastian vai chegar em meia hora.

— E daí? Ele pode esperar.

Não, não pode, eu acho. Ou melhor, eu não posso. Não posso esperar para sair de casa. Não posso esperar para sair *daqui*.

Tenho repetido isso em minha cabeça a semana toda. Embora a parte "sair daqui" não esteja muito especificada. Talvez eu simplesmente esteja querendo fugir da minha vida.

Durante as últimas duas semanas, desde o incidente na biblioteca, as duas Jens me perseguem. Elas enfiam a cabeça para espiar o treino de natação e imitam mugidos quando mergulho. Elas me seguiram até o shopping, o supermercado e até a farmácia, onde tiveram a experiência excitante de me ver comprando absorventes. E, ontem, encontrei um cartão dentro do meu armário. Na frente havia o desenho de um bassê com um termômetro na boca e uma bolsa de água quente na cabeça. Dentro, alguém tinha escrito "Não" antes de "Melhore Logo", seguido por, "Queria que morresse".

— Donna nunca faria uma coisa dessas — protestou Peter.

Maggie, Mouse e eu olhamos feio para ele.

Peter ergue as mãos:

— Vocês pediram a minha opinião, essa é a minha opinião.

— Quem mais poderia ser? — pergunta Maggie. — Ela é a única com um motivo.

— Não necessariamente — diz Peter. — Olha, Carrie. Não quero ferir seus sentimentos, mas eu juro, Donna LaDonna nem sabe quem você é.

— Agora sabe — responde Mouse.

Maggie se mostra estupefata:

— Por que ela não saberia quem a Carrie é?

— Não estou dizendo que ela literalmente não sabe quem é Carrie Bradshaw. Mas posso garantir: Carrie Bradshaw não está no topo de suas preocupações.

— Muito obrigada — digo a Peter. Eu realmente estava começando a odiá-lo.

E depois fiquei furiosa com Maggie por estar namorando Peter. E depois fiquei furiosa com Mouse por ser amiga dele. E agora, estou furiosa com a minha irmã, Missy, por se apossar do banheiro.

— Vou entrar — digo ameaçadoramente. Tento abrir a porta. Está destrancada. Lá dentro, Missy está de pé na banheira com creme depilatório nas pernas.

— Quer fazer o favor? — ela diz, puxando com força a cortina.

— Quer fazer o favor *você*? — Pergunto, indo até o espelho. — Está aqui dentro há vinte minutos. Preciso me arrumar.

— Qual é o seu problema?

— Nada — rosno.

— É melhor mudar de humor ou Sebastian não vai querer ficar com você também.

Saio furiosa do banheiro. De volta ao meu quarto, pego o exemplar do *The Consensus*, abro na primeira página e olho com raiva o pequeno autógrafo de Mary Gordon Howard. É como a letra de uma bruxa. Chuto o livro para baixo da cama. Eu me deito e coloco minhas mãos em cima do rosto.

Eu não teria nem me lembrado daquele maldito livro e daquela maldita Mary Gordon Howard se não tivesse passado a última hora procurando minha bolsa especial. A bolsa francesa que minha mãe me deixou. Ela se sentiu culpada quando a comprou porque foi muito cara. Mesmo que ela tenha pagado por ela com o próprio dinheiro e ela sempre tenha dito que toda mulher precisa ter pelo menos uma bolsa muito boa e um par de sapatos muito bons.

A bolsa é um dos meus pertences mais preciosos. Cuido dela como de uma joia, só uso em ocasiões especiais, e sempre a guardo em seu saquinho de pano dentro da caixa em que veio. Guardo a caixa no fundo do armário. Exceto que dessa vez, quando fui pegá-la, não estava lá. Em vez disso, achei *The Consensus*, que eu também havia escondido no fundo do armário. A última vez em que usei a bolsa foi há seis meses, quando Lali e eu fizemos uma viagem até Boston. Ela ficava olhando a bolsa e perguntando se podia pegar emprestado um dia, e eu disse que sim, mesmo que a ideia de Lali com a bolsa da minha mãe me desse nos nervos. Seria normal pensar que daria nos nervos dela também — o bastante para ela não pedir emprestada. Depois da viagem, eu me lembro especificamente de ter guardado a bolsa direito, porque decidi que não ia usá-la novamente até ir para Nova York. Era arriscado demais. Mas então Sebastian sugeriu jantar nesse restaurante francês chique em Hartford chamado The Brownstone, e se isso não é uma ocasião especial, não sei o que poderia ser.

E agora a bolsa sumiu. Meu mundo está desmoronando.

Dorrit, subitamente penso. Ela evoluiu de esconder brincos para roubar minha bolsa.

Entro no seu quarto.

Dorrit esteve estranhamente quieta essa semana. Ela não tem causado sua dose habitual de confusão, o que já é suspeito por si só. Agora ela está deitada em sua cama, falando ao telefone. Na parede atrás dela, há o pôster de um gato em cima de um balanço numa árvore. *Aguente firme*, está escrito embaixo.

Dorrit tapa o receptor do telefone com uma das mãos.

— O que é?

— Você viu minha bolsa?

Ela desvia os olhos, o que me faz adivinhar que com certeza é a culpada.

— Que bolsa? Sua bolsona de couro? Acho que a vi na cozinha.

— A bolsa da mamãe.

— *Eu* não vi — diz ela, com uma inocência exagerada. — Você não a guarda trancada no armário?

— Não está lá.

Dorrit dá de ombros e tenta voltar à sua conversa.

— Se importa se eu procurar no seu quarto? — pergunto casualmente.

— Vá em frente — responde. Ela é esperta. Se tivesse culpa, ela diria que sim, que se importava sim.

Procuro em seus armários, suas gavetas e embaixo da cama. Nada.

— Viu? — Dorrit diz num tom de "eu-te-disse". Mas, nesse segundo de triunfo, seus olhos param em cima do panda de pelúcia gigante sentado na cadeira de balanço no canto do quarto. O urso panda que eu supostamente dei de presente a ela quando nasceu.

— Ah não, Dorrit — digo, balançando a cabeça. — Não no Senhor Panda.

— Não toque nele! — Ela grita, saltando da cama e deixando o telefone cair. Agarro o Senhor Panda e saio correndo.

Dorrit me segue. O Senhor Panda está suspeitamente pesado, percebo, enquanto eu o carrego até meu quarto.

— Larga ele — manda Dorrit.

— Por quê? — pergunto. — O Senhor Panda andou aprontando alguma?

— Não!

— Acho que andou. — Apalpo as costas do urso de pelúcia e encontro um grande rasgo que foi cuidadosamente fechado com alfinetes de segurança.

— O que está acontecendo? — Missy vem correndo, suas pernas cheias de espuma.

— Isso — digo, abrindo os alfinetes.

— Carrie, *não* — grita Dorrit enquanto enfio a mão na abertura. A primeira coisa que puxo de dentro é uma pulseira de prata que não vejo há meses. A pulseira é seguida por um pequeno cachimbo, do tipo usado para fumar maconha. — Não é meu. Juro. É da minha amiga, Cheryl — insiste Dorrit. — Ela pediu pra eu guardar pra ela.

— Ahã — digo, dando o cachimbo para Missy. E então meus dedos tocam a superfície macia da bolsa de minha mãe. — Ahá!

— exclamo, puxando-a para fora. Coloco-a em cima da cama, onde nós três ficamos olhando-a perplexas.

Está arruinada. A parte da frente inteira, com a aba chique onde minha mãe costumava guardar seu talão de cheque e cartões de créditos, está respingada com o que parece ser tinta cor-de-rosa. Que por acaso é exatamente da mesma cor do esmalte que Dorrit está usando nas mãos.

Estou chocada demais para dizer alguma coisa.

— Dorrit, como pôde? — indago, surpreendendo-me com a forma como estou soando calma e sensata.

— Mamãe deixou essa bolsa para Carrie. Porque ela é a mais velha — diz Missy.

— Não foi não — geme Dorrit. — Ela deixou porque gostava mais dela.

— Dorrit, isso não é verdade...

— É sim. Mamãe queria que Carrie fosse igualzinha a ela. Só que agora mamãe está morta e Carrie *ainda está viva*. — É o tipo de grito que dói na garganta.

Dorrit sai correndo do quarto. E, subitamente, as lágrimas explodem.

Não sei chorar direito. Algumas mulheres supostamente sabem chorar bonito, como as personagens de... *E o vento levou*. Mas nunca vi isso na vida real. Quando eu choro, meu rosto incha e meu nariz começa a escorrer e não consigo respirar.

— O que mamãe teria dito disso? — pergunto a Missy entre um soluço e outro.

— Bem, acho que ela não pode dizer nada *agora* — diz Missy.

Ha, ha, ha humor de família. Não sei o que faríamos sem ele.

— Quer dizer, é... — eu rio, entre soluços — é só uma bolsa, certo? Não é como se fosse uma pessoa nem nada.

— Acho que devíamos pintar o Senhor Panda de cor-de-rosa — diz Missy. — Ensinar uma lição a Dorrit. Ela deixou um vidro de esmalte cor-de-rosa embaixo da pia. Quase derrubei quando fui pegar o creme depilatório.

Eu corro até o banheiro.

— O que está fazendo? — Missy guincha, enquanto começo minha arte. Quando termino, levanto a bolsa para examiná-la.

— Está legal — diz Missy, assentindo em tom de aprovação.

Eu viro a bolsa, contente. Realmente, até que está legal.

— Se é de propósito — digo a ela, com uma súbita percepção —, é fashion.

— Ai meu Deus. *Amei* a sua bolsa — elogia a *hostess*. Ela está usando um vestido de lycra e o topo do seu cabelo está desfiado em ondas espetadas. — Nunca vi nada assim. É o seu nome escrito nela? Carrie?

Confirmo.

— Meu nome é Eileen — diz ela. — Adoraria ter uma bolsa assim com meu nome nela.

Ela pega dois menus e os segura de lado enquanto nos conduz até uma mesa para dois em frente à lareira.

— A mesa mais romântica da casa — sussurra ela, enquanto nos entrega os menus. — Divirtam-se, garotos.

— Ah, pode deixar — diz Sebastian, desdobrando o guardanapo com um estalo.

Seguro a bolsa no alto.

— Gostou?

— É uma carteira, Carrie — diz ele.

— Isso, Sebastian, não é uma mera *carteira*. E você não devia chamar uma bolsa de carteira. Uma carteira era o que as pessoas carregavam no século XVII. Para moedas. Elas costumavam esconder suas carteiras por baixo das roupas para enganar ladrões. Uma bolsa, por outro lado, é para ser vista. E isso não é uma bolsa velha qualquer. Foi da minha mãe — hesito, tentando explicar a história da bolsa, mas ele claramente não está interessado. Humpf. *Homens*, penso, abrindo o cardápio.

— Mas eu gosto de quem a está usando — diz ele.

— Obrigada. — Ainda estou um pouco irritada com ele.

— O que gostaria de comer?

Acho que devemos ser bem formais, agora que estamos num restaurante chique.

— Não resolvi ainda.

— Garçom? — chama ele. — Pode nos trazer dois martínis, por favor? Com azeitonas. — Ele se inclina para mim. — Eles têm os melhores martínis aqui.

— Eu queria um Singapore Sling.

— Carrie — diz ele. — Não pode tomar um Singapore Sling aqui.

— Por que não?

— Porque é um bar de martínis. E um Singapore Sling é infantil. — Ele me olha por cima do cardápio. — Falando em infantil, o que há de errado com você esta noite?

— Nada.

— Ótimo. Então tente agir normalmente.

Abro meu cardápio e franzo o cenho.

— As costeletas de carneiro são excelentes. E a sopa de cebola também. Era meu prato favorito na França. — Ele levanta os olhos e sorri. — Só estou tentando ajudar.

— Obrigada — digo com leve sarcasmo. Imediatamente me desculpo. — Desculpe. — O que há comigo? Por que estou tão de mau humor? Nunca estou de mau humor com Sebastian.

— Então — diz ele, pegando minha mão. — Como foi a *sua* semana?

— Horrível — respondo quando o garçom chega com nossos martínis.

— Saúde — ele diz. — A semanas horríveis.

Tomo um gole de meu drinque e o coloco cuidadosamente de volta sobre a mesa.

— Honestamente, Sebastian. Essa semana foi péssima.

— Por minha causa?

— Não. Não por sua causa. Quer dizer, não diretamente. É só que Donna LaDonna me odeia...

— Carrie — diz ele —, se não aguenta a polêmica, não devia mais sair comigo.

— Eu *aguento*...

— Então ótimo.

— Sempre tem polêmica? Quando está saindo com alguém?

Ele se reclina e me lança um olhar convencido.

— Geralmente.

Ahá. Sebastian é um cara que gosta de drama. Mas eu também adoro um drama. Então talvez sejamos perfeitos um pro outro. Preciso discutir esse assunto com Mouse, eu acho, fazendo uma anotação mental.

— Então que tal sopa de cebola e costeletas de carneiro? — ele pergunta enquanto faz nosso pedido ao garçom.

— Perfeito — respondo, sorrindo para ele por cima do meu martíni.

E lá está o problema: não quero sopa de cebola com queijo e costeletas de carneiro. Comi cebolas e queijo a minha vida toda. E costeletas de carneiro também. Eu queria experimentar alguma coisa exótica e sofisticada, como escargots. E agora é tarde demais. Por que sempre faço o que Sebastian quer?

Quando levanto meu copo, uma mulher de cabelo ruivo arrumado, de vestido vermelho e pernas à mostra, esbarra em mim, derrubando metade do meu drinque.

— Desculpe-me, querida — diz ela, arrastando as palavras. Ela dá um passo para trás, observando o que parece ser essa cena romântica entre mim e Sebastian. — Jovens apaixonados — zomba ela, afastando-se lentamente enquanto seco a sujeira com meu guardanapo.

— O que foi *isso*?

— Alguma coroa bêbada — Sebastian dá de ombros.

— Ela não pode evitar ser coroa, sabe.

— É. Mas não há nada pior que uma mulher de certa idade que bebeu demais.

— De onde você tira essas regras?

— Vamos lá, Carrie. Todo mundo sabe que mulheres não sabem beber.

— E os homens sabem?

— Por que estamos discutindo isso?

— Acho que você considera mulheres péssimas motoristas e cientistas, também.

— Existem exceções. Sua amiga, Mouse.

Como é?

Nossa sopa de cebola chega, com queijo derretido fervendo por cima.

— Cuidado — diz ele. — Está muito quente. Essa era a minha comida favorita na França.

Suspiro, soprando numa colher cheia de queijo derretido.

— Ainda quero ir à França um dia.

— Eu levo você lá — diz ele, simples assim, sem se alterar. — Talvez possamos ir nesse verão.

Então ele se inclina para frente, animando-se com seu plano.

— Começaremos em Paris. Depois pegamos o trem para Bordeaux. É o campo dos vinhos. Então passamos pelo sul da França. Cannes, St. Tropez...

Imagino a Torre Eiffel. Uma vila antiga numa colina. Lanchas. Biquínis. Os olhos de Sebastian, sérios, profundos, olhando dentro dos meus. "Eu te amo, Carrie", ele sussurra. "Quer casar comigo?"

Eu ainda queria ir a Nova York esse verão, mas, se Sebastian quer me levar à França, já estou lá.

— Alô?

— Hein? — Levanto os olhos. Outra mulher. Loira, faixa no cabelo, sorriso cheio de gengiva.

— Tinha que perguntar. Onde comprou essa bolsa?

— Com licença? — Sebastian diz enfaticamente para a loira. Ele tira a bolsa da mesa e a coloca no chão.

— Então, onde comprou? — a mulher pergunta.

— Minha mãe me deu — digo suspirando.

A mulher vai embora e Sebastian pede mais uma rodada de drinques. Mas o clima foi quebrado e, quando nossas costeletas chegam, comemos em silêncio.

— Ei — digo. — Estamos igual a um casal de velhos.

— Como assim? — ele pergunta sem emoção.

— Você sabe. Comendo juntos e não conversando. Esse é meu maior medo. Toda vez que vejo um desses casais num restaurante... mal olhando um pro outro... quer dizer, porque se dar o trabalho de sair, certo? Se não há nada para conversar, por que não ficar em casa?

— Talvez a comida seja melhor no restaurante.

— Isso é engraçado. — Baixo meu garfo, cuidadosamente limpo a boca e olho em volta do restaurante. — Sebastian, o que há de errado?

— O que há de errado com você?

— Nada.

— Então — diz ele.

— Alguma coisa está errada.

— Estou comendo, tá bem? Não posso comer minhas costeletas sem você me chatear?

Eu me encolho de vergonha. Estou com 5 centímetros de altura. Arregalo os olhos e me forço a não piscar. Não posso chorar. Mas, nossa, essa doeu.

— Claro — respondo casualmente.

Estamos brigando? Como é que isso foi acontecer?

Mexo um pouco no meu prato e depois baixo meu garfo e faca.

— Desisto.

— Não gostou do prato.

— Não. Adorei o prato. Mas você está chateado comigo. Sobre alguma coisa.

— Não estou chateado.

— Com certeza está parecendo chateado.

Agora ele baixa os *seus* talheres.

— Por que garotas sempre fazem isso? Sempre perguntando "o que há de errado?" Talvez não haja nada de errado. Talvez o cara só esteja tentando comer.

— Tem razão — digo baixo e me levanto.

Por um segundo, ele parece em pânico.

— Aonde você vai?

— Ao banheiro.

Eu uso a privada, lavo as mãos e olho meu rosto de perto no espelho. Por que estou desse jeito? Tão mal-humorada e instável? Talvez tenha alguma coisa errada comigo.

E lá está mais uma vez: estou com medo.

Se alguma coisa acontecesse e eu perdesse Sebastian, morreria. Se ele mudasse de ideia e voltasse para Donna LaDonna, morreria duas vezes.

E amanhã à noite tenho aquele encontro com George. Queria cancelar, mas meu pai não deixou.

— Seria muita grosseria — disse ele.

— Mas eu não gosto dele — respondi, mimada como uma criança.

— Ele é um rapaz muito bom, e não há por que ser mal-educada.

— Seria falta de educação iludi-lo à toa.

— Carrie — meu pai disse, e suspirou —, quero que tome cuidado. Com o Sebastian.

— Qual o problema do Sebastian?

— Está passando tempo demais com ele. E um pai tem instinto sobre essas coisas. Sobre os outros homens.

Então fiquei furiosa com meu pai também. Mas não tive coragem de cancelar com George, tampouco.

E se Sebastian descobrir sobre meu encontro com George e terminar comigo?

Eu mato meu pai. Mato mesmo.

E se eu não tiver controle sobre minha vida?

Estou prestes a abrir minha bolsa quando percebo que não estou com ela. Está embaixo da mesa onde Sebastian escondeu. Respiro fundo. Ordeno a mim mesma para me recompor, dar um sorriso e voltar como se estivesse tudo bem.

Quando volto, nossos pratos já foram retirados.

— Então — começo, com uma alegria falsa.

— Quer sobremesa? — Sebastian pergunta.

— Você quer?

— Perguntei primeiro. Pode, por favor, tomar uma decisão?

— Claro. Vamos comer sobremesa. — Por que isso é tão excruciante? Tortura chinesa está parecendo melhor nesse momento.

— Dois cheesecakes — diz ele ao garçom, mais uma vez pedindo por mim.

— Sebastian...

— Sim? — Ele parece que vai explodir.

— Ainda está zangado?

— Olha, Carrie. Passei um tempão planejando esse encontro, para te trazer a um restaurante muito bom e tudo que você faz é ficar implicando comigo.

— Hein? — digo, pega de surpresa.

— Fico sentindo como se não conseguisse acertar uma.

Por um segundo, fico sentada, congelada de horror. O que estou fazendo? Ele tem razão, é claro. Sou eu que estou sendo uma idiota e por quê? Tenho tanto medo de perdê-lo que estou tentando afastá-lo antes que ele possa terminar comigo?

Ele disse que queria me levar à França, pelo amor de Deus! O que mais eu quero?

— Sebastian? — pergunto numa voz de criancinha.

— Sim?

— Desculpe.

— Tudo bem. — Ele dá um tapinha na minha mão. — Todo mundo erra.

Concordo, afundando mais na cadeira, mas o humor de Sebastian parece ter melhorado. Ele puxa minha cadeira para o lado da dele, e, na frente do restaurante inteiro, me beija.

— Estava querendo fazer isso a noite toda — sussurra ele.

— Eu também — murmuro. Ou, pelo menos, achava que sim. Porque, depois de alguns segundos, eu me afasto. Ainda estou um pouco furiosa. E confusa. Mas tomo outro gole de meu martíni e engulo os sentimentos de raiva, até a sola dos meus pés, onde espero que não causem mais problemas.

CAPÍTULO QUINZE

Pequenas criminosas

— Nossa — diz George.

— Nossa o quê? — pergunto, entrando na cozinha. George e meu pai estão juntos tomando gim-tônicas como se fossem velhos amigos.

— Essa bolsa — diz George. — Adorei.

— Adorou? — Humpf. Depois do meu encontro montanha-russa com Sebastian, que acabou com nós dois nos beijando dentro do seu carro na entrada da minha casa até meu pai começar a ligar e desligar as luzes da frente, a última pessoa que quero ver é George.

— Eu estava pensando — digo a George. — Em vez de dirigir esse caminho todo até o country clube, por que não vamos ao Brownstone? É mais perto, e a comida lá é ótima. — Estou sendo cruel, levando George ao mesmo restaurante ao qual Sebastian me levou. Mas o amor me deixou má.

George, naturalmente, não faz a mínima ideia. Ele está irritantemente bem disposto.

— Aonde você quiser ir está ótimo pra mim.

— Divirtam-se — meu pai diz, esperançoso.

Entramos no carro, e George se inclina para um beijo. Eu viro a cabeça e o beijo cai no canto da minha boca.

— Como tem passado? — pergunta ele.

Louca. Estou prestes a contar a ele tudo sobre minhas loucas duas semanas com Sebastian e como estou sendo perseguida por Donna LaDonna e pelas duas Jens e sobre aquele cartão horrível no meu armário, mas me freio antes disso. George ainda não precisa saber sobre Sebastian.

Em vez disso, digo:

— Tive que levar uma amiga minha a um médico para pegar pílulas anticoncepcionais, e havia uma garota lá que obviamente tinha feito um aborto e...

Ele concorda, mantendo os olhos na estrada.

— Por ter crescido na cidade, sempre ficava pensando o que as pessoas faziam em cidadezinhas. Mas acho que elas sempre dão um jeito de se meter em encrenca, não importa onde vivam.

— Ahã. Já leu *A caldeira do diabo*?

— Eu basicamente só leio biografias. Quando não estou lendo pras aulas.

Concordo com a cabeça. Só estamos juntos há dez minutos, mas já está tão desconfortável que mal consigo imaginar como vou aguentar o resto da noite.

— É assim que a chamam? — pergunto hesitante. — "A Cidade". Não "Nova York" ou "Manhattan"?

— É — diz ele, com uma risadinha. — Sei que soa arrogante. Como se Nova York fosse a única cidade do planeta. Mas os nova-iorquinos são meio arrogantes. E acham mesmo que Manhattan é o centro do universo. A maioria dos nova-iorquinos não conseguiria nem imaginar morar em outro lugar. — Ele me olha. — Isso parece terrível? Estou parecendo um babaca?

— Não mesmo. Eu queria morar em Manhattan. — Queria dizer "na Cidade", mas fiquei com medo de parecer presunçosa.

— Já foi lá? — pergunta ele.

— Não pra valer. Uma vez ou duas quando era criança. Uma excursão da escola. Fomos ao Planetário e olhamos as estrelas.

— Eu praticamente cresci dentro do Planetário. E no Museu de História Natural. Sabia tudo sobre dinossauros. E eu amava o Zoológico do Central Park. Minha família mora na Quinta Avenida e, quando eu era criança, escutava os leões rugindo durante a noite. Legal, né?

— Muito legal — digo, abraçando-me. Estou estranhamente gelada e trêmula. Tenho uma premonição súbita: vou morar em Manhattan. Vou escutar os leões rugindo no Central Park. Não sei como vou chegar lá, mas vou.

— Sua família mora numa casa? — pergunto estupidamente. — Achei que todos em Manhattan morassem em apartamentos.

— É um apartamento — diz George. — Com oito cômodos, na verdade. E lá também tem casas — com terraços e feitas de tijolinhos. Mas todo mundo na Cidade chama seu apartamento de casa. Não me pergunte por quê. Mais uma afetação, suponho. — Ele me olha de lado. — Devia me visitar. Minha mãe passa o verão todo na casa de Southampton, então o apartamento fica praticamente vazio. Tem quatro quartos — acrescenta ele rapidamente, para eu não ter a impressão errada.

— Claro. Seria ótimo. — E se eu conseguisse entrar naquele maldito curso, seria ainda melhor.

A não ser que, em vez disso, eu vá para a França com Sebastian.

— Ei — ele diz. — Tive saudades de você, sabia?

— Não devia ter saudades minhas, George — digo com irritação mimada. — Você nem me conhece.

— Conheço o bastante para ter saudades. Para pelo menos pensar em você. Assim está bom?

Devia dizer a ele que já tenho namorado — mas é cedo demais. Mal o conheço também. Dou um sorriso e não digo nada.

— Carrie! — Eileen, a *hostess*, me cumprimenta como se eu fosse uma velha amiga, olha George de cima a baixo, e assente com aprovação.

George está achando divertido.

— Eles a conhecem aqui? — pergunta, pegando meu braço enquanto Eileen nos leva até uma mesa.

Concordo misteriosamente com a cabeça.

— O que é bom aqui? — Ele pergunta, pegando o cardápio.

— Os martínis. — Sorrio. — E a sopa de cebola com queijo daqui é muito boa. E as costeletas de carneiro também.

George sorri.

— Digo sim para o martíni e não para a sopa de cebola com queijo, que é um daqueles pratos que os americanos acham que é tipicamente francês, mas nenhum francês que se preze pediria.

Franzo o cenho, perguntando-me mais uma vez como vou aguentar a noite toda. George pede o escargot e a cassoulet, que é o que eu queria pedir na noite passada, mas não pude, porque Sebastian não deixou.

— Quero saber tudo sobre você — diz George, pegando minha mão sobre a mesa.

Eu a puxo de volta. Escondo minha resistência fingindo que simplesmente tinha de tomar mais um gole do meu martíni. Como uma pessoa pode explicar tudo sobre si mesma afinal?

— O que quer saber?

— Será que vou vê-la na Brown no próximo outono?

Abaixo os olhos.

— Meu pai quer que eu vá. Mas eu sempre quis morar em Manhattan. — E, antes de me dar conta, estou contando a ele tudo sobre meu sonho de me tornar escritora e como tentei entrar naquele programa de verão e fui rejeitada.

Ele não acha isso chocante ou embaraçoso.

— Conheci alguns escritores em minha vida — diz ele astutamente. — Rejeição faz parte do processo. Pelo menos no começo. Muitos escritores não conseguem nem ter um livro publicado até terem escrito uns dois ou três.

— Mesmo? — Sinto uma esperança crescendo.

— Ah, claro que sim — diz ele com autoridade. — Este mundo é cheio de histórias sobre o manuscrito que foi rejeitado por vinte editores até alguém lhe dar uma chance e virar um grande best seller.

Igual a mim, penso. Estou disfarçada de garota normal, mas em algum lugar dentro de mim há uma estrela, esperando alguém me dar uma chance.

— Ei — diz ele. — Se quiser, adoraria ler algumas das suas histórias. Talvez eu possa ajudá-la.

— Adoraria? — pergunto, atônita. Ninguém nunca se ofereceu para me ajudar com isso antes. Ninguém nunca nem me incentivou. Reparo nos olhos castanhos, gentis e caídos de George. Ele é tão gentil. E poxa, eu quero muito entrar naquele programa de literatura. Quero morar na "Cidade". E quero visitar George e ouvir os leões rugindo.

De repente, quero que o meu futuro comece.

— Não seria legal se você fosse uma escritora e eu fosse um editor no *New York Times*?

Sim! Tenho vontade de gritar. Só tem um problema. Eu tenho namorado. Não posso ser tão desprezível assim. Tenho de contar a George agora. Senão, não é justo.

— George. Tenho que contar uma coisa...

Estou quase contando meu segredo quando Eileen se aproxima da mesa com um olhar sério no rosto.

— Carrie? — diz ela. — Telefone para você.

— Pra mim? — Eu guincho, olhando de George para Eileen. — Quem estaria me ligando?

— Melhor você ir até lá descobrir. — George se levanta enquanto eu saio da mesa.

— Alô? — digo ao telefone. Por um momento tive a ideia louca de que podia ser Sebastian, que ele descobrira aonde eu fui e que estava num encontro com outra pessoa, e está furioso. Em vez disso, é Missy.

— Carrie? — Ela pergunta numa voz aterrorizada que imediatamente me faz pensar que meu pai ou Dorrit morreram num acidente. — É melhor voltar para casa agora mesmo.

Meus joelhos quase desmoronam.

— O que aconteceu? — pergunto num sussurro rouco.

— É a Dorrit. Ela está na delegacia. — Missy faz uma pausa antes de dar o golpe final. — Ela foi *presa*.

— Não sei você — diz uma estranha segurando um casaco de pele velho sobre o que parecem ser seus pijamas de seda —, mas para mim chega. Acabou. Estou pronta para me livrar dela.

Meu pai, que está sentado a seu lado numa cadeira de plástico suja, concorda tristemente.

— Estou lidando com isso há muito tempo — continua a mulher, piscando rapidamente. — Quatro garotos, e fiquei tentando uma garota. Então veio ela. Agora tenho que admitir que preferia não ter tido. Não importa o que todos digam, garotas dão mais trabalho que garotos. Tem algum filho, senhor é...

— Bradshaw — diz meu pai. — E não, não tenho nenhum filho.

A mulher assente e dá um tapinha no joelho de meu pai.

— Pobre homem — diz. Essa, aparentemente, é a mãe da notória amiga maconheira de Dorrit, Cheryl.

— Realmente, senhora — diz meu pai, mexendo-se em sua cadeira para se afastar dela. Os óculos descem até a ponta de seu nariz. — Normalmente — diz ele, aquecendo-se para uma de suas teorias de como educar os filhos, a preferência de crianças de um sexo em relação a outro, especialmente quando é tão explicitamente expressa pelo pai, muitas vezes resulta numa *carência* na criança, uma *carência* inerente...

— Pai! — digo, atravessando a sala correndo para resgatá-lo.

Ele levanta os óculos do nariz, fica de pé e abre os braços:

— Carrie!

— Sr. Bradshaw — diz George.

— George.

— George? — A mãe de Cheryl se levanta, batendo os cílios como asas de borboleta. — Sou Connie.

— Ah — diz George, como se de alguma maneira isso fizesse sentido. Connie agora está agarrada num dos braços de George. — Sou a mãe da Cheryl. E honestamente. Ela não é má garota...

— Tenho certeza de que não — diz George gentilmente.

Minha nossa! A mãe da Cheryl está dando em cima de George agora?

Levo meu pai para o canto. Fico imaginando aquele cachimbo de maconha que achei no Senhor Panda.

— Foi por causa de... — Não consigo me obrigar a dizer a palavra “drogas” em voz alta.

— Chiclete — diz meu pai com severidade.

— Chiclete? Ela foi presa por roubar chiclete?

— Pelo visto, é seu terceiro delito. Já tinha sido pega duas vezes, mas a polícia a deixou ir. Dessa vez, não teve tanta sorte.

— Sr. Bradshaw? Sou Chip Marone. O policial que prendeu sua filha — diz um jovem uniformizado de rosto brilhando.

Marone — o policial do estábulo.

— Posso ver minha filha, por favor?

— Temos que pegar as digitais dela. E tirar uma foto.

— Por roubar *chiclete*? — não me seguro. Não consigo.

Meu pai fica pálido.

— Ela vai ter uma ficha? Minha filha de 13 anos vai ter ficha como uma criminosa qualquer?

— São as regras — diz Marone.

Cutuco meu pai.

— Com licença. Mas somos bons amigos dos Kandesie...

— É uma cidade pequena — diz Marone, esfregando o rosto. — Muita gente conhece os Kandesie.

— Mas Lali é como se fosse da família. E nós os conhecemos há séculos. Não é, pai?

— Agora, olhe aqui, Carrie — diz meu pai. — Não pode sair por aí pedindo aos outros para quebrarem as regras. Não está certo.

— Mas...

— Talvez possamos ligar para eles. Os Kandesie — diz George. — Só para ter certeza.

— Posso lhe assegurar. Minha Cheryl nunca se meteu em confusão antes — diz Connie, agarrando o braço do meu pai para se segurar enquanto pisca para Marone.

Marone claramente se encheu daquilo:

— Verei o que posso fazer — balbucia ele e pega o telefone atrás da mesa. — Certo — diz ele. — OK. Sem problemas. — Ele desliga o telefone e nos fuzila com os olhos.

— Trabalho comunitário — arfa Dorrit.

— Vai ter sorte se conseguir se safar só com isso — diz meu pai.

George, meu pai, Dorrit e eu estamos reunidos na sala, discutindo sobre o que aconteceu. Marone concordou em liberar Dorrit e Cheryl sob a condição de que elas se encontrem com o juiz na quarta-feira, que provavelmente vai sentenciá-las a trabalho comunitário para pagarem por seus crimes.

— Espero que goste de recolher lixo — diz George brincando, cutucando Dorrit nas costelas. Ela ri. Os dois estão sentados no sofá. Meu pai disse a Dorrit para ela ir dormir, mas ela se recusou.

— Já foi preso? — Dorrit pergunta a George.

— Dorrit!

— O quê? — ela pergunta, olhando-me sem expressão.

— Na verdade, já. Mas meu crime foi muito pior que o seu. Pulei por cima da roleta do metrô e caí em cima de um policial.

Dorrit levanta os olhos para George, cheia de admiração.

— E o que aconteceu depois?

— Ele ligou pro meu pai. E nossa, como ele ficou furioso. Tive que passar todas as minhas tardes no escritório dele, arrumando os clipes de papel e esvaziando cestas de lixo.

— Mesmo? — Os olhos de Dorrit se arregalam de reverência.

— Então a moral da história é que sempre acabamos pagando.

— Ouviu isso, Dorrit? — indaga meu pai. Ele se levanta, mas seus ombros estão caídos e ele subitamente parece exausto. — Vou pra cama. Você também, Dorrit.

— Mas...

— Agora — ele diz, sereno.

Dorrit dá mais uma olhada demorada em George e corre escadaria acima.

— Boa-noite, crianças — diz meu pai.

Eu aliso minha saia distraidamente.

— Desculpe por isso. Minha mãe... Dorrit...

— Está tudo bem — diz George, pegando minha mão mais uma vez. — Eu entendo. Nenhuma família é perfeita. Nem mesmo a minha.

— Mesmo? — Tento tirar minha mão debaixo da dele, mas não consigo. Tento mudar de assunto, em vez disso.

— Dorrit parece gostar de você.

— Sou bom com crianças — diz ele, inclinando-se para um beijo. — Sempre fui.

— George. — Eu viro minha cabeça para o lado. — Estou... é... muito cansada.

Ele suspira.

— Entendi. Hora de ir para cama. Mas vejo você de novo em breve, certo?

— Claro.

Ele me tira do chão e envolve minha cintura com seus braços. Enterro meu rosto em seu peito numa tentativa de evitar o que vem em seguida.

— Carrie? — Ele passa os dedos pelo meu cabelo.

É gostoso, mas não posso deixar isso ir mais longe.

— Estou muito cansada — gemo.

— Tudo bem. — Ele se afasta, levanta minha cabeça e roça os lábios nos meus. — Ligo para você amanhã.

CAPÍTULO DEZESSEIS

Até onde você vai?

— Por que a demora? — Sebastian pergunta.

— Tenho que retocar a maquiagem — respondo.

Ele sobe a mão pelo meu braço e tenta me beijar.

— Você não precisa de maquiagem.

— Para — eu chio. — Não dentro de casa.

— Você não vê problemas em fazer isso na minha casa.

— Você não tem duas irmãs mais novas. Principalmente quando uma delas...

— Eu sei. Foi presa por roubar chiclete — diz ele com desdém. — O que é considerado a escória do mundo das atividades criminosas. Bem ao lado de bombinhas nas caixas de correios dos vizinhos.

— E assim é possível começar sua própria vida de crime. — Eu digo, gentilmente fechando a porta do banheiro na cara dele.

Ele bate.

— Siiiiim?

— Anda logo.

— Já estou indo — digo. — Estou me apressando. — O que não é verdade. Estou enrolando.

Estou esperando George ligar. Duas semanas se passaram desde que Dorrit foi presa, mas, conforme prometeu, George me ligou no dia seguinte e no outro, e então perguntei a ele se estava falando sério quando disse que leria uma de minhas histórias e ele disse que "sim", e então mandei uma para ele e agora não sei dele há cinco dias, a não ser por ontem, quando ele deixou um recado com Dorrit dizendo que me ligaria hoje entre seis e sete. Maldito seja! Se tivesse ligado às seis, Sebastian não estaria aqui, rondando. São quase sete. Sebastian vai ficar furioso se eu receber um telefonema bem na hora que estivermos saindo.

Eu abro um tubo de rímel e me inclino para a frente, encostando o aplicador em meus cílios. É a segunda camada, e meus cílios se retorcem como pequenos espinhos. Estou quase aplicando a terceira quando o telefone toca.

— Telefone! — Missy grita.

— Telefone! — Dorrit berra.

— Telefone! — eu também grito, saindo do banheiro como um rojão.

— Hein? — Sebastian diz, colocando a cabeça para fora do meu quarto.

— Pode ser o agente da condicional de Dorrit.

— Dorrit tem um agente de condicional? Por roubar chiclete? — Sebastian pergunta, mas não posso parar para explicar.

Pego o telefone no quarto do meu pai um segundo antes de Dorrit alcançá-lo.

— Alô?

— Carrie? É o George.

— Oh, oi — digo sem fôlego, fechando a porta. *O que achou da minha história? Preciso saber. Agora.*

— Como está? — George pergunta. — Como vai Dorrit?

— Ela tá bem. — *Você leu? Você odiou? Se você odiou, eu me mato.*

— Ela está fazendo o trabalho comunitário?

— Sim, George. — A agonia está me matando.

— O que a mandaram fazer?

Quem se importa?

— Recolher lixo na beira da estrada.

— Ah. A velha rotina do lixo. Sempre funciona.

— George. — Eu hesito. — Leu minha história?

— Sim, Carrie. Na verdade, li sim.

— E?

Um longo silêncio, durante o qual penso no trabalho que daria cortar meus pulsos com uma lâmina de barbear.

— Você definitivamente é uma escritora.

Sou? Sou uma escritora? Eu me imagino correndo em volta do quarto, pulando para cima e para baixo e gritando, "Sou uma escritora, sou uma escritora!"

— E tem talento.

— Ah. — Caio de volta na cama, em puro êxtase.

— Mas...

Imediatamente me sento de novo, agarrando o telefone apavorada.

— Bem, realmente, Carrie. Essa história sobre uma garota que vive num estacionamento de trailers em Key West, Florida, e trabalha num Dairy Queen... Você já foi alguma vez a Key West?

— Para o seu governo, já. Várias vezes — digo convencida.

— Você morou num trailer? Trabalhou numa Dairy Queen?

— Não. Mas por que não posso fingir que trabalhei?

— Você tem bastante imaginação — diz George. — Mas conheço uma coisa ou duas sobre esses cursos de literatura. Estão procurando por algo que mostre experiências pessoais e autenticidade.

— Não entendi — balbucio.

— Sabe quantas histórias eles recebem sobre alguma criança que morre? Não parece verdade. Você tem que escrever sobre o que conhece.

— Mas eu não conheço nada!

— Claro que conhece. E, se não consegue lembrar de nada, ache outra coisa.

Porcaria. Minha alegria se dissipa como a névoa da manhã.

— Carrie? — Sebastian bate à porta.

— Posso ligar amanhã? — pergunto rapidamente, tapando o bocal do telefone com a mão. — Tenho que ir a essa festa do time de natação.

— Eu te ligo. Vamos marcar de sair, tá bom?

— Claro. — Desligo o telefone e baixo a cabeça em desespero.

Minha carreira de escritora acabou. Acabada, antes mesmo de começar.

— Carrie. — A voz de Sebastian, mais alta e mais irritada, vem do outro lado da porta.

— Prontinha — digo, abrindo-a.

— Quem era?

— Alguém da Brown.

— Você vai estudar lá?

— Tenho que ir. Oficialmente. É. Acho que provavelmente vou.

Sinto-me sufocar por uma lama verde e espessa.

— O que você vai fazer quanto à faculdade? — pergunto subitamente. Estranho como nunca conversei com ele a esse respeito.

— Vou tirar um ano de férias — diz ele. — Ontem à noite, estava olhando a minha redação no formulário da Duke quando me dei conta. Não quero fazer isso. Não quero ser parte do sistema. Ficou chocada, né?

— Não. A vida é sua.

— É, mas como vai se sentir com um namorado sem futuro?

— Você não é sem futuro. Você é esperto. Muito esperto.

— Sou um gênio — diz ele. E depois de um segundo continua. — A gente tem mesmo que ir a essa festa?

— Sim — insisto. — Lali dá essa festa todo ano. Se não formos, ela vai ficar muito chateada.

— Você é quem manda — diz ele. Ele acelera subitamente, jogando-me contra o assento. Também não queria que tivéssemos de ir a essa festa. "*Escreva sobre o que conhece.*" Foi isso a melhor coisa que George encontrou para dizer? Um clichê? Maldito seja ele! Maldito seja tudo! Por que tudo tem que ser tão difícil?

— Se não fosse difícil, todo mundo faria — diz Peter, fazendo sala para um pequeno grupo de garotos amontoados no sofá. Peter acaba de ser aceito em Harvard, adiantadamente, e todo mundo está impressionado. — Bioengenharia é a esperança do futuro — continua ele, enquanto paro de prestar atenção e vejo Maggie sentada num canto com Mouse.

Mouse parece estar de refém.

— Honestamente, Maggie — diz ela. — Isso é ótimo para Peter. Faz todos nós parecermos bem quando alguém da Castlebury entra em Harvard.

— Não tem nada a ver com a gente — rebate Maggie.

— Não acredito que Peter entrou em Harvard — diz Lali, parando no meio do caminho até a cozinha. — Não é incrível?

— Não — diz Maggie firmemente. Todos estão emocionados por Peter. Todos, aparentemente, menos Maggie.

Entendo seu desespero. Maggie é uma das milhões de garotas por aí que não têm ideia do que querem fazer da sua vida — como Sebastian, suponho, e Lali. Quando alguém próximo descobre o que quer, acaba jogando você, de repente, em frente ao seu próprio muro de indecisão.

— Harvard fica a apenas uma hora e meia de distância — digo suavemente, tentando distrair Maggie do que realmente a está incomodando.

— Não interessa a qual distância fica — diz ela, sombria. — Harvard não é uma faculdade qualquer. Se você estuda em Harvard, vira alguém que estudou em Harvard. Pelo restante da sua vida, é o que as pessoas falam de você — *ele* foi pra Harvard...

Talvez seja porque nunca vou para Harvard mesmo e esteja com ciúmes, mas odeio todo esse papo elitista. Quem você é não devia ser definido por onde fez faculdade. No entanto, parece que é assim que funciona.

— E se Peter sempre vai ser o cara que estudou em Harvard — Maggie continua —, eu sempre serei a garota que *não* estudou.

Mouse e eu nos entreolhamos.

— Se não se importam, vou buscar uma cerveja — diz Mouse.

— Por que ela se importaria? — Maggie diz, olhando enquanto ela sai. — Ela vai para Yale. Ela vai ser a garota que foi para Yale. Às vezes acho que Peter e Mouse deviam namorar. Eles seriam perfeitos um pro outro. — Sua voz tem uma pontada inesperada de amargura.

— Mouse está namorando alguém — digo gentilmente. — Lembra?

— Certo — diz ela. — Um cara que nem mora aqui. — Ela abana o braço, em sinal de desistência. Está bêbada, percebo agora.

— Vamos dar uma volta.

— Tá frio lá fora — protesta ela.

— Tá na medida certa pra gente.

Na saída, passamos por Sebastian e Lali na cozinha. Lali colocara Sebastian para trabalhar, passando os mini-cachorros-quentes do forno para uma bandeja.

— Já voltamos — grito.

— Claro. — Lali mal olha em nossa direção. Ela diz alguma coisa e ele ri.

Por um segundo, eu me sinto incomodada. Então tento ver pelo lado positivo. Pelo menos meu namorado e minha melhor amiga estão se dando bem.

Quando chegamos lá fora, Maggie agarra meu braço e cochicha:

— Até que ponto você chegaria pra conseguir o que quer?

— Hã? — pergunto. Está congelando. Nossas respirações nos envolvem como nuvens de verão.

— E se você quisesse muito, muito, muito uma coisa e não soubesse como conseguir... ou soubesse como, mas não tivesse certeza de que devia fazer. Até onde seria capaz de ir?

Por um momento, eu me pergunto se ela está falando de Lali e Sebastian. Então percebo que ela está falando de Peter.

— Vamos pro celeiro — sugiro. — Está mais quente lá.

Os Kandesie guardam algumas vacas, basicamente para se mostrar, num antigo celeiro atrás da casa. Acima das vacas, há um sobrado de feno, onde Lali e eu já nos escondemos centenas de vezes para contar nossos segredos mais importantes. O lugar tem um cheiro forte e é bem quente, por causa do calor das vacas abaixo. Eu me empoleiro numa pilha de feno.

— Maggie, o que está acontecendo? — pergunto, pensando em quantas vezes já não devo ter feito essa mesma pergunta a ela nos últimos três meses. Está se tornando algo perturbadoramente repetitivo.

Ela pega um maço de cigarros.

— Não. — Eu a interrompo. — Não pode fumar aqui em cima. Pode provocar um incêndio.

— Vamos lá pra fora, então.

— Está frio. E não pode pegar um cigarro toda vez que se sentir desconfortável, Mags. Está se tornando uma muleta.

— E daí? — Maggie está com cara de má.

— O que quis dizer antes, com até onde você iria? — pergunto. — Não está pensando em Peter, está? Não está pensando em... Está tomando sua pílula?

— É claro. — Ela desvia os olhos. — Quando me lembro.

— Mags. — Pulo até ela. — Está louca?

— Não. Acho que não.

Deslizo até ela e me apoio noutro monte de feno, organizando meus pensamentos. Fico olhando o teto, que a natureza decorou com montes de teias de aranha, como uma festa de Halloween. Natureza e instinto *versus* moral e lógica. É assim que meu pai explicaria esse dilema.

— Mags — começo —, sei que está com medo de perdê-lo. Mas o que está pensando em fazer não é o jeito certo de mantê-lo.

— Por que não? — Ela pergunta com teimosia.

— Porque é errado. Não quer ser a garota que forçou um cara a ficar com ela engravidando.

— Mulheres fazem isso o tempo todo.

— Isso não torna o procedimento correto.

— Minha mãe fez — diz ela. — Não era pra ninguém saber. Mas fiz as contas, minha irmã mais velha nasceu seis meses antes de meus pais casarem.

— Isso foi anos atrás. Eles nem tinham métodos anticoncepcionais na época.

— Talvez fosse melhor que ainda não tivessem.

— Maggie, o que está dizendo? Não quer ter um bebê aos 18 anos. Bebês são um saco. Tudo que fazem é comer e fazer cocô. Quer ficar trocando fraldas enquanto todo mundo que você conhece está por aí se divertindo? E quanto ao Peter? Podia arruinar a vida dele. Isso não parece muito legal, parece?

— Eu não ligo — diz ela. E então começa a chorar.

Encosto meu rosto no dela.

— Não está grávida *agora*, está?

— Não! — ela diz ferozmente.

— Vamos lá, Mags. Você não gosta nem de bonecas.

— Eu sei — diz ela, enxugando os olhos.

— E Peter é louco por você. Ele pode ir pra Harvard, mas isso não significa que vai se afastar de você.

— Não entrei na Universidade de Boston — diz ela subitamente. — Isso aí. Recebi uma carta de rejeição deles ontem quando Peter recebeu a sua de aprovação em Harvard.

— Ah, Mags.

— E, em breve, todo mundo vai embora. Você, Mouse, Walt...

— Você vai entrar em outra — digo, encorajando-a.

— E se não entrar?

Nem me pergunte isso, trata-se de algo que não pensei até agora. E se nada correr do jeito que era para ser? Por outro lado, se não correr, o que é que se pode fazer? Não se pode ficar simplesmente sentada.

— Estou com saudades do Walt — diz ela.

— Eu também — digo, segurando os joelhos junto ao peito. — Onde está Walt, aliás?

— Boa pergunta. Mal o tenho visto nas últimas três semanas. Isso não é típico dele.

— Não, não é — concordo, pensando em como Walt tem andado cínico ultimamente. — Vamos lá. Vamos ligar para ele.

De volta à casa, a festa está a toda. Sebastian está dançando com Lali, o que me irrita ligeiramente, mas tenho coisas mais importantes com que me preocupar do que minha melhor amiga e meu namorado. Pego o telefone e disco o número de Walt.

— Alô? — A mãe dele atende.

— Walt está? — pergunto por cima do barulho da festa.

— Quem está falando? — Ela pergunta, desconfiada.

— Carrie Bradshaw.

— Ele saiu, Carrie.

— Sabe aonde ele foi?

— Ele disse que ia encontrar você — rebate ela e desliga o telefone.

Estranho, penso, balançando a cabeça. Definitivamente estranho.

Enquanto isso, Maggie atraiu a atenção de toda a festa subindo no sofá e fazendo um strip-tease. Todos estão urrando e batendo palmas, menos Peter, que está tentando parecer que está gostando, mas está realmente mortificado. Não posso deixar Mags passar por essa sozinha, não no estado em que está.

Chuto meus sapatos para longe e pulo no sofá ao lado dela.

Sim, sei bem que ninguém quer realmente me ver fazendo um strip-tease, mas as pessoas estão acostumadas a me ver me fazendo de boba. Estou usando meia-calça por baixo de uma saia barata de paetês que comprei numa loja em liquidação, e começo a puxar as meias pelo dedão. Como era de se esperar, em segundos Lali se junta a nós duas no sofá, subindo e descendo as mãos pelo corpo enquanto acotovela a mim e Maggie para o lado. Estou num pé só e caio para trás por cima do sofá, levando Maggie junto comigo.

Maggie e eu estamos deitadas no chão, gritando histericamente de tanto rir.

— Está bem? — Peter pergunta se abaixando até Maggie.

— Estou ótima — ela ri. E está mesmo. Agora que Peter está prestando atenção nela, tudo está ótimo. Por enquanto, de qualquer maneira.

— Carrie Bradshaw. Você é uma péssima influência — censura Peter, enquanto leva Maggie para longe.

— E você é um pretensioso reprimido — murmuro, ajeitando minhas meias enquanto fico de pé.

Eu olho para Peter, que está servindo uísque a Maggie com uma expressão terna, mas convencida, no rosto.

Até onde *você* iria para conseguir o que quer?

E é quando me dou conta. Eu podia escrever no jornal da escola. Isso me daria material para mandar para a New School. E seria — eca — *real.*

Não, uma voz na cabeça me repreende. *Não o* Nutmeg. *Isso realmente é ir longe demais. Além disso, se escrever no* Nutmeg, *será uma hipócrita. Você odeia o* Nutmeg *e nunca pensa duas vezes antes de dizer isso a qualquer um que queira ouvir. Incluindo Peter. Que é o editor.*

Sim, mas que outra escolha eu tenho?, pergunta outra voz. *Você quer realmente não fazer nada, deixando a vida simplesmente passar por você como uma espécie de fracassada? Se não tentar ao menos escrever para o* Nutmeg, *provavelmente nunca vai entrar naquele programa de literatura.*

Odiando a mim mesma, vou até o bar, me sirvo uma vodca com suco de cranberry, e me junto a Maggie e Peter.

— Oi gente — digo casualmente, tomando um gole do meu drinque. — Então Peterzinho — começo. — Estava pensando que eu talvez queira escrever para aquele seu jornal, afinal.

Ele toma um gole de sua bebida e me olha irritado.

— Não é *meu* jornal.

— Sabe o que quis dizer.

— Não, não sei. E é muito difícil comunicar-se com uma pessoa que não é precisa. É sobre isso que se trata escrever. Precisão.

E "autenticidade". E "escrever sobre o que você conhece". Outras duas coisas que aparentemente não tenho. Dou uma olhada em Peter. Se é isso que entrar em Harvard faz com alguém, talvez Harvard devesse ser extinta.

— Sei que tecnicamente não é seu jornal, Peter — digo, igualando seu tom de voz. — Mas você é o editor. Só estava meramente me referindo ao que achei que fosse sua autoridade. Mas se não é você quem manda...

Ele olha para Maggie, que lança um olhar zombeteiro para ele.

— Não foi *isso* que eu quis dizer — diz ele. — Quer dizer, se quer escrever para o jornal, por mim tudo bem. Mas tem que ver com nossa orientadora, Srta. Smidgens.

— Sem problemas — digo docemente.

— Ah, que ótimo — diz Maggie. — Queria muito que vocês fossem amigos.

Peter e eu nos olhamos. Nunca vai rolar. Mas vamos fingir, pelo bem de Maggie.

CAPÍTULO DEZESSETE

Propaganda enganosa

— Walt! — digo, alcançando-o no corredor. Ele para e tira uma mecha de cabelo da testa. O cabelo de Walt está um pouco mais comprido que o normal, e ele está ligeiramente suado.

— Onde estava sábado à noite? Ficamos todos esperando você na festa da Lali.

— Não deu pra ir — diz ele.

— Por quê? O que mais você teria pra fazer nesta cidade? — Tento fazer com que pareça piada, mas ele não leva numa boa.

— Acredite se quiser, mas eu tenho outros amigos também.

— Tem?

— Existe vida fora da Castlebury High.

— Qual é — digo, cutucando-o de leve. — Eu tava brincando. Estamos com saudades.

— É, estou com saudades de vocês também — ele diz, mudando os livros de um braço para o outro. — Tive que pegar mais um turno no Hamburger Shack. O que quer dizer que tenho que passar todo meu tempo livre estudando.

— Que saco! — Chegamos à frente da sala dos professores, onde eu paro antes de entrar. — Walt, está tudo bem? Mesmo?

— Claro — ele diz —, por que está perguntando?

— Não sei.

— Até mais — ele diz. Enquanto se afasta, percebo que está mentindo. Sobre o turno extra no Hamburger Shack, pelo menos. Levei Missy e Dorrit lá duas noites semana passada e Walt não estava trabalhando nenhuma das vezes.

Preciso descobrir o que está acontecendo com Walt, penso, fazendo uma anotação mental enquanto lentamente abro a porta da sala dos professores.

Lá dentro, está a Sra. Smidgens, orientadora do *The Nutmeg*, junto com a Srta. Pizchiek, que ensina economia doméstica e datilografia. As duas estão fumando e conversando sobre como deviam fazer uma análise personalizada de cores na loja de departamentos G. Fox de Hartford.

— Susie disse que mudou a vida dela — diz a Srta. Pizchiek. — A vida toda ela usou tons de azul e no final era para estar usando laranja.

— Laranja é para abóboras — diz a Sra. Smidgens, o que me faz meio que gostar dela, porque concordo. — Essa história toda de analisar as cores é um golpe. É só outra maneira de separar tolos desavisados de seu dinheiro — continua ela. E provavelmente inútil, penso, se sua pele é cinzenta de tanto fumar três maços de cigarro por dia.

— Ah, mas é divertido — diz a Srta. Pizchiek, sem perder o entusiasmo. — Juntamos um grupo de garotas na manhã de sábado e depois almoçamos. — Ela subitamente levanta os olhos e me vê parada na porta. — Sim? — pergunta ela secamente. A sala dos professores é estritamente proibida a alunos.

— Preciso falar com a Sra. Smidgens.

A Sra. Smidgens deve estar realmente entediada com a Srta Pizchiek, porque, em vez de me dispensar, ela diz:

— Carrie Bradshaw, certo? Bem, por que não entra? E feche a porta quando o fizer.

Sorrio, mas na verdade estou prendendo a respiração. Mesmo que às vezes fume, ficar fechada num ambiente fechado com duas mulheres fumando como chaminés me faz ter vontade de abanar as mãos na frente do rosto. Mas isso seria grosseria, então, em vez disso, tento respirar pela boca.

— Estava pensando — começo.

— Já sei. Você quer trabalhar no jornal — diz a Sra. Smidgens. — Acontece todo ano. Algum tempo depois do primeiro semestre, algum aluno do terceiro ano vem até mim e subitamente quer entrar no jornal. Para aumentar as atividades extracurriculares, certo?

— Não — respondo, esperando que a fumaça não me faça vomitar.

— Então poı quê? — A Sra. Smidgens pergunta.

— Acho que eu poderia trazer uma nova perspectiva para o jornal.

Essa obviamente foi a coisa errada a dizer, porque ela retrucou:

— Ah, é mesmo? — Como se já tivesse ouvido tudo isso antes.

— Acho que sou uma escritora bastante competente — digo cautelosamente, recusando-me a desistir.

A Sra. Smidgens não se impressiona.

— Todo mundo quer escrever. Precisamos de pessoas para trabalhar no layout. — Agora ela realmente está tentando se livrar de mim, mas não desisto. Fico apenas parada ali, prendendo a respiração, com meus olhos saltando do rosto. Meu rosto deve tê-la assustado um pouco, porque ela cede. — Acho que, se você começasse no layout, podíamos deixá-la escrever alguma coisa. O comitê editorial se encontra três vezes por semana. Segundas, quartas e sextas, às quatro horas. Se perder mais de uma reunião por semana, está fora.

— OK — balbucio, assentindo vigorosamente.

— Então nos vemos hoje às quatro da tarde.

Dou um breve aceno e saio disparada dali.

— Aposto que Peter vai largar a Maggie — diz Lali, tirando a roupa. Ela se alonga nua, antes de entrar em seu maiô. Sempre admirei a falta de modéstia de Lali quando se trata de seu corpo. Nunca consegui superar minhas inseguranças sobre ficar nua, e tenho de contorcer meus braços e pernas para manter um nível de dignidade quando troco de roupa.

— De jeito nenhum. — Encolho a bunda quando tiro a calcinha. — Ele está apaixonado por ela.

— Ele está apaixonado pela cama dela — corrige Lali. — Sebastian me contou que Peter estava perguntando a ele sobre todas as mulheres com quem já esteve. Especificamente Donna LaDonna. Isso parece um cara perdidamente apaixonado para você?

Ouvir o nome de Donna LaDonna ainda me faz encolher de horror. Faz semanas desde que ela lançou sua campanha contra mim, e por mais que se tenha reduzido a olhares feios no corredor, suspeito que esteja simplesmente preparando terreno para algo pior, pronto para explodir a qualquer momento. Talvez faça parte dos planos de LaDonna seduzir Peter e causar mais confusão.

— Sebastian te contou? — Franzo a testa. — Engraçado. Ele não me contou nada. Se Peter tivesse contado a Sebastian que ele estava interessado em Donna LaDonna, Sebastian definitivamente teria mencionado.

— Talvez ele não te conte tudo — diz Lali casualmente.

O que ela quis dizer com isso? Fico me perguntando enquanto a observo. Mas ela parece estar completamente inconsciente de qualquer quebra de etiqueta entre amigas, dobrando-se e sacudindo os braços.

— Acha que devemos contar a Maggie?

— Eu não vou contar — Lali diz.

— Ele não fez nada, fez? Então talvez tenha sido só conversa. Além disso, Peter está sempre se gabando de como é amigo de Donna.

— Sebastian não namorou com ela? — Lali pergunta.

Mais um comentário estranho. Lali sabe que sim. É como se ela estivesse usando cada desculpa para trazer à tona o nome de Sebastian.

E, confirmando o que eu suspeitava, ela diz em seguida:

— A propósito, Aztec Two-Step vai tocar no Shaboo Inn em algumas semanas. Pensei que talvez você, eu e Sebastian pudéssemos ir juntos. Quer dizer, *a gente* podia ir, só nós duas, mas, como você parece estar sempre querendo ficar com Sebastian, achei que provavelmente ia querer que ele fosse também. Além disso, ele dança superbem.

— Eu sei. — Um dia, eu teria adorado a ideia de ir assistir à nossa banda favorita com Sebastian, mas subitamente isso me deixa desconfortável. Por outro lado, como posso recusar sem parecer que há algo errado? — Parece legal.

— Vai ser demais. — Lali concorda vigorosamente.

— Vou falar com ele. Hoje à tarde. — Torço meu cabelo e o enfio por baixo da touca de natação.

— Ah, não se preocupe — diz Lali, como se não fosse nada demais. — Eu falo com ele. Quando o vir. — Ela sai desfilando do vestiário.

Tenho uma lembrança perturbadora de Lali dançando com Sebastian em sua festa.

Pego meu lugar na plataforma ao lado dela.

— Não se preocupe em chamar o Sebastian. Ele vem me buscar às quatro. Eu pergunto a ele.

Ela me olha e dá de ombros:

— Tanto faz.

Enquanto meus pés deixam a plataforma, lembro que tenho uma reunião do jornal às quatro. Meu corpo se enrijece e caio na água como uma prancha. Estou momentaneamente surpresa pela dor, mas então o hábito prevalece e começo a nadar.

Droga. Esqueci de contar a Sebastian sobre a reunião. E se eu já tiver ido quando ele chegar? Aí Lali vai enfiar suas garras nele, sem dúvida.

E então estrago totalmente meu mergulho cisne, que é o mergulho mais fácil do meu repertório.

— O que está acontecendo com você, Bradshaw? — O treinador Nipsie pergunta. — É melhor se recompor até o treino na sexta.

— Pode deixar — digo, secando o rosto com uma toalha.

— Está passando tempo demais com seu namorado — zomba ele. — Está tirando sua concentração.

Eu olho para Lali, que está assistindo à cena. Por um segundo, noto um pequeno sorriso em seu rosto, que depois some.

* * *

— Achei que íamos ao shopping Fox Run — diz Sebastian. Ele olha para o outro lado, irritado.

— Desculpe. — Eu tento tocar seu braço, mas ele dá um passo para trás.

— Não faça isso. Você está toda molhada.

— Acabei de sair da piscina.

— Nota-se — ele diz, franzindo o cenho.

— Só vou demorar uma horinha.

— Por que quer trabalhar nesse jornalzinho de meia-tigela, afinal?

Como posso explicar? Estou tentando ter um futuro? Sebastian não vai entender. Ele está tentando fazer tudo o que pode para não ter um.

— Vamos — digo suplicante.

— Não quero ir ao shopping sozinho.

Lali passa por nós, torcendo sua toalha e balançando-a no ar.

— Eu vou com você — ela se oferece.

— Ótimo — diz ele e sorri para mim. — Nós encontramos você depois, OK?

— Claro. — Tudo parece bem inocente à primeira vista. Então por que o fato de ele ter usado a palavra "nós" me faz tremer?

Considero não comparecer à reunião do jornal e ir atrás dele.

Até começo a segui-lo até a porta, mas, quando saio, paro. Vou me comportar assim pro resto da vida? Comprometer-me com uma coisa que parece muito importante para mim e depois jogar tudo para o alto por causa de um cara?

— Fraca. Muito fraca, Bradley — escuto Mouse me repreendendo em minha cabeça.

Decido ir à reunião do jornal da escola.

Por causa da minha indecisão, chego um pouco atrasada. A equipe já está sentada em volta de uma grande mesa redonda, com a exceção da Sra. Smidgens, que está na janela, fumando um cigarro discretamente. Como não está absorvida na conversa, é a primeira a me ver entrar.

— Carrie Bradshaw — diz ela. — Resolveu nos agraciar com sua presença, afinal de contas.

Peter levanta os olhos e nos encaramos. Canalha, eu penso, lembrando o que Lali acaba de me contar sobre Peter e Donna LaDonna. Se Peter me causar algum problema por ter entrado na equipe do *Nutmeg*, vou lembrá-lo do que ele disse a Sebastian.

— Todo mundo aqui conhece a Carrie? Carrie Bradshaw? — Ele pergunta. — Ela está no último ano. E acho que ela... é... resolveu se juntar ao jornal.

O restante dos alunos me olha sem expressão.

Além de Peter, reconheço mais três garotos do terceiro ano. Os outros quatro são do primeiro e do segundo, além de uma garota que parece tão nova que só pode ser do ensino fundamental. Resumindo, um grupo não necessariamente promissor.

— Vamos voltar à nossa discussão — diz Peter, enquanto eu me sento na ponta da mesa. — Sugestões para futuros artigos?

A garota mais nova, de cabelo preto e pele feia, é um daqueles tipos vou-ser-bem-sucedida-nem-que-isso-me-mate, levanta a mão.

— Acho que devíamos fazer uma reportagem sobre a comida do refeitório. De onde vem e por que é tão ruim.

— Já falamos sobre isso — diz Peter, cansado. — Falamos disso em quase toda edição. Não adianta nada.

— Oh, mas adianta sim — diz um garoto nerd com os óculos fundo de garrafa apropriados. — Dois anos atrás, a escola concordou em instalar máquinas de lanches saudáveis dentro do refeitório. Então pelo menos podemos comer sementes de girassol.

Ahá. Então é por isso que temos um grupo de estudantes constantemente beliscando sementes de girassol como uma colônia de esquilos.

— E a educação física? — pergunta uma menina com o cabelo puxado para trás, numa trança apertada. — Por que não pedimos um vídeo de exercícios, em vez de basquete?

— Não acho que muitos garotos vão querer fazer aeróbica na aula de educação física — diz Peter secamente.

— Não é burrice falar sobre coisas que as pessoas podem fazer em casa, de qualquer maneira? — aponta o garoto nerd. — Seria como forçar todo mundo a fazer aula de química.

— E é tudo uma questão de poder escolher, certo? — sugere a mais nova. — O que me faz lembrar: acho que devíamos fazer a história sobre a ação de discriminação contra as animadoras de torcida.

— Ah, isso — Peter suspira. — Carrie, o que você acha?

— Não teve alguém que tentou uma ação antidiscriminação pelas animadoras de torcida no ano passado e não conseguiu?

— Não vamos desistir — insiste a garota. — O grupo das animadoras de torcida discrimina as pessoas feias. É inconstitucional.

— É? — Peter pergunta.

— Acho que devia haver uma lei contra garotas feias em geral — diz o nerd, e começa a roncar alto como um porco, no que parece uma tentativa de risada.

Peter olha feio para ele e se vira para a garota.

— Gayle. Achei que já tínhamos falado sobre isso. Não pode usar o jornal da escola para ajudar as causas da sua família. Todos sabem que sua irmã quer ser animadora de torcida e que Donna LaDonna já a rejeitou duas vezes. Se ela não fosse sua irmã... Mas ela *é*. Então isso faz parecer que o jornal está tentando forçar a equipe a aceitá-la. Vai contra todas as convenções jornalísticas...

— Como? — pergunto, subitamente interessada. Especialmente porque parece que Peter está tentando proteger Donna LaDonna. — Não é exatamente o objetivo do jornalismo deixar as pessoas cientes das injustiças do mundo? E injustiças começam em casa. Elas começam bem aqui em Castlebury High.

— Ela está certa! — exclama o garoto nerd, batendo com o punho na mesa.

— OK, Carrie — diz Peter, irritado. — Você pega a história.

— Ah, não. Não pode fazer isso — diz a Sra. Smidgens, interrompendo. — Sei que Carrie é do último ano, mas, como nova integrante do jornal, ela tem que fazer o layout.

Dou de ombros encantadoramente, como se não me importasse nem um pouco.

Alguns minutos depois, a garota nova, Gayle, e eu fomos relegadas a um canto da sala, encaixando tiras de frases num grande pedaço de papel pautado. O trabalho *é* insuportavelmente chato, e eu olho para Gayle, que está franzindo a testa, ou de concentração ou de raiva. Ela está no ápice do pior estágio da adolescência, o que significa que tem espinhas, cabelo oleoso e um rosto que ainda não se equilibrou com o tamanho do nariz.

— Típico, não é? — digo. — Sempre mandam as garotas fazerem a parte menos importante do trabalho.

— Se não me transformarem em repórter no ano que vem, vou fazer um abaixo-assinado — ela diz baixinho, mas com determinação.

— Hummmm. — Sempre achei que existiam duas maneiras de se conseguir o que queremos na vida. Forçar as pessoas a darem aquilo para você, ou fazê-las quererem dar aquilo para você. Parece que a segunda opção é geralmente a melhor. — Aposto que, se você falasse com a Sra. Smidgens, ela ajudaria. Ela parece bem razoável.

— *Ela* não é o problema. É o Peter.

— É mesmo?

— Ele se recusa a me dar uma chance.

Suspeitando, talvez, que estamos falando dele, Peter vem até nós.

— Carrie. Não precisa fazer isso.

— Ah, não me importo — digo aérea. — *Adoro* artes e trabalhos manuais.

— Adora? — Gayle pergunta depois que Peter se afasta.

— Está brincando? Meu pior pesadelo eram aqueles mapas em relevo. E eu não passei na aula de costura das escoteiras.

A pequena Gayle dá risadinhas.

— Eu também. Quer dizer, quero ser a Barbara Walters quando crescer, mesmo que todos zombem dela. Fico pensando se ela também teve que fazer isso...

— Provavelmente. E provavelmente muitas coisas piores também.

— Você acha? — Gayle pergunta, encorajada.

— Eu *sei* — falo, só por falar.

Ficamos trabalhando em silêncio por mais um minuto, e então pergunto:

— Que história foi essa com sua irmã e Donna LaDonna?

Ela me olha desconfiada.

— Conhece minha irmã?

— Claro. — É meio mentira. Não a conheço de verdade, mas sei quem ela é. A irmã dela só pode ser uma menina do primeiro ano chamada Ramona, que é igualzinha a Gayle, só que uma versão com um pouco menos de espinhas e um pouco mais refinada. Nunca prestei muita atenção nela porque se mudou para cá na oitava série e imediatamente fez outros amigos.

— Ela é uma ginasta muito boa — diz Gayle. — Quer dizer, ela era lá em Nova Jersey. Quando tinha 13 anos, foi campeã estadual.

Estou surpresa.

— Por que então ela não está no time de ginástica?

— Ela cresceu. Ficou com quadris. E peitos. Alguma coisa mudou em seu centro de gravidade.

— Entendo.

— Mas ela ainda é muito boa fazendo aberturas e dando estrelas e todas as coisas que animadoras de torcida fazem. Ela tentou entrar no time e tinha certeza de que conseguiria, porque é bem melhor que as outras garotas, como Donna LaDonna, que não consegue nem abrir as pernas totalmente. Mas ela não foi selecionada nem para ser reserva. Ela tentou de novo no ano passado, e depois do teste, Donna La Donna foi até ela e disse bem na sua cara que ela não ia entrar porque não era bonita o bastante.

— Ela simplesmente chegou e disse isso? — engasgo, perplexa.

Gayle assente.

— Ela disse e eu repito, "Você não é bonita o bastante para entrar no time, então não perca seu tempo nem o nosso".

— Nossa. O que a sua irmã fez?

— Contou ao diretor.

Concordo com a cabeça, pensando que provavelmente esse é o comportamento típico de Ramona, sempre dedurando para um adulto. Por isso ninguém gosta dela. Mas mesmo assim.

— O que o diretor disse?

— Ele disse que não podia se envolver em "coisas de garota". E minha irmã disse que era pura e simples discriminação. Discriminação contra garotas que não têm cabelos lisos e narizes pequenos e seios perfeitos. E ele riu.

— Ele é um canalha. Todo mundo sabe disso.

— Mas não deixa de estar errado. Então minha irmã estava tentando entrar com essa ação de discriminação.

— E você vai escrever sobre o assunto.

— Iria. Só que Peter não deixa. E Donna LaDonna não fala comigo. Quer dizer, não sou ninguém. E ela espalhou por aí que, se alguém falar *uma palavra* sequer sobre esse assunto, vai ter que se ver com ela.

— Mesmo?

— E quem gostaria de enfurecer Donna LaDonna? Vamos combinar — suspira Gayle. — Ela manda na escola.

— Ou acha que manda, pelo menos.

Nesse momento, Peter volta.

— Vou encontrar Maggie no shopping Fox Run. Quer vir junto?

— Claro — digo, pegando minhas coisas. — Vou encontrar Sebastian lá mesmo.

— Tchau, Carrie — diz Gayle. — Legal te conhecer. Não se preocupe. Não vou tentar falar com você quando te encontrar no corredor.

— Não seja boba, Gayle. Venha e fale comigo quando quiser.

***

— Gayle provavelmente contou tudo sobre Donna LaDonna e a irmã dela, Ramona — diz Peter, enquanto atravessamos o estacionamento até uma perua amarela encardida.

— Ahã — murmuro.

— É tudo um monte de besteira. Ninguém está interessado naquela conversa chata de garotas.

— É assim que você vê isso? Conversa chata de garotas?

— É. Não é isso?

Eu abro a porta do carona, jogo no chão um monte de papéis de cima do banco e entro.

— Engraçado. Sempre achei que você fosse mais evoluído quando se tratava de mulheres.

— O que quer dizer? — Peter gira a chave. Ele precisa tentar algumas vezes antes de o carro dar partida.

— Nunca imaginei você como um cara que não suporta o som da voz de mulheres. Você sabe, esses caras que mandam suas namoradas calarem a boca quando estão tentando contar alguma coisa a eles.

— Quem disse que eu era esse tipo de cara? Maggie? Não sou esse tipo de cara, garanto.

— Por que não deixa Gayle escrever a história dela então? Ou isso é por causa de Donna LaDonna? — pergunto casualmente.

— Não tem nada a ver com Donna LaDonna — diz ele, trocando de marcha desajeitadamente.

— O quanto você a conhece? Honestamente?

— Por quê? — Ele pergunta.

Dou de ombros.

— Ouvi dizer que estava falando sobre ela na festa da Lali.

— E?

— E Maggie é muito amiga minha. E é uma garota incrível. Não quero vê-la se machucando.

— Quem disse que ela vai se machucar?

— É melhor ela não se machucar. Só isso.

Andamos um pouco mais, e então Peter diz:

— Não precisa fazer isso.

— O quê?

— Ser legal com Gayle. Ela é um pé no saco. Quando você começa a falar com ela, nunca mais consegue se livrar.

— Ela pareceu legal pra mim. — Olho feio para ele, lembrando como ele não quis nem levar Maggie na clínica para buscar pílulas anticoncepcionais.

Aparentemente, ele está se lembrando da mesma coisa.

— Se quer escrever uma história no jornal, você pode — diz ele. — Acho que meio que estou te devendo, afinal.

— Por ir com Maggie à clínica? Acho que sim.

— Não é melhor para as garotas fazerem essas coisas juntas, de qualquer maneira?

— Eu não sei — respondo, com um tom sombrio. — E se Maggie estivesse grávida?

— Era isso que eu estava tentando *evitar*. Eu devia era ganhar pontos por ser um bom namorado. E fazê-la tomar pílula — ele diz, como se merecesse um tapinha nas costas.

Por que é sempre o cara?

— Acho que Maggie é esperta o bastante para saber que devia tomar pílula.

— Ei. Não quis que parecesse...

— Esquece — digo irritada. Lembro-me subitamente da imagem daquela garota na clínica, chorando muito porque acabara de fazer um aborto. O cara que a engravidou também não estava lá com ela. Eu devia contar a Peter sobre *ela*, mas não sei por onde começar.

— De qualquer maneira, foi muito decente da sua parte — admite ele. — Maggie me disse que você foi ótima.

— E isso te surpreende?

— Eu não sei, Carrie — ele gagueja. — Quer dizer... eu sempre achei que você era meio... boba.

— *Boba*?

— Quer dizer, está sempre brincando. E nunca entendi o que você estava fazendo em nossas aulas de estudos avançados.

— Por quê? Por que sou engraçada? Uma garota não pode ser engraçada e inteligente?

— Eu não estava dizendo que não era inteligente...

— Ou é porque não vou pra Harvard? Maggie fica me dizendo que cara ótimo você é. Mas eu não vejo isso. Ou talvez você só tenha se tornado um grande babaca nos últimos três dias.

— Epa. Vá com calma. Não precisa ficar tão nervosa. Por que garotas sempre têm que levar tudo para um lado tão pessoal? — ele pergunta.

Fico sentada ali com os braços cruzados, sem dizer nada. Peter começa a se sentir desconfortável, remexendo sua bunda no banco do motorista.

— Então, hum, sério — diz ele. — Você devia escrever uma matéria para o jornal. Talvez um perfil. De um professor ou coisa assim. Isso é sempre bom.

Ponho os pés em cima do painel.

— Vou pensar no assunto — digo.

Ainda estou fervendo quando paramos no estacionamento do Fox Run. Estou tão furiosa que nem sei se consigo continuar amiga de Maggie enquanto ela estiver namorando esse idiota.

Eu saio do carro e meio que bato a porta, o que é bem grosseiro, mas não consigo evitar.

— Encontro vocês lá dentro, tá bom?

— OK — ele diz, parecendo nervoso. — Estaremos no Mrs. Fields.

Concordo com a cabeça e então ando pelo estacionamento e remexo dentro da bolsa até achar um cigarro, que logo acendo. E, quando estou fumando e começando a me sentir normal de novo, o Corvette amarelo acelera pelo estacionamento e freia guinchando numa vaga a cerca de 3 metros de distância. É Sebastian. E Lali.

Eles estão dando gargalhadas e risadinhas enquanto saem do carro.

Meu estômago afunda. Por onde eles andaram durante a última uma hora e meia?

— Ei, *baby* — diz Sebastian, dando um selinho rápido na minha boca. — Estávamos com fome, então fomos ao Hamburger Shack.

— Vocês viram o Walt?

— Ahã — diz Lali. Sebastian passa o braço pelo meu, e então estica o outro braço para Lali. Devidamente entrelaçados, nós três entramos no shopping.

Meu único consolo é que sei que Sebastian não está mentindo sobre o Hamburger Shack. Quando ele me beijou, seu hálito tinha cheiro de cebola e pimentão, misturado com o cheiro forte de cigarro.

CAPÍTULO DEZOITO

Grupinhos servem para ser quebrados

— O que você acha? — pergunto para Mouse, batucando uma caneta na mesa.

— Atacar Donna LaDonna em sua primeira matéria para o *Nutmeg*? Arriscado, Bradley. Especialmente quando não tem o lado dela...

— Não por falta de tentativa — rebato, o que não é exatamente verdade. Eu a segui um pouquinho sim, mas não tentei realmente confrontá-la. O que fiz na verdade foi passar de carro pela casa dela três vezes. Os LaDonna moram no alto de uma colina numa grande e nova casa, que também é arrebatadoramente feia. Tem duas colunas, uma parede feita de tijolos, outra feita de estuque e outras de madeira, como se a pessoa que projetou a casa não conseguisse resolver o que queria e acabou escolhendo todas as opções. Mais ou menos como Donna LaDonna se comporta em relação aos garotos, suponho.

Em duas ocasiões, a casa estava deserta, mas na terceira vez vi Tommy Brewster saindo da casa, seguido por Donna. Um pouco antes de Tommy entrar em seu carro, ele foi até ela como se fosse beijá-la, mas ela o empurrou de volta com o dedo indicador e riu. Enquanto Tommy ainda estava na entrada, encolerizado, outro carro parou em frente, um Mercedes azul, e um cara bonito e alto saiu, passou direto por Tommy e pôs o braço em volta da cintura de Donna. Depois eles entraram sem nem olhar para trás.

Quando se trata de homens, Donna LaDonna certamente tem uma vida bem interessante.

— Por que não começar com algo menos controverso que Donna LaDonna? — pergunta Mouse agora. — Acostumando as pessoas com a ideia de que agora você está escrevendo para o jornal.

— Mas se eu não escrever sobre Donna, não tenho nada para escrever — reclamo. Coloco os pés em cima da mesa e empurro a cadeira para trás. — A grande coisa de Donna LaDonna é que todo mundo tem medo dela. Quer dizer, que outra coisa numa escola causa tanto medo generalizado?

— Grupinhos.

— Grupinhos? Mas a gente nem está num grupinho.

— Se pensarmos que estamos andando com basicamente as mesmas pessoas pelos últimos dez anos, talvez estejamos num sim.

— Sempre pensei na gente como antigrupinho.

— Um antigrupinho é um grupinho, não é? — Mouse pergunta.

— Talvez exista uma história nisso — penso, recostando-me totalmente na cadeira. Quando estou quase perpendicular, as pernas escorregam e eu caio, derrubando vários livros junto. Caio com a cadeira em cima da cabeça e, quando abro os olhos, a pequena Gayle está debruçada sobre mim.

Alguém precisa conversar com essa menina sobre um dermatologista.

— Carrie? — ela arfa. — Está bem? — Ela olha em volta assustada enquanto recolhe vários livros do chão. — É melhor você levantar antes de a bibliotecária te ver assim. Senão coloca você pra fora.

Mouse explode em risadas.

— Não entendi — diz Gayle, seus braços em volta de uma pilha de livros. Seus olhos estão cheios de lágrimas.

— Querida — digo. — Não estamos rindo de você. É só que somos do terceiro ano. Não estamos nem aí se a bibliotecária nos botar para fora.

— Se ela tentasse, provavelmente mostraríamos o dedo para ela — acrescenta Mouse. Olhamos uma para a outra e rimos de lado.

— Oh. Bem. — Gayle morde o lábio inferior ansiosamente.

Eu puxo a cadeira a meu lado.

— Sente-se.

— Mesmo?

— Essa é Roberta Castells — digo, enquanto Gayle se senta com cautela. —Também conhecida como Supermouse. Ou Mouse, pra ficar mais curto.

— Olá — diz Gayle timidamente. — Sei tudo sobre você. Você é uma lenda. Dizem que é a garota mais esperta da escola. Queria conseguir ser assim. A mais esperta. Sei que a mais bonita nunca vou conseguir ser.

As duas Jens entram na biblioteca, farejando como cães de caça. Elas nos veem e sentam a duas mesas de distância.

— Está vendo aquelas garotas? — Eu indico as duas Jens com a cabeça. — Acha elas bonitas?

— As duas Jens? Elas são lindas.

— Agora — continuo —, elas são bonitas *agora*. Mas daqui a dois anos...

— Vão parecer muito velhas. Vão parecer que têm 40 anos — sibila Mouse.

A pequena Gayle cobre a boca.

— Por quê? O que vai acontecer com elas?

— Atingiram o auge na escola.

— *O quê?*

— Isso mesmo — concorda Mouse com a cabeça. — Depois da escola vai tudo ladeira abaixo. Bebês. Maridos traidores. Empregos sem futuro. Não se deve querer atingir o auge na escola. Se fizer isso, o restante da sua vida vai ser um desastre.

— Nunca pensei nisso por esse ângulo. — E ela observa as duas Jens como se fossem seres bizarros de outro planeta.

— Falando nisso — pergunto —, o que *você* mais detesta na escola?

— Ahn, a comida?

— Não é bom o bastante. Histórias sobre o refeitório são chatas. E também não vale Donna LaDonna.

— Acho então que eu diria os grupinhos.

— Grupinhos. — Eu concordo e levanto uma sobrancelha para Mouse. — Por quê?

— Porque fazem você se sentir insegura. Como se você sempre se lembrasse de que não está em determinado grupinho porque aquelas pessoas não falam com você. E, às vezes, se você está num grupinho, é como estar em *O Senhor das Moscas*. Você sempre fica se perguntando se é aquele que vai ser assassinado. — Ela cobre a boca mais uma vez. — Falei demais?

— Não, não, continue. — Eu abro meu caderno numa página em branco e começo a escrever.

— Então, essa história que estou escrevendo para o *Nutmeg* está ficando muito boa — digo, tirando uma fornada de cookies com pedaços de chocolate do forno.

Sebastian vira mais uma página da revista *Time*.

— Sobre o que é mesmo?

Já contei a ele pelo menos uma dúzia de vezes.

— Grupinhos. Entrevistei umas dez pessoas até agora e consegui uns depoimentos muito interessantes.

— Hum — diz Sebastian, claramente desinteressado.

Mesmo assim, insisto:

— Walt disse que, por mais que um grupinho lhe ofereça proteção, também pode atrapalhar seu crescimento como indivíduo. O que acha disso?

— O que eu acho — diz Sebastian, sem levantar os olhos da revista — é que Walt tem questões a resolver.

— Que tipo de questões?

— Você se importa mesmo? — Ele olha para mim por cima do aro de seus óculos de leitura estilo Ray Ban. Sempre que Sebastian usa seus óculos de leitura, meu coração derrete. Ele tem um defeito. Ele não tem visão perfeita. É tão incrivelmente fofo!

— Claro que sim.

— Então confie em mim e deixe pra lá — diz ele e volta a ler sua revista.

Eu tiro os biscoitos quentes da forma e, gentilmente, os coloco num prato. Coloco o prato em frente de Sebastian e me sento do outro lado da mesa. Ele distraidamente pega um biscoito e dá uma mordida.

— O que está lendo? — pergunto casualmente.

— Mais sobre a recessão — diz ele, virando a página. — Nem adianta procurar emprego agora, disso pode ter certeza. Putz, provavelmente não adianta nem ir pra uma faculdade. Vamos todos ser obrigados a morar nos porões de nossos pais pelo resto da vida.

Eu pego seu pulso.

— O que é que sabe sobre Walt?

— Eu o vi. — Ele dá de ombros.

— *Onde?*

— Num lugar que você não conhece e provavelmente não quer conhecer.

Do que ele está falando?

— Que tipo de lugar?

Ele tira os óculos.

— Esquece. Estou entediado. Vamos ao Fox Run?

— Eu não estou entediada. Quero saber mais do Walt.

— Mas eu não quero falar — diz ele, levantando-se.

Humf. Eu pego um biscoito e enfio metade na boca.

— Não posso ir ao shopping. Quero trabalhar na minha matéria. — Quando ele faz cara de confuso, acrescento: — Para o *Nutmeg*.

Ele dá de ombros.

— Fique à vontade. Mas não vou ficar sentado aqui enquanto você escreve.

— Mas eu quero que fique *bom*.

— Tudo bem — diz ele. — Vejo você mais tarde.

— Espera! — Eu pego meu casaco e corro atrás dele.

Ele coloca o braço em volta da minha cintura e fazemos uns passinhos engraçados que inventamos outra noite no Emerald e andamos desse jeito até o carro.

Mas, assim que o carro dá partida, olho de volta para casa e me sinto envolta numa nuvem de culpa. Não devia estar fazendo isso. Devia estar trabalhando na minha história. Como posso virar escritora se não tenho disciplina?

Mas Lali tem um emprego novo no shopping, trabalhando na Gap e, se fosse sozinho, Sebastian certamente pararia para falar com ela, e os dois ficariam sozinhos de novo, sem mim. Sinto-me péssima por achar que não posso confiar em Lali com Sebastian, mas, ultimamente, os dois têm ficado cada vez mais amiguinhos. Toda vez que os vejo brincando ou se cumprimentando, tenho um mau pressentimento. É como o barulho de um relógio fazendo tique-taque, exceto que os tiques ficam cada vez mais espaçados entre si, até não ter mais nenhum — apenas silêncio.

Cynthia Viande está no palco do auditório segurando um exemplar do *Nutmeg*.

— E essa semana, temos uma matéria de Carrie Bradshaw sobre grupinhos.

Há uma rodada de aplausos. E então todos se levantam.

— Vai com tudo, Bradley. Bom trabalho — Mouse diz, correndo até mim.

— Mal posso esperar para ler — alguns alunos murmuram, revirando os olhos enquanto passam por mim.

— Que bom que acabou, hein? — Sebastian interrompe, dando uma piscadela para Mouse.

— Como assim? — pergunto.

— *Nutmeg* — diz ele a Mouse. — Ela também estava te atormentando com essas intermináveis perguntas de repórter?

Mouse parece surpresa:

— Não.

Eu coro de vergonha.

— Enfim, acabou — diz Sebastian e sorri.

Mouse me lança um olhar curioso, mas dou de ombros como que para dizer: "Garotos — fazer o quê?"

— Bem, eu achei que ficou *ótimo* — diz Mouse enquanto entramos na sala.

— Lá vem ela — Maggie dá um gritinho. — Lá vem nossa estrela.

— Ah, qual é, Magwitch? Foi só uma matéria idiota para o *Nutmeg*. — Mas, ainda assim, estou feliz. Deslizo para o lado dela na mesinha de piquenique do celeiro. O chão está congelado e tem um vento frio no ar que vai durar, com mais ou menos intensidade, pelos próximos meses. Estou usando uma touca de tricô com uma ponta comprida e um pompom no topo. Maggie, que lida com o inverno fingindo que ele não existe e se recusa a usar chapéu ou luvas, exceto quando está esquiando, esfrega as mãos uma na outra entre tragadas num cigarro que ela e Peter estão dividindo. Lali está usando botas de operário masculinas, que parecem ser a última moda.

— Me dá um trago desse cigarro — Lali diz a Maggie, o que é estranho, considerando que Lali raramente fuma.

— A matéria ficou boa — diz Peter carrancudo.

— Tudo que Carrie faz fica bom — diz Lali. A fumaça sai em círculos de suas narinas. — Não é mesmo? Carrie sempre *tem* que se sair bem.

Ela está sendo hostil de propósito? Ou apenas sendo a Lali de sempre? Não consigo descobrir. Ela está me olhando de forma fixa e desafiadora, como se instigando a tentar adivinhar.

— Nem sempre me saio bem — reajo. Tiro um dos cigarros da mãe de Maggie de dentro do maço. Aparentemente, a mãe de Maggie desistiu de parar de fumar. — Na verdade, geralmente falho — digo, tentando fazer piada. Eu acendo e dou um trago, segurando a fumaça em minha boca e depois soltando anéis de fumaça perfeitos. — Mas, de vez em quando, tenho sorte.

— Qual é — diz Lali, com um ceticismo áspero. — Está escrevendo no *Nutmeg*, tem uns quatro troféus de natação e roubou Sebastian de Donna LaDonna. Pra mim, parece que você consegue tudo o que quer.

Por um momento, todos ficam num silêncio meio surpreso.

— Não sei não — diz Mouse. — Algum de nós realmente consegue o que quer?

— Você consegue — diz Maggie. — E Peter.

— *E* Lali. E *você*, Maggie — insisto. — Além disso, eu não roubei exatamente Sebastian de Donna LaDonna. Ele disse que não estava saindo com ela. E, mesmo que estivesse, bem, não é exatamente como se ela fosse minha amiga. Não é como se eu devesse alguma coisa a ela.

— Tente explicar isso a ela — Lali dá uma risadinha, enquanto apaga o cigarro embaixo da bota.

— Quem se importa com Donna LaDonna? — Maggie pergunta alto. Ela olha para Peter. — Estou tão cansada dela. Não quero nunca mais escutar alguém dizendo o nome dela.

— Concordo — Peter diz relutantemente.

— Ótimo. — Eu observo.

Peter olha para o lado enquanto acende um cigarro e então se vira para mim.

— Então, sabe que Smidgens espera que escreva outra matéria para o jornal agora.

— Está bem.

— Sobre o que você vai escrever? — Lali pergunta. Ela pega outro cigarro do maço, olha-o por um tempo e o coloca atrás da orelha.

— Acho que vou ter que pensar em alguma coisa — digo, perguntando-me mais uma vez por que ela está parecendo tão estranha.

CAPÍTULO DEZENOVE

Mudanças

— Maggie, isso não está *certo* — sibilo. Acabamos de sair da escola, e Mouse, Maggie e eu estamos escondidas no Cadillac da Maggie.

— OK. E quanto a Lali? — Mouse pergunta, mudando de assunto. — Não acharam ela estranha essa manhã no celeiro?

— Ela está com ciúmes — diz Maggie.

— Isso que eu acho.

— Ela é muito ciumenta — acrescenta Maggie.

— Não, não é — protesto. — Lali é confiante, só isso. As pessoas não entendem direito.

— Não sei não, Bradley — diz Mouse. — Eu teria cuidado se fosse você.

— OK, gente. Lá está ele. Todo mundo abaixa! — Maggie comanda, e abaixamos até o chão.

— Isso é tão errado — murmuro para o banco da frente do Cadillac.

— É você que quer ser escritora — diz Maggie. — Devia *querer* descobrir.

— Eu quero, mas não assim. Por que não podemos simplesmente perguntar a ele?

— Porque ele não vai contar pra gente — responde Maggie.

— Mouse? O que você acha?

— Não ligo. — Mouse diz do banco de trás. — Só estou aqui pela aventura. — Ela levanta a cabeça e olha pela janela de trás. — Ele entrou no carro! Está saindo do estacionamento! Rápido, ou vamos perdê-lo.

Isso que é não ligar, eu penso.

Maggie levanta rapidamente, muda a marcha e pisa no acelerador. Ela dirige para o lado errado do estacionamento e, quando chegamos num caminho sem saída, ela passa bem por cima da calçada.

— Nossa! — Mouse exclama, agarrando o banco da frente enquanto Maggie faz uma curva brusca para a esquerda. Em dez segundos, estamos dois carros atrás do carro laranja do Walt.

— Não seja tão indiscreta, Mags — lembro-a secamente.

— Ah, Walt nunca vai perceber — diz ela distraidamente. — Walt nunca repara em nada quando está dirigindo.

Pobre Walt. Por que fui aceitar participar do esquema insano de Maggie para segui-lo? Pelo mesmo motivo que a acompanhei quando foi buscar as pílulas. Não consigo dizer não a ninguém. Nem a Maggie, nem a Sebastian, nem a Lali.

Lali comprou aqueles malditos ingressos para o Aztec Two-Step, e agora marcamos todos de ir no fim de semana depois das férias de fim de ano.

Mas ainda faltam semanas para isso. Além disso, tenho que admitir que estou morrendo de vontade de descobrir para onde Walt anda fugindo depois da escola.

— Aposto que ele tem uma namorada nova — diz Maggie. — E aposto que ela é mais velha. Tipo a Mrs. Robinson. Ela provavelmente é mãe de alguém. Por isso ele está se escondendo tanto.

— Talvez ele esteja estudando.

Maggie me olha feio.

— Qual é? Sabe como Walt é esperto. Ele nunca precisou estudar. Mesmo quando ele diz que está estudando, está sempre fazendo alguma outra coisa. Como ler sobre pinicos do século XVIII.

— Walt gosta de antiguidades? — Mouse pergunta surpresa.

— Ele sabe tudo sobre elas — Maggie diz orgulhosa. — Costumávamos pensar num futuro assim: íamos nos mudar para Vermont. Walt ia ter uma loja de antiguidades e eu ia criar ovelhas e transformar seus pelos em lã e tricotar suéteres.

— Que... Singelo — diz Mouse, olhando para mim.

— Eu ia cultivar verduras, também — acrescenta Maggie. — E vendê-las numa barraquinha no verão. Íamos virar vegetarianos.

E olha no que deu esse plano, penso, enquanto atravessamos a cidade perseguindo Walt.

Ele passa pelo Fox Run e continua descendo a Main Street. Num dos sinais de trânsito, seu carro vira à esquerda e vai em direção ao rio.

— Sabia — diz Maggie, segurando o volante com força. — Ele tem um encontro secreto.

— No mato? — zomba Mouse. — Não tem nada lá além de árvores e campos vazios.

— Talvez ele tenha matado alguém. Sem querer. E tenha enterrado o corpo e agora está voltando lá pra ter certeza de que continua no lugar. — Acendo um cigarro e me recosto no banco, perguntando-me até onde isso pode chegar.

A estrada leva diretamente ao rio, mas, em vez de continuar na estrada de terra, Walt faz outra curva inesperada e continua por baixo da autoestrada.

— Ele está indo pra East Milton — grita Maggie, dizendo o que já é óbvio.

— O que tem em East Milton? — Mouse pergunta.

— Um consultório médico.

— Carrie! — Maggie exclama.

— Talvez ele esteja trabalhando de enfermeiro — digo inocentemente.

— Carrie, dá pra, por favor, calar a boca? — Maggie explode. — Isso é *sério*.

— Ele podia ser enfermeiro. Vai ser uma profissão muito sofisticada nos próximos dez anos.

— Só existirão médicos mulheres, e todos os enfermeiros serão homens — diz Mouse.

— Eu não ia querer um enfermeiro homem — estremece Maggie. — Não ia querer um homem que eu não conhecesse me tocando.

— E que tal uma transa de uma noite só? — pergunto, provocando-a. — Quer dizer, e se você saísse e conhecesse um cara e achasse que estava perdidamente apaixonada por ele e vocês dois transassem três horas depois?

— Sou louca pelo Peter, OK?

— Mesmo assim, não ia contar — diz Mouse. — Se o conhecesse há três horas, você meio que o conheceria, não é?

— Ia ter que ser igual à foda entre estranhos que lemos em *Medo de voar*.

— Por favor, não digam "foda". Odeio essa palavra. É "fazer amor" — diz Maggie.

— Qual a diferença entre "fazer amor" e "foder", afinal? Quero dizer, *realmente*? — pergunto.

— Foder é só penetração. Fazer amor é penetração mais todas as outras coisas — diz Mouse.

— Não me diga que ainda não transou com Sebastian — declara Maggie.

— Bem...

Maggie se vira para olhar Mouse com uma expressão descrente, o que a faz quase sair da estrada. Quando nos recuperamos, Maggie diz:

— Você ainda é virgem. — Como se isso fosse algum tipo de crime.

— Não gosto de pensar em mim como "virgem". Prefiro me definir como "sexualmente incompleta". Você sabe. Como se ainda não tivesse concluído o curso.

— Mas por quê? — Maggie pergunta. — Nem é grande coisa. Você acha que é grande coisa até fazer. E depois pensa: "Meu Deus, por que esperei tanto?"

— Qual é, Maggie? Cada um tem seu tempo. Talvez a Carrie não esteja pronta.

— Só posso dizer que, se não transar com Sebastian logo, outra pessoa vai fazer isso — diz Maggie sombriamente.

— Se isso acontecer, significa que Sebastian não era o cara certo para ela. — Mouse insiste.

— Acho que já aconteceu — eu satirizo. — No passado, pelo menos. E poxa, só estou namorando o cara há dois meses.

— Eu só estava namorando Peter há dois *dias* quando transamos — diz Maggie. — É claro, nossas circunstâncias eram especiais. Peter era apaixonado por mim há muitos anos...

— Maggie. Sobre o Peter...

Quero avisar a Mouse que agora não é a hora de trazer à tona a verdade sobre Peter, mas é tarde demais.

— Acho que "escola" e "faculdade" são duas categorias separadas para ele. Quando ele for pra Harvard, vai deixar Castlebury para trás. Ele vai ter que fazer isso. Caso contrário, não vai ser bem-sucedido.

— Por que não? — desafia Maggie.

— Mags — digo, lançando um olhar para Mouse. — Mouse não está falando *especificamente* sobre você. Ela só quis dizer que ele vai ter que estudar muito, e pode não ter mais tanto tempo para o relacionamento de vocês. Não é isso, Mouse?

— Claro. A vida de todos nós será diferente, certo? Todos terão que mudar.

— Eu, com certeza, não vou mudar. — Maggie diz teimosamente. — Não importa o que aconteça, sempre serei eu mesma. Acho que é assim que as pessoas deveriam se comportar. Com decência.

Eu concordo:

— Não importa o que aconteça, todas nós temos que jurar que sempre seremos nós mesmas em todas as situações.

— E nós temos escolha? — Mouse pergunta secamente

— Onde *estamos*? — pergunto, olhando em volta.

— Boa pergunta. — Mouse murmura. Estamos numa avenida de asfalto que parece ficar no meio do nada.

Em cada um dos lados, há montanhas rochosas, pontilhadas com algumas casas caindo aos pedaços. Passamos uma oficina mecânica, uma casa amarela com um cartaz que diz: "Sunshine Conserto de Bonecas, Bonecas Grandes e Pequenas", e subitamente, Walt vira num pequeno beco ao lado de um prédio industrial branco bem alto.

O prédio tem uma grande porta de metal e janelas pequenas e escuras e parece estar deserto.

— Que lugar é esse? — Maggie pergunta, enquanto passamos lentamente na frente.

Mouse se encosta de volta no banco e cruza os braços:

— Não parece boa coisa, disso pode ter certeza.

Vamos um pouco mais longe, até Maggie encontrar um lugar para fazer o retorno.

— Confie em mim e deixe pra lá — digo alto, ecoando o aviso de Sebastian.

— O quê? — Maggie pergunta.

— Nada — respondo ligeiramente, enquanto Mouse e eu nos entreolhamos.

Mouse cutuca Maggie no ombro:

— Acho melhor irmos pra casa. Você não vai gostar disso.

— Gostar *do quê*? — Maggie diz. — É um prédio. E é nosso dever de amigas descobrir o que Walt anda aprontando.

— Ou não. — Mouse dá de ombros.

Maggie a ignora, seguindo a rua até os fundos do prédio, onde encontramos um estacionamento escondido. Lá estão vários carros, inclusive o de Walt.

Uma entrada secreta pelos fundos está rodeada de luz néon. "Vídeos", "Brinquedos", e se já não fosse o bastante — "Sexo ao Vivo".

— Não entendo. — Maggie fuzila com os olhos os néons roxos e azuis.

— É um lugar de pornografia.

— Maggie, você realmente não pode querer ficar aqui — Mouse avisa mais uma vez.

— Por que não? — Maggie pergunta. — Acha que não aguento?

— Não, acho que não.

— *Eu* não aguento — digo, concordando. — E não é nem meu ex-namorado lá dentro.

— Não ligo. — Maggie estaciona o carro ao lado de um monte de latas de lixo, pega um maço de cigarros e sai. — Se quiserem vir, tudo bem. Senão, podem ficar no carro.

Essa é novidade. Eu me inclino por cima do assento e chamo-a da janela da frente.

— Mags, não vai querer saber o que tem aí dentro.

— Eu vou descobrir sozinha.

— Vai confrontar Walt? O que ele vai pensar quando descobrir que você o seguiu?

Maggie continua andando. Mouse e eu nos entreolhamos, saímos do carro e a seguimos.

— Vamos lá, Magwitch. É feio seguir alguém assim. Especialmente quando ele está tentando manter segredo. Vamos embora.

— Não!

— Tudo bem — digo, afastando-me. Aponto para as lixeiras. — Vamos nos esconder ali atrás. Esperamos alguns minutos e, se nada acontecer, vamos pra casa.

Maggie olha mais uma vez para a entrada. Seus olhos se estreitam.

— Tá bom.

Juntamo-nos atrás das latas de lixo. Está congelando agora, e eu abraço meu peito, pulando para cima e para baixo, tentando me aquecer.

— Quer parar com isso? — Maggie chia. — Tem alguém vindo. — Mergulho num arbusto ao lado, entro até o meio e sento nos calcanhares.

Um Mustang acelerado entra no estacionamento. Black Sabbath está tocando alto dentro do carro, enquanto a porta se abre e o motorista sai. Ele é musculoso e alto, e quando olha em volta discretamente, reconheço Randy Sandler, que estava dois anos na nossa frente e era *quarterback* do time de futebol americano.

— Aimeudeus. Randy Sandler acabou de entrar.

— Randy Sandler? — Mouse pergunta. Ela e Maggie engatinham até onde estou.

— Isso é minha culpa — diz Maggie. — Se eu não tivesse parado de namorar Walt, ele não precisaria vir aqui atrás de sexo. Ele deve estar sofrendo de um caso de abstinência terrível.

— Abstinência é um mito — sussurro alto. — É uma daquelas mentiras que os homens contam às mulheres para convencê-las a transar.

— Não acredito. Pobre Walt — geme Maggie.

— Shhhh — ordena Mouse, quando a porta se abre.

Randy Sandler aparece de novo, mas dessa vez não está sozinho. Walt sai atrás dele, piscando sob a luz do dia. Ele e Randy trocam algumas palavras e riem, depois os dois entram no carro de Randy. Ele liga o motor, mas, antes de partirem, Randy se inclina e beija Walt na boca. Depois de mais ou menos um minuto, eles se separam, então Walt pega um espelho e ajeita o cabelo.

Por um momento só se ouve silêncio, a não ser pelo ronco do motor. O carro se afasta enquanto ficamos agachadas ali, imóveis, ouvindo o barulho do carro até ele ir sumindo cada vez mais.

— Bem. — Maggie se levanta e sacode a poeira. — Acho que é isso aí.

— Ei — diz Mouse suavemente —, quer saber? Acho que foi melhor assim. Você está com Peter, e agora Walt está com Randy.

— É como em *Sonho de uma noite de verão* — acrescento, esperançosa. — Onde todo mundo acaba ficando com a pessoa com quem devia ficar.

— Ahã — diz Maggie sem expressão, enquanto anda até o carro.

— E você tem que admitir, Randy Sandler é bem bonito. Ele era um dos caras mais gatos do time de futebol.

— É — concordo. — Pense em quantas garotas ficariam enciumadas se soubessem que Randy era...

— *Gay*? — Maggie subitamente grita. — Que Randy e Walt são gays? E que estão mentindo pra todo mundo sobre isso? — Ela abre a porta com violência. — Isso é ótimo. Simplesmente ótimo. Pensar durante dois anos que um cara ama você e então descobrir que ele nem gosta de garotas? E que o tempo todo em que estiveram juntos ele ficava pensando em — ela para, respira fundo e dá um gritinho. — Outro *cara*!

— Maggie, vai com calma — Mouse diz.

— Não vou com calma. Por que deveria? — Maggie liga o motor, depois o desliga e afunda o rosto entre as mãos. — A gente ia se mudar para Vermont. A gente ia ter uma lojinha de antiguidades. E uma barraquinha de verduras. E eu acreditei nele. E o tempo todo ele estava mentindo.

— Tenho certeza de que não estava — diz Mouse. — Ele provavelmente não sabia. Então, quando vocês terminaram...

— Ele amava você Mags. Realmente amava. Todo mundo sabe disso...

— E agora *todo mundo* vai saber como eu fui burra. Vocês têm ideia de como me sinto incrivelmente idiota neste momento? Quer dizer, existe como ser mais burra?

— Maggie — digo, sacudindo o braço dela levemente —, como é que você poderia saber? Quer dizer, a sexualidade de uma pessoa é... Meio que problema dela, não é?

— Não quando magoa os outros.

— Walt nunca magoaria você de propósito — digo, tentando argumentar com ela. — Além disso, Mags, isso é só sobre o Walt. Não é realmente sobre você.

Ooops. Uma expressão de fúria que nunca vi antes aparece no rosto de Maggie.

— Ah, é? — Ela pergunta. — Então por que *você* não tenta ser *eu* pra variar? — E depois disso ela cai no choro.

CAPÍTULO VINTE

Pistas escorregadias

— Esses deveriam ser os melhores dias de nossas vidas — digo melancólica.

— Oh, Carrie. — George aperta os lábios num sorriso. — Onde você arranja essas ideias supersentimentais? Se fizesse uma pesquisa, descobriria que metade da população adulta odiou seus anos de colégio e nunca teve vontade de voltar.

— Mas não quero ser um desses adultos.

— Acho que não existe perigo disso. Você tem *joie de vivre* demais. E parece saber perdoar bem a natureza humana.

— Acho que já entendi há algum tempo que a maioria das pessoas não pode evitar o que fazem — digo, encorajada por seu interesse. — E que o que elas fazem geralmente nada tem a ver com você. Quer dizer, as pessoas meio que instintivamente fazem o que é melhor para elas mesmas naquele momento e pensam nas consequências depois, certo?

George ri, mas isso, percebo aflita, é a descrição quase perfeita para meu próprio comportamento.

Uma rajada de ar frio joga uma poeira de neve do alto das árvores até nossos rostos. Eu tremo.

— Está com frio? — George põe o braço em volta de meus ombros e me puxa para mais perto.

Eu confirmo com a cabeça, respirando o ar penetrante. Observo a neve e os pinheiros e os lindos troncos de árvores e tento fingir que estou muito, muito longe, tipo na Suíça.

Mouse e eu forçamos Maggie a fazer um pacto de que nunca contaríamos a ninguém sobre o que vimos em East Milton, porque aquilo é assunto do Walt e ele que lide com isso como bem entender. Maggie concordou em não contar a ninguém — nem mesmo Peter —, mas isso não evitou que emocionalmente ela virasse um caco. Ela faltou dois dias de aula e passou-os na cama; no terceiro dia, quando finalmente apareceu no auditório, seu rosto estava inchado e ela estava usando óculos de sol. Depois ela não usou nada além de preto pelo restante da semana. Mouse e eu fizemos tudo que podíamos — ter certeza de que alguém estava com ela nos intervalos e até pegar comida para ela no refeitório, para ela não ter de ficar na fila —, mas, ainda assim, parecia que o amor da vida dela tinha morrido. O que é ligeiramente irritante, porque, se você olhar a situação de um ponto de vista lógico, tudo que realmente aconteceu foi que ela namorou um cara durante dois anos, terminou com ele e depois os dois encontraram outras pessoas. Importa mesmo se essas "pessoas" são homens ou mulheres? Mas Maggie se recusa a ver isso. Ela insiste que foi tudo culpa dela — ela não foi "mulher o bastante" para Walt.

Então, quando George ligou e se ofereceu para me levar para esquiar, agarrei a chance de fugir da minha vida por algumas horas.

No momento em que vi seu rosto estável e feliz, eu me vi contando a ele sobre todos os meus problemas — com Walt e Maggie, e como ficou minha matéria pro *Nutmeg* e que minha melhor amiga estava estranha. Contei a ele tudo, menos o fato de que, por acaso, tenho um namorado. Vou contar a ele hoje, quando chegar a hora certa. Mas, por enquanto, é um alívio tão grande me desligar de tudo que não quero estragar a diversão.

Estou sendo egoísta. Mas, por outro lado, George parece achar minhas histórias altamente interessantes.

— Pode usar tudo isso quando for escrever — disse ele, no caminho até a montanha.

— Não poderia — respondo. — Se eu colocar qualquer uma dessas coisas no *Nutmeg,* seria expulsa da escola.

— Está experimentando o dilema de todo escritor. Arte *versus* proteger quem você conhece... e ama.

— Eu não — disse. — Nunca gostaria de magoar alguém em nome de uma história. Não conseguiria viver comigo depois.

— Vai se aquecer assim que começarmos — George diz agora.

— Se começarmos — lembro a ele. Eu olho por cima da trave da cadeira do teleférico para a trilha abaixo de nós. É um caminho largo cercado de pinheiros, onde vários esquiadores em seus trajes cor de bala deslizam pela neve como agulhas de costura, deixando rastros de linha atrás de si. Dessa vista privilegiada, não parecem atletas excepcionais. Se conseguem fazer isso, por que eu não conseguiria?

— Está com medo? — George pergunta.

— Não — digo ousadamente, mesmo que eu só tenha esquiado umas três vezes em toda a minha vida, e só no quintal de Lali.

— Lembre-se de manter as pontas dos esquis pro alto. Deixe o encosto do assento te empurrar.

— Claro — digo, agarrando as laterais do assento. Estamos quase no topo, e acabei de admitir que nunca andei de teleférico antes.

— Tudo que você precisa fazer é descer — disse George se divertindo. — Caso contrário, eles têm que parar o sistema inteiro, e os outros esquiadores ficam zangados.

— Não quero irritar esses coelhinhos da neve — murmuro, preparando-me para o pior. Em segundos, no entanto, estou deslizando suavemente numa colina e minha cadeira ficou para trás. — Nossa, foi tão fácil — digo, virando-me para George. E é quando caio pra frente.

— Nada mal para uma iniciante — diz George, ajudando-me a levantar. — Vai ver. Vai pegar o jeito rapidinho. Posso ver que leva jeito.

George é tão *bonzinho*.

Vamos para a pista dos iniciantes, onde consigo ultrapassar o trator e fazer a curva. Depois de algumas voltas, vou ganhando confiança e vamos para a pista intermediária.

— Gostou? — George pergunta, em nossa quarta viagem no teleférico.

— Amei! — exclamo. — É tão divertido!

— Você é divertida — diz George. Ele se inclina para um beijo, e deixo-o dar um selinho rápido, subitamente me sentindo péssima. O que Sebastian pensaria se me visse aqui com George?

— George... — Eu começo, decidindo contar a ele sobre Sebastian agora, antes de isso ir mais longe, mas ele me interrompe.

— Desde que a conheci, estou tentando lembrar quem é que você me faz lembrar. E finalmente consegui.

— Quem? — pergunto cheia de curiosidade.

— Minha tia-avó — diz ele, orgulhoso.

— Sua tia-avó? — pergunto, com ultraje de mentirinha. — Pareço tão velha assim?

— Não é fisicamente. É seu espírito. Ela tem o mesmo espírito divertido que você. É o tipo de pessoa que as outras adoram ter por perto. — E então ele joga a bomba. — Ela é escritora.

— Escritora? — engasgo. — Uma escritora de verdade?

Ele assente.

— Ela foi muito famosa na sua época. Mas tem uns 80 anos agora...

— Como ela se chama?

— Não vou contar — diz ele provocativo. — Ainda não. Mas vamos visitá-la um dia desses.

— Me conta! — Eu exijo, batendo em seu braço de brincadeira.

— Não. Quero que seja surpresa.

George está cheio de surpresas hoje. Na verdade, estou até me divertindo.

— Mal posso esperar para você conhecê-la. Vocês duas vão se adorar.

— Também mal posso esperar — digo com entusiasmo. Uau! Uma escritora de verdade. Nunca conheci uma, com exceção de Mary Gordon Howard.

Descemos de nossas cadeiras e paramos no alto da pista. E então dou uma olhada para a montanha embaixo. É íngreme. Muito íngreme.

— Mas antes tenho que conseguir descer essa colina aqui — acrescento, me agarrando nos meus bastões de esqui.

— Vai ficar bem — diz ele me reassegurando. — Vá devagar e faça muitas curvas.

Saio-me muito bem no alto da colina. Mas, quando chegamos à primeira queda, subitamente fico apavorada. Eu paro, tonta de pânico.

— Não consigo fazer isso — faço uma careta. — Posso tirar os meus esquis e descer a pé?

— Se fizer isso, vai parecer uma medrosa total — diz George. — Vamos lá, garota. Eu vou na sua frente. Siga-me e faça tudo que eu fizer, que vai ficar bem.

George dá partida. Dobro meus joelhos, imaginando-me andando de muletas, quando uma jovem passa por nós. Eu só vejo um perfil de relance, mas ela parece estranhamente familiar. Então me dou conta de que ela é incrivelmente deslumbrante, com cabelo loiro comprido e liso, uma faixa de cabelo de pelo de coelho e uma roupa de esqui branca com estrelas prateadas dos lados. Não fui a única a notá-la, entretanto.

— Amelia! — George chama.

E a tal de Amelia, estonteante, que mais parece pertencer a um anúncio de pasta de dentes refrescante, desliza suavemente até parar, levanta seus óculos e sorri.

— George! — exclama ela.

— Oi! — George diz, e esquia até ela.

Bela maneira de ajudar quem não sabe esquiar.

Ele desliza até ela, beija-a em ambas as bochechas, trocam algumas palavras, e então ele olha para cima da colina.

— Carrie! — chama ele, acenando. — Vem cá. Quero que conheça uma amiga minha.

— Prazer em conhecê-la — grito de longe.

— Desce aqui — grita George.

— Não podemos ir até aí, então vai ter que vir até a gente — diz a tal da Amelia, que está começando a me irritar com sua perfeição tão natural. Ela obviamente é uma daquelas experts que aprendeu a esquiar antes de andar.

Droga. Aí vai. E, agarrando meus joelhos, pego impulso.

Fantástico. Estou indo direto para eles. Só tem um probleminha: não consigo parar.

— Cuidado!!!! — grito. Por algum milagre da natureza, não atropelo Amelia, apenas encostando na ponta de seus esquis. No entanto, agarro o braço dela para tentar parar, caio e levo-a junto para cima de mim.

Por alguns segundos, ficamos deitadas ali, nossas cabeças a centímetros de distância. Mais uma vez, fico com a impressão de que *conheço* Amelia. Talvez ela seja atriz ou coisa assim?

E então somos cercadas. O que ninguém conta sobre esquiar é que, se você cai, em segundos será resgatada por diversas pessoas, a maioria das quais muito melhores no esporte que você e cheias de todo tipo de conselho, e pouco tempo depois, a patrulha chega com uma maca também.

— Estou bem — insisto. — Não foi nada.

Amelia já se levantou e está pronta para continuar — ela só caiu para frente, afinal —, mas eu, por outro lado, não estou. Estou petrificada, temendo mais uma queda de cabeça montanha abaixo. Mas então me informam — felizmente, para mim — que meu esqui voou e caiu sozinho numa árvore. O tal esqui agora está ligeiramente quebrado — "antes seu esqui do que sua cabeça!". George fica dizendo sem parar.

Infelizmente, a única maneira de descer a montanha agora é numa maca. Isso é terrivelmente embaraçoso e excessivamente dramático. Levanto minha patinha enluvada e aceno de leve para George e Amelia enquanto eles abaixam seus óculos, equilibram seus esquis e pulam no abismo.

— Esquiou muito? — pergunta o cara da patrulha enquanto amarra uma tira em volta do meu peito.

— Não muito.

— Não devia estar na pista intermediária — censura ele. — Tentamos enfatizar a segurança aqui. Os esquiadores não devem ir para pistas acima de sua capacidade.

— É a primeira causa de acidentes — concorda outro. — Teve sorte dessa vez. Faça isso de novo, e não será apenas um perigo para você mesma, mas um perigo para os outros esquiadores.

Bem, me descuuuuuulpem.

Agora me sinto uma idiota completa.

George — o velho George, bom e fiel — está esperando lá embaixo.

— Está bem mesmo? — ele pergunta, debruçando-se sobre a maca.

— Estou bem. Meu ego está ferido, mas meu corpo parece intacto. — E, aparentemente, pronta para mais humilhação.

— Bom — diz ele, pegando meu braço. — Eu disse a Amelia que nós a encontraríamos no saguão para um café. Ela é uma velha amiga minha da Brown. Não se preocupe — acrescenta ele, notando minha expressão. — Ela não é páreo pra você. É uns anos mais *velha*.

Entramos no saguão, que é aquecido e barulhento, cheio de gente feliz conversando sobre o ótimo dia passado nas pistas. Amelia está sentada ao lado da lareira; e, tendo tirado a jaqueta, está usando um top prateado apertado. Ela conseguira pentear o cabelo e aplicar batom, o que faz com que agora pareça um anúncio de spray de cabelo.

— Amelia, essa é Carrie — diz George. — Acho que não foram devidamente apresentadas.

— Não, não fomos — diz Amelia calidamente, cumprimentando-me. — Em todo caso, não foi sua culpa. George nunca devia ter levado você àquela pista. Ele é um homem muito perigoso para se ter por perto.

— Ele é? — pergunto, acomodando-me numa cadeira.

— Lembra aquela viagem de rafting? — pergunta ela a George. Ela se vira para mim e continua: — Colorado. — Como se eu também devesse saber do que estão falando.

— Você não teve medo — diz George.

— Tive, sim. Estava com mais medo que da morte.

— Agora sei que está brincando — George aponta seu dedo para ela, para dar ênfase, e então bate de leve em minha mão. — Amelia não tem medo de nada.

— Isso não é verdade. Tenho medo de não conseguir me formar em direito.

Puxa vida! Então essa Amelia é bonita *e* inteligente.

— De onde você é, Carrie? — ela pergunta, tentando me incluir na conversa.

— Castlebury. Mas provavelmente nunca ouviu falar de lá. É uma pequena cidade campestre no rio...

— Ah, sei tudo sobre ela — sorri ela, complacente. — Cresci lá.

De repente, fico nervosa.

— Qual o seu sobrenome mesmo? — ela pergunta com curiosidade.

— Bradshaw — diz George, chamando a garçonete.

Amelia levanta as sobrancelhas, como se me reconhecesse.

— Sou Amelia Kydd. Acho que está namorando meu irmão.

— Hein? — George pergunta, olhando de Amelia para mim.

Meu rosto fica vermelho.

— Sebastian? — resmungo. Lembro-me de Sebastian mencionando uma irmã mais velha e o quanto ela era incrível, mas era para ela estar fazendo faculdade na Califórnia.

— Ele fala de você o tempo todo.

— Ele fala? — balbucio. Dou uma olhada rápida em George. Seu rosto está completamente sem expressão, salvo por duas manchas vermelhas em suas bochechas.

Ele propositadamente me ignora.

— Quero saber tudo que andou fazendo desde a última vez em que a vi — diz ele a Amelia.

Eu começo a suar, querendo ter quebrado a perna, afinal.

Voltamos para casa em silêncio na maior parte do tempo.

Sim, eu devia ter contado a George que tinha um namorado. Devia ter contado na primeira noite em que saímos para jantar. Mas então Dorrit foi presa e não tivemos tempo. Devia ter contado por telefone, mas, convenhamos, ele estava me ajudando com minhas histórias e eu não queria estragar isso também. E teria contado a ele hoje, mas demos de cara com Amelia na hora. Que, por acaso, é irmã de Sebastian. Suponho que poderia argumentar que a culpa não foi toda minha, porque George também nunca perguntou se eu tinha namorado. Por outro lado, talvez você não deva perguntar a alguém se ela está namorando quando ela concorda em sair com você — e continua saindo depois. Talvez namorar tenha um código de honra: se estiver comprometido, é seu dever moral deixar a outra pessoa ciente desde o princípio.

O problema é que as pessoas nem sempre seguem as regras.

Como vou explicar isso a George? E quanto a Sebastian? Passo metade do meu tempo me preocupando se Sebastian vai me trair, enquanto eu devia estar preocupada é comigo mesma.

Olho para George. Ele está franzindo o cenho, concentrando-se na estrada, como se sua vida dependesse disso.

— George — digo hesitante. — Me desculpe mesmo. Honestamente. Fiquei querendo contar...

— Se quer saber, eu também estou saindo com outras mulheres — diz ele friamente.

— OK.

— Mas o que não gostei é de ter sido colocado numa situação que me fez parecer um otário.

— Você não é um otário. E eu realmente gosto muito de você...

— Mas gosta mais de Sebastian Kydd — interrompe ele. — Não se preocupe. Já entendi tudo.

Paramos em frente à minha casa.

— Podemos ao menos ser amigos? — imploro, fazendo um último esforço desesperado para consertar a situação.

Ele fica olhando para frente.

— Claro, Carrie Bradshaw. Vou te dizer uma coisa: por que não me dá uma ligada quando você e Sebastian terminarem? Esse seu casinho não vai durar muito. Pode contar com isso.

Por um momento, fico sentada ali, magoada.

— Se quer que seja assim, ótimo. Mas não quis magoar você. E pedi desculpas. — Estou quase saindo do carro quando ele pega meu pulso.

— Desculpe, Carrie — diz ele, subitamente calmo. — Não quis ser tão duro. Mas você sabe por que Sebastian Kydd foi expulso da escola, não sabe?

— Por vender drogas? — pergunto petrificada.

— Ah, Carrie. — Ele suspira. — Sebastian Kydd não tem coragem para ser um traficante. Ele foi expulso por colar.

Não digo nada. Então de repente fico com raiva.

— Obrigada, George — digo, saindo do carro. — Obrigada pelo ótimo dia.

Fico parada na entrada observando-o ir embora. Acho que não vou visitar George em Nova York no fim das contas. E certamente não vou conhecer sua tia-avó, a escritora. Quem quer que ela seja...

Dorrit sai da casa e para a meu lado.

— Aonde George está indo? — Ela pergunta. — Por que ele não entrou?

— Não acho que vamos mais ver George — digo, com um misto de resolução e alívio.

Deixo Dorrit parada na entrada, parecendo extremamente desapontada.

CAPÍTULO VINTE E UM

O muro

Os juízes levantam suas notas: Quatro-ponto-três. Quatro-ponto-um. Três-ponto-nove. Um gemido coletivo ressoa das arquibancadas.

Isso me coloca em penúltimo lugar.

Pego uma toalha e a jogo por cima da cabeça, esfregando o cabelo. O treinador Nipsie está parado de um lado, braços cruzados, olhando o placar.

— Concentração, Bradshaw — murmura ele.

Sento em meu lugar nos bancos, ao lado de Lali.

— Falta de sorte — diz ela. Lali está se saindo muito bem hoje. Ela ganhou sua rodada, o que a tornou a favorita para vencer o nado livre de 200 metros. — Você ainda tem mais um mergulho — diz ela encorajadoramente.

Eu concordo, procurando na arquibancada do outro lado da piscina por Sebastian. Ele está na terceira fila, ao lado de Walt e Maggie.

— Está menstruada? — Lali pergunta.

Talvez porque passemos tanto tempo juntas, Lali e eu geralmente ficamos juntas. Queria poder atribuir a culpa pelo meu desempenho aos hormônios, mas não posso. Tenho passado tempo demais com Sebastian, e isso está tendo consequências.

— Não — digo triste. — Você está?

— Fiquei na semana passada — diz Lali. Ela olha do outro lado da piscina, vê Sebastian e acena. Ele acena de volta. — Sebastian está vendo — diz Lali, enquanto levanto para dar meu último mergulho. — Não estrague dessa vez.

Suspiro, tentando me concentrar enquanto subo a escada. Fico na posição, braços ao lado do corpo, palmas viradas para trás, quando tenho uma revelação inquietante, mas assustadoramente nítida: não quero mais fazer isso.

Dou quatro passos e pulo, lançando meu corpo reto no ar, mas, em vez de voar, de repente estou caindo. Por uma fração de segundo, eu me vejo pulando de um penhasco, perguntando-me o que vai acontecer quando eu chegar ao fundo. Vou acordar ou vou estar morta?

Entro n'água com meus joelhos dobrados, seguido por um mergulho feio.

Estou acabada. Vou até o vestiário, tiro meu maiô e entro no chuveiro.

Sempre soube que um dia eu deixaria a natação para trás. Nunca seria meu futuro — eu sabia que nunca seria boa o bastante para fazer parte do time de uma faculdade. Mas não era só o esporte em si que tornava tudo tão divertido. Eram as bagunças nas viagens para outras escolas, as partidas de gamão que jogávamos entre as rodadas, a emoção de saber que você vai ganhar e conseguir realmente. Havia os dias ruins também, quando eu sabia que não estava bem. Eu me torturava, jurava tentar com mais afinco, e seguia em frente. Mas, hoje, meu mau desempenho parece mais do que um mau dia. Parece inevitável, como se tivesse atingido o limite das minhas habilidades.

Para mim, chega.

Saio do chuveiro e me enrolo numa toalha. Limpo um pedaço do espelho embaçado e fico olhando meu rosto. Não pareço diferente. Mas me sinto diferente.

Essa não sou eu. Sacudo meu cabelo e levanto as pontas, imaginando como ficaria com um corte mais curto. Lali acaba de cortar o cabelo, repicando o topo e borrifando uma lata de spray de cabelo que ela guarda em seu armário. Lali nunca se preocupou muito com o cabelo antes e, quando comentei sobre isso, ela disse:

— Estamos numa idade em que precisamos começar a pensar em como parecemos para os garotos. — O que achei que provavelmente era uma piada.

— Que garotos? — perguntei.

E ela respondeu:

— Todos. — E então ela me olhou de cima a baixo e sorriu.

Ela estava falando de Sebastian?

Se eu sair do time de natação, poderei passar mais tempo com ele.

Faz duas semanas desde o incidente de esqui com George. Durante dias, fiquei apavorada que a irmã de Sebastian, Amelia, pudesse dizer a ele que me viu com George, mas, até agora, Sebastian não falou nada. O que quer dizer que ou ela não contou nada a ele, ou contou, e ele não liga. Eu até tentei investigar perguntando a ele sobre sua irmã, mas tudo que ele disse foi: "Ela é muito legal", e "Talvez você a conheça um dia".

Então tentei perguntar a ele porque largara o colégio particular e viera para Castlebury High. Eu não queria acreditar que o que George me contara era verdade. Afinal, por que Sebastian precisaria colar, se era inteligente o bastante para cursar cálculo? Mas ele só riu e disse: "Precisava de novos ares."

George, concluí, simplesmente estava com ciúmes.

Com uma prorrogação no assunto George, tenho estado determinada a ser uma namorada melhor para Sebastian. Infelizmente, até agora isso significa deixar de lado a maior parte de minhas atividades normais. Como, por exemplo, nadar.

Praticamente dia sim, dia não, Sebastian tenta me convencer a matar o treino, tentando-me com algum programa alternativo.

— Vamos para o Mystic Aquarium ver as baleias assassinas.

— Tenho aula de natação. E depois tenho que estudar.

— O aquário é muito educativo.

— Não acho que ficar olhando baleias assassinas vá me ajudar a entrar na faculdade.

— Você é tão chata — dizia ele, de um jeito que deixava claro que, se eu não quisesse passar tempo com ele, alguma outra garota ia querer. — Mate o treino e vamos ver *Cowboy do asfalto* — disse ele uma tarde. — Podemos ficar nos agarrando no cinema. — Eu concordei dessa vez — era um dia miserável e o último lugar em que eu queria estar era numa piscina gelada —, mas me senti culpada o filme inteiro e Sebastian me irritou ao extremo quando ficou tentando colocar minha mão dentro da parte da frente de seus jeans para apertar seu pênis. Sebastian era muito mais avançado que eu quando se tratava de sexo — ele, com frequência, se referia casualmente a várias "namoradas" que tivera no colégio particular —, mas as "namoradas" nunca pareciam durar mais que algumas semanas.

— O que aconteceu com elas? — perguntei.

— Eram malucas — dizia ele, muito naturalmente, como se maluquice fosse uma consequência inevitável de namorar com ele.

Agora abro meu armário com força, paro e me pergunto se fui amaldiçoada com o mesmo destino.

Meu armário está vazio.

Eu o fecho e checo o número. É o meu armário mesmo. Então abro de novo, pensando que me enganei, mas ainda está vazio. Olho os armários da esquerda e da direita. Vazios também. Amarro a toalha em volta da cintura e sento no banco. Onde foram parar minhas coisas? E aí me dou conta: Donna LaDonna e as duas Jens.

Eu as tinha visto no começo do treino, sentadas na ponta da arquibancada, cochichando, mas não prestei muita atenção. Na verdade, prestei um pouco, mas nunca achei que elas iriam tão longe assim. Até porque, aparentemente, Donna LaDonna tinha um novo namorado — o cara com quem eu a vi do lado de fora de sua casa. As duas Jens têm estado ocupadas espalhando rumores sobre ele, dizendo a qualquer um que esteja disposto a ouvir que ele é um cara mais velho, da Universidade de Boston, mas também um famoso modelo que fez um anúncio da Paco Rabanne. Logo depois, uma página arrancada de uma revista com a foto de um homem segurando um vidro de loção pós-barba aparece colada no armário de Donna LaDonna. A imagem ficou ali durante dias, até Lali não aguentar mais e rabiscar uma nuvenzinha saindo da cabeça do modelo que dizia: *EU SOU UM IMBESSIU.*

Donna provavelmente achou que fui eu e agora está querendo se vingar.

Chega. Abro com violência a porta até a piscina, pronta para dar um escândalo, quando percebo que está havendo uma corrida e que Lali está nadando. Não posso entrar no meio do treino usando só uma toalha. Droga! Ponho a cabeça na porta e olho para as arquibancadas. Donna LaDonna e as duas Jens não estão mais lá. Sebastian está absorto na corrida, erguendo o punho quando Lali gira as pernas por cima da cabeça a 60 centímetros da parede e passa para primeiro lugar. Walt está olhando em volta como se estivesse planejando como fugir, enquanto, a seu lado, Maggie boceja.

Maggie. Tenho de falar com Maggie.

Corro até o final do vestiário e empurro a porta que dá para o corredor, então atravesso o corredor apressadamente e passo por uma passagem para o lado de fora. Está congelando e estou descalça, mas até agora ninguém me viu. Dou a volta no prédio até os fundos e passo por uma portinha que dá bem embaixo das arquibancadas. Eu me esgueiro pelo emaranhado de ferros e agarro o pé de Maggie. Ela pula e olha em volta.

— Mags — cochicho.

— Carrie? — Ela pergunta, olhando pelas frestas. — O que está fazendo aí? E cadê suas roupas?

— Me dá seu casaco — imploro.

— Por quê?

— Maggie, por favor. — Puxo o casaco dela do assento a seu lado. — Não pergunte. Me encontre no vestiário que eu explico tudo.

Pego o casaco e volto correndo.

— Carrie? — ela diz alguns minutos mais tarde, sua voz ecoando pelo vestiário vazio.

— Aqui. — Estou procurando na cesta de toalhas molhadas, achando que talvez Donna LaDonna tenha escondido minhas roupas lá. Encontro um short de ginástica nojento, uma meia suja e uma bandana amarela. — Donna LaDonna roubou minhas roupas — digo, desistindo.

Os olhos de Maggie se estreitam.

— Como sabe?

— Qual é, Mags? — Fecho o casaco dela em volta dos meus ombros. Ainda estou com frio da minha corrida lá fora. — Quem mais faria isso?

Ela desaba em cima de um banco.

— Isso *tem* que acabar.

— Nem me fale.

— Não. De verdade, Carrie. *Tem* que acabar.

— E o que *eu* posso fazer?

— Você não tem que fazer nada. Mande Sebastian fazer alguma coisa. Mande-o dizer a ela que acabou.

— Não é realmente culpa dele.

— Na verdade, é sim. Você esqueceu que Sebastian enrolou Donna LaDonna e depois largou ela por você?

— Ele disse a ela que não era sério e que tinha acabado de voltar e que ia sair com outras pessoas.

— Bem, obviamente. Afinal, ele conseguiu o que queria.

— Certo — digo. Meu ódio por Donna LaDonna parece um objeto palpável, redondo e duro, dentro da minha barriga.

— E ele devia estar defendendo você. Contra ela.

— E se ele não defender?

— Então termina com ele.

— Mas não quero terminar com ele.

— Só sei que Peter me defenderia — diz Maggie com veemência.

Maggie está fazendo isso de propósito? Tentando fazer com que eu termine com Sebastian? Tem algum tipo de conspiração rolando por aí que não fiquei sabendo?

— Fazer um cara defender você é algo tão ultrapassado — digo asperamente. — Não devíamos poder nos defender sozinhas?

— Eu quero um cara que fique ao meu lado — diz Maggie teimosamente. — É como um amigo. Você aguentaria uma amiga que não te defende?

— Não — concordo, com alguma relutância.

— Então. — A porta para o vestiário se abre e Lali entra correndo, seguida por várias colegas de time. Elas estão se parabenizando e batendo umas nas outras com toalhas molhadas.

— Onde você estava? — Ela pergunta, tirando seu maiô. — Ganhei.

— Sabia que ganharia — digo, batendo em sua mão estendida.

— Mas falando sério. Você desapareceu. Não está chateada, está? Sobre ter errado seus saltos?

— Não, estou bem. — Tenho muitas outras coisas com que me chatear agora. — Você não teria um par de sapatos sobrando, teria?

— Bem, *eu* achei hilário — declara Lali. — Ri tanto que quase fiz xixi nas calças.

— Ahã — digo com sarcasmo. — Estou rindo até agora.

— Tem que admitir. Foi, *sim*, meio engraçado — diz Sebastian.

— Não tenho que admitir nada — digo, cruzando os braços enquanto paramos em frente à minha casa. Uma fúria tremenda subitamente se apodera de mim. — E não acho NEM UM POUCO engraçado. — Eu abro a porta, saio e a bato com toda a força que consigo. Entro correndo em casa, imaginando Lali e Sebastian sentados no carro em choque. Então eles vão olhar um para o outro e começar a rir mais ainda.

De mim.

Subo as escadas correndo até meu quarto.

— O que está acontecendo? — Missy pergunta, enquanto esse furacão passa por ela.

— Nada!

— Achei que ia à festa.

— E *vou*. — Eu bato a porta do quarto.

— Jesus — Dorrit fala do outro lado.

Estou cansada. CHEGA. ACABOU. Abro meu armário e começo a atirar os sapatos em volta do quarto.

— Carrie? — Missy bate à porta. — Posso entrar?

— Se não se importa em arriscar ficar de olho roxo por causa de um sapato voador.

— O que foi? — Missy grita.

— Estou tão cansada de sair com meu namorado e ter minha melhor amiga sempre grudada. Estou tão cansada deles dois rindo de mim. E estou tão cansada daquelas *garotinhas idiotas* — eu realmente grito nessa parte, o mais alto que consigo — me seguindo por aí e tornando minha vida um *inferno*. — Eu jogo um salto-agulha que era da minha avó com tanta força que ele entra na lateral de um livro.

Missy não se impressiona. Ela se senta de pernas cruzadas na cama e assente com a cabeça pensativamente.

— Fico feliz que tenha tocado no assunto. Estava querendo falar com você sobre isso há algum tempo. Acho que Lali está tentando atrapalhar sua relação com Sebastian.

— Não brinca. — Rosno, puxando a cortina e olhando pela janela. Eles ainda estão lá fora. Sentados no carro, rindo.

Mas o que posso fazer? Se eu sair e confrontá-los, então vou parecer insegura. Se não disser nada, eles vão continuar.

Missy coloca as mãos debaixo do queixo.

— Sabe qual é o problema? Mamãe nunca nos ensinou nenhuma artimanha feminina.

— Era pra ter ensinado?

— Quer dizer, aqui estamos, sem saber nada sobre garotos. Nada sobre como consegui-los ou como mantê-los.

— Porque, quando mamãe e papai se conheceram, eles se apaixonaram imediatamente e ele a pediu em casamento logo — digo tristemente. — Ela não teve que tentar. Ela não teve que jogar. Ela não teve que lidar com uma Lali. Ou uma Donna La-Donna. Ou as duas Jens. Ela provavelmente achou que seríamos iguais a ela. Algum cara chegaria e, instantaneamente, se apaixonaria por nós e nunca teríamos que nos preocupar.

Missy assente, concordando.

— *Eu* acho que, quando se trata de homens, estamos perdidas.

CAPÍTULO VINTE E DOIS

A dança dos tolos

— O que achou? — Mouse pergunta timidamente, mergulhando o dedo num potinho de gloss e aplicando-o nos lábios.

— Ele é uma graça, Mouse. De verdade.

Mouse finalmente cumpriu a promessa de nos apresentar a seu misterioso namorado de Washington, Danny Chai, e o trouxe para a festa. Ele é um garoto delicado e alto, com cabelo preto, óculos, boas maneiras e que achou um lugar para guardarmos nossos casacos e pegou dois copos de ponche, nos quais espertamente acrescentou vodca de uma garrafinha escondida no bolso de seu casaco. Nunca vi Mouse insegura, mas ela fica me arrastando até o banheiro, para ver se seu cabelo ainda está direito e sua camisa está dentro do jeans.

— E é adorável ver você usando gloss — acrescento, provocando-a.

— Está exagerado? — Ela pergunta alarmada.

— Não. Está ótimo. É só que nunca vi você usando gloss antes.

Ela se olha no espelho, pensando.

— Talvez seja melhor eu tirar. Não quero que ele ache que estou me esforçando demais.

— Mouse, ele não vai achar que está se esforçando demais. Ele só vai pensar que está linda.

— Carrie — sussurra ela, como uma criancinha contando um segredo. — Acho que gosto muito dele, muito mesmo. Acho que ele pode ser o cara certo.

— Isso é fantástico. — Dou um abraço nela. — Você merece alguém ótimo.

— Você também, Bradley. — Ela hesita. — E o Sebastian? — ela pergunta casualmente.

Dou de ombros, fingindo procurar alguma coisa dentro da minha bolsa. Como posso explicar? Sou louca por Sebastian de um jeito que parece estarrecedor, incrível e perturbador e provavelmente nada saudável. E no começo, estar com Sebastian era como estar no meio do melhor sonho que já tinha tido, mas agora parece mais cansativo. Estou feliz uma hora e triste na hora seguinte, questionando tudo que digo ou faço. Questionando até minha própria sanidade.

— Bradley?

— Não sei — digo, pensando em como Lali e Sebastian estavam rindo e como as duas Jens roubaram minhas roupas. — Às vezes acho...

— O quê? — Mouse pergunta.

Sacudo a cabeça. Não posso fazer isso. Não posso dizer a Mouse que às vezes acho que meu namorado gosta mais da minha melhor amiga do que de mim. É paranoico e assustador demais.

— Acho que Lali precisa de um namorado — diz Mouse. — Sebastian não tem um amigo pra apresentar a ela não?

Aí está minha solução. Se Lali tivesse um namorado, estaria preocupada demais com ele para ficar grudada em mim e Sebastian. E não é como se eu estivesse desencorajando-a de andar com a gente. Sinto-me um pouco culpada por ter um namorado e ela não. Não quero que ela se sinta abandonada. Não quero ser uma dessas garotas que se esquecem das amigas assim que têm um cara novo em sua vida.

— Vou providenciar isso — digo, sentindo um pouco da minha antiga confiança voltando.

Mas ela imediatamente vai embora de novo quando abro a porta para o ginásio. Uma música está tocando alto e vejo o topo da cabeça de Sebastian, balançando e sacudindo enquanto a multidão urra e bate palmas. Ele está dançando o hustle, mas com quem? Minha garganta se aperta. Imagino que esteja dançando com Lali, mas então Lali chega e pega meu braço.

— Acho que precisa de um drinque.

— Já tenho um drinque — digo, mostrando meu ponche batizado de vodca.

— Precisa de mais um.

Eu me espremo entre a multidão.

— Bradley! Não vai querer ver isso. — Lali parece apavorada enquanto me empurra até o meio.

Sebastian está dançando com Donna LaDonna.

Imediatamente sou inundada por uma vontade de correr e jogar meu drinque na cara dele. Posso até imaginar, minha mão se levantando, derramando a bebida melada e doce em cima de sua pele clara, sua expressão de choque seguida de patadas frenéticas. Mas Lali me segura.

— Não faça isso, Bradley. Não dê essa satisfação a eles. — Ela se vira e vê Mouse e Danny. Mouse está cochichando furiosa no ouvido de Danny, sem dúvida explicando o horror da situação.

— Com licença — diz Lali, metendo-se entre eles. — Se importa se pegarmos seu namorado emprestado?

E, antes de o pobre Danny poder protestar, Lali pega seu braço e o leva até a pista de dança, agarrando meu pulso no caminho. Colocamos Danny entre nós duas, subindo e descendo por suas pernas, girando-o, e basicamente causando o tipo de agitação que resulta nos óculos de Danny voando longe de seu rosto. Pobre Danny. Infelizmente, não posso realmente me preocupar com ele, porque estou ocupada demais tentando ignorar Sebastian e Donna LaDonna.

Nosso comportamento chama a atenção da multidão e, quando Lali e eu arrastamos Danny mais para o meio da pista, Donna LaDonna se afasta até a beirada, com um sorriso amarelo. De repente, Sebastian está atrás de mim, suas mãos em volta da minha cintura. Eu me viro e, com a boca colada em seu ouvido, sibilo:

— Foda-se.

— Hein? — Ele leva um susto. E depois parece achar graça, pensando que não posso estar falando sério.

— É sério. Foda-se.

Não acredito que acabei de dizer isso.

Por um momento, estou entorpecida pela minha raiva, o zumbido em minha cabeça anulando todos os outros sons. Então o impacto do que eu disse me penetra como uma ferroada, e estou horrorizada e envergonhada. Não acho que tenha mandado alguém "se foder" antes em toda a minha vida, exceto uma vez ou outra por algum passante e, mesmo assim, sussurrado, mas nunca num confronto assim, cara a cara. Essas palavras, gigantescas e feias, ficam entre nós dois como duas pedras enormes, e agora não consigo enxergar através delas.

É tarde demais para pedir desculpas. E não quero pedir, porque não sinto que devo. Ele estava dançando com Donna LaDonna na frente de todo mundo.

Não tem desculpas, tem?

Seu rosto está endurecido, seus olhos apertados, como uma criança que foi pega no flagra, cujo primeiro instinto é negar qualquer alegação e culpar seu acusador.

— Como pôde? — digo, mais histérica do que pretendia, e alto o suficiente, de modo que todo o pequeno grupo à nossa volta escuta.

— Você é maluca — diz ele e dá um passo para trás.

De repente, percebo ondas de movimentação entre a multidão — cutucões e cabeças sacudindo, rostos se contorcendo em sorrisos curiosos. Estou congelada de tanta indecisão. Se eu for até ele, pode ser que me empurre. Se eu for embora, provavelmente vai ser o fim do relacionamento.

— Sebastian...

— O quê? — rosna ele.

— Esquece. — E antes de ele dizer mais alguma coisa, saio correndo.

Imediatamente, sou cercada pelos meus amigos.

— O que aconteceu?

— O que ele disse?

— Por que ele estava dançando com Donna LaDonna?

— Vou acabar com a raça dele — Lali diz.

— Não. Não piore as coisas.

— Vai terminar com ele? — Maggie pergunta.

— E ela tem escolha? — Lali pergunta.

Estou anestesiada.

— Eu estava errada? — Viro-me para Mouse.

— Nem um pouco. Ele está agindo como um babaca.

— O que devo fazer?

— Não vá atrás dele, não importa o que faça — diz Danny, contribuindo. — Ignore-o. Deixe que ele venha até você. Senão, vai parecer desesperada.

Esse tal de Danny — ele é bem sábio. Mesmo assim, não consigo evitar procurar Sebastian com os olhos pelo ginásio.

Ele sumiu.

Meu coração congela.

— Talvez eu deva ir pra casa — digo, cheia de incerteza.

Mouse e Danny trocam olhares.

— A gente te leva — Mouse finalmente diz.

— Lali? — pergunto.

— Talvez *deva* ir mesmo para casa, Bradley — concorda ela —, seu dia de hoje já foi muito conturbado.

— Obrigada. Mas e se Sebastian...

— Não se preocupe. Eu cuido dele — Lali diz, dando um soco na mão esquerda.

Deixo Mouse e Danny me levarem embora.

O carro de Sebastian ainda está no estacionamento, exatamente onde o deixamos uma hora atrás, quando estávamos felizes e apaixonados, pra resumir.

Como isso é possível? Como pode um relacionamento de três meses acabar em menos de 15 minutos? Mas o mundo pode mudar em segundos. Existem acidentes de carro repentinos. E mortes. Dizem que você tem sorte se sabe quando alguém vai morrer, porque assim tem tempo de se despedir.

Meus joelhos começam a tremer. Tropeço no meio-fio e desmorono no chão.

— Carrie! Está bem?

— Talvez eu não deva ir. Talvez deva ficar. E confrontá-lo...

Mouse e Danny trocam outro olhar, como se já tivessem algum tipo de código secreto ocultar acontecendo entre os dois.

— Não acho que seja boa ideia — diz Danny suavemente. — Ele provavelmente está bêbado. E você também está um pouquinho. Não vai querer confrontar um cara enquanto está bêbada.

— Por que não? — pergunto, imaginando onde foi que Mouse achou esse sujeito.

— Porque, quando alguém está bêbado, tudo que consegue pensar é em ganhar. E não perder uma discussão.

— Walt — digo eu. — Quero ver o Walt.

Pelo menos dessa vez, Walt está trabalhando pra valer no Hamburger Shack.

— Tem certeza de que está bem? — Mouse pergunta de novo.

— Estou bem — digo com rapidez, sabendo que ela quer ficar sozinha com Danny.

Danny me leva até a entrada. Quando nos despedimos, ele olha nos meus olhos com o que parece uma profunda compreensão e, subitamente, fico com inveja de Mouse. Uma garota pode relaxar com um cara como Danny. Ela não tem de ficar pensando se seu namorado vai dar em cima da sua melhor amiga ou dançar com sua pior inimiga. Eu me pergunto se um dia vou achar um cara assim. E, se achar, imagino se serei esperta o bastante para querer ficar com ele.

— Ei — diz Walt, quando sento no balcão. São quase nove e meia, quase hora de fechar, e ele está limpando o lugar, colocando cebolas e pimentões cortados dentro de uma vasilha de plástico. — Espero que não tenha vindo pra comer.

— Eu vim pra te ver — insisto, e de repente percebo que estou faminta. — Um cheeseburger seria bom.

Walt olha o relógio.

— Preciso sair daqui...

— Walt, *por favor*.

Ele me olha desconfiado, mas desembrulha um hambúrguer e coloca na grelha.

— Cadê seu *namorado*? — pergunta ele, como se "namorado" fosse uma palavra que mal valia a pena dizer.

— Terminamos.

— Boa — diz Walt. — Parece que sua semana foi tão boa quanto a minha.

— Por quê? — Tiro alguns guardanapos do suporte de metal. — Terminou com alguém também?

Ele vira a cabeça abruptamente.

— O que quer dizer com isso?

— Nada — digo, fingindo inocência. — Qual é, Walt? Costumávamos ser melhores amigos. A gente contava tudo um pro outro.

— Nem tudo, Carrie.

— Bem, muitas coisas, de qualquer maneira.

— Isso foi antes de você me trocar pela Maggie — diz ele sarcasticamente. Então ele rapidamente continua. — Não fique chateada. Eu esperava isso quando Maggie e eu nos separamos, que todo mundo fosse escolher um lado. Maggie ficou com todos os nossos amigos.

Isso me faz rir.

— Tive saudades suas.

— É. Acho que meio que senti saudades também. — Ele vira o hambúrguer, coloca uma fatia de queijo pré-cortada em cima, abre um pão, e coloca as metades na grelha lado a lado

— Quer cebolas e pimentões?

— Claro. — Eu brinco com as garrafas de ketchup e mostarda, até não aguentar mais o sentimento de culpa. — Walt. Tenho uma coisa pra te contar. É realmente horrível, e provavelmente você vai querer me matar. Mas não mate, tá bom?

Ele levanta o hambúrguer e o coloca dentro do pão

— Deixe-me adivinhar. Maggie está grávida.

— Ela está? — pergunto chocada.

— Como é que *eu* vou saber? — pergunta ele, colocando o cheeseburger num prato de plástico e empurrando-o para mim.

Fico olhando o cheeseburger.

— Walt, eu *sei*.

— Então ela está grávida — diz ele resignado, como se só pudesse ser essa a conclusão.

— Não é sobre a Maggie. — Dou uma mordida no sanduíche. — É sobre você.

Ele limpa o balcão com um pano.

— Posso assegurar que não estou grávido.

— Qual é, Walt? — Eu hesito, segurando o cheeseburger entre as mãos, como se fosse um escudo. Se vou contar a ele, tem que ser agora. — Não fique zangado, por favor. Mas você anda agindo tão estranho. Achei que estivesse metido em algum tipo de encrenca. E depois Sebastian...

— O que tem Sebastian? — ele pergunta, sua voz endurecendo.

— Ele disse que tinha visto você... naquele lugar... e então Mouse e eu... fomos verificar.

Pronto. Eu disse. E não vou contar a ele que Maggie estava lá. Quer dizer, vou contar, um dia. Depois de ele digerir essa informação.

Walt começa a rir nervosamente.

— E o que foi que você viu?

Estou tão aliviada por ele não estar zangado que dou mais uma mordida no cheeseburger.

— Você — digo de boca cheia. — E Randy Sandler.

Ele congela e então arranca o avental por cima da cabeça.

— Isso é ótimo — diz ele amargamente. — Quantas pessoas além de você sabem a essa altura?

— Ninguém — insisto. — Não contamos a ninguém. Não poderíamos. Quer dizer, isso é problema seu, não nosso, certo?

— Aparentemente é de vocês, sim. — Ele joga o avental na pia e sai num rompante pela porta dos fundos.

Eu suspiro. Dá para essa noite ficar pior?

Pego meu casaco e corro atrás dele. Ele está parado atrás do restaurante, tentando acender um cigarro.

— Walt, eu sinto *muito*.

Ele balança a cabeça enquanto traga, segura a fumaça nos pulmões e, lentamente, solta.

— Eu ia assumir de qualquer maneira. — Ele dá outro trago. — Apesar de esperar que pudesse manter segredo até ir para a faculdade e para longe do meu pai

— Por quê? O que ele vai fazer?

— Me colocar de castigo. Ou me mandar para um daqueles psiquiatras que supostamente convertem você de volta ao heterossexualismo. Ou talvez me mande para um padre, que vai me dizer como eu sou um pecador. Não seria uma grande ironia?

— Estou me sentindo péssima.

— Por que deveria estar? Você não é gay. — Ele solta uma nuvem de fumaça e olha para o céu. — Enfim, não acho que isso vá ser uma grande surpresa. Ele já me chama de homo e bicha. E, ah, ele também gosta de se referir a mim como maricas quando não estou por perto.

— Seu próprio pai?

— É, Carrie, meu próprio pai — diz ele, apagando o cigarro com o sapato. — Ele que se foda. — Walt exclama, subitamente. — Ele não merece meu respeito. Se sente vergonha, problema dele. — Ele olha para o relógio. — Acho que você não vai voltar pra festa.

— Não posso.

— Randy vem me buscar. Vamos sair. Quer vir junto?

Randy chega cerca de cinco minutos depois em seu Mustang envenenado. Ele e Walt têm uma conversa em voz baixa, e depois Walt gesticula pra eu entrar no carro.

Dez minutos depois, estou espremida no banquinho traseiro enquanto vamos na direção sul da rota 91. A música está alta e não consigo parar de pensar no fato de que estou com o machão Randy Sandler, ex-*quarterback* do time de futebol da Castlebury High, e que agora é namorado de Walt. Acho que não conheço as pessoas tão bem quanto achava. Tenho muito para aprender, mas isso, no fundo, é animador.

— Aonde estamos indo? — grito por cima da música.

— P-Town! — grita Walt.

— Provincetown?

— Precisamos ir pra outro estado pra nos divertirmos — diz Randy. — Isso não é muita doideira?

Putz. Provincetown é na ponta de Cape Cod, a pelo menos uma hora de distância. Eu provavelmente não devia estar fazendo isso. Vou me meter em encrenca. Mas então me lembro de Donna LaDonna e de Sebastian e de todo o resto de minha vida deprimente e penso *que se dane*. Estou sempre tentando ser boazinha e aonde foi que isso me levou?

Lugar nenhum.

— Tudo bem pra você? — Randy grita.

— Pra mim, qualquer coisa tá ótima.

— Então esse cara, Sebastian Kydd, estava dançando com sua pior inimiga? — Randy grita por cima da música.

— *Sim*. — Eu me inclino pra frente, para ele me ouvir.

— E ele nos viu. No Chuckie's. — Walt grita para Randy.

— Talvez *ele* seja gay! — grito.

— Acho que sei quem é esse cara — grita Randy, assentindo para Walt. — Alto, loiro, parece um babaca qualquer de um anúncio da Ralph Lauren?

— Esse! — grito.

— Ele é um gato — diz Randy. — Mas não é gay. Eu o vi alugando filmes pornôs. *Enormes Peitões*, esse tipo de coisa.

Pornô? *Enormes Peitões?* Quem *é* Sebastian afinal?

— Ah, que maravilha! — grito.

— Esquece aquele babaca — grita Randy. — Está prestes a conhecer duzentos caras que vão *amar* você.

CAPÍTULO VINTE E TRÊS

A suposição de X

— Carrie? — Missy pergunta.

— Acorda! — Dorrit berra no meu ouvido.

Eu gemo enquanto imagens de quadris se retorcendo rodam em minha cabeça.

— Carrie? Você tá viva?

— Mng — engulo.

— Uh-oh — diz Dorrit quando jogo os cobertores por cima da cabeça.

— Vão embora. — Eu pulo da cama, corro até o banheiro e vomito.

Quando levanto os olhos, Missy e Dorrit estão lá. Os lábios de Dorrit estão virados num sorriso perverso e triunfante, como o do Grinch quando ele acha que roubou o Natal.

— Papai sabe? — perguntei.

— Que você chegou em casa às três da manhã? Acho que não — sussurra Missy.

— Não conte a ele — digo a Dorrit ameaçadoramente.

— Sebastian está lá embaixo — diz ela docemente.

Hein?

Ele está sentado à mesa de jantar em frente a meu pai.

— Se você conclui que x é igual a menos y à décima potência — diz meu pai, rabiscando uma equação no verso de um envelope —, então é óbvio que z vira um inteiro aleatório. — Ele desliza o envelope até Sebastian, que olha a equação educadamente.

— Oi — digo, acenando de leve.

— Bom-dia — diz meu pai. Sua entonação indica que ele está pensando em perguntar o porquê da minha aparência esfarrapada, mas aparentemente sua equação é mais interessante. — Entendeu, Sebastian? — Ele continua, batendo com o lápis sobre o x. — O perigo aqui é da suposição de x...

Passo por eles de fininho e corro até a cozinha, onde procuro um pote de café instantâneo, jogo metade numa xícara e espero a água ferver. O ditado que sempre ouvi "panela vigiada nunca ferve" me vem à cabeça. Mas isso não é verdade. Com o tempo e o calor, a panela vai ferver uma hora, independentemente se alguém ficar olhando ou não. O que de alguma maneira parece relevante no momento. Ou talvez seja apenas meu cérebro que pareça estar fervendo.

Levo minha xícara até a sala de jantar e me sento. Meu pai já mudou o assunto de cálculo para um interrogatório sobre Sebastian e seu futuro.

— Onde foi que disse que ia estudar mesmo? — pergunta ele numa voz rígida. Uma pista de que Sebastian não conseguiu impressioná-lo com seus conhecimentos sobre inteiros pressupostos.

— Não disse. — Sebastian sorri e bate na minha perna possessivamente, o que com certeza deixa meu pai louco. Eu aperto sua mão para fazê-lo parar. — Pensei em tirar um ano de férias — diz Sebastian. — Viajar pelo mundo. Visitar o Himalaia... esse tipo de coisa.

Meu pai parece cético enquanto tomo mais um gole do café. Ainda está quente demais e a consistência é igual a lama.

— Não estou pronto para me prender — continua Sebastian, como se isso explicasse sua falta de ambição.

— Deve ter algum dinheiro, então.

— Pai! — Eu exclamo.

— Na verdade, tenho sim. Minha avó morreu e deixou a herança para mim e minha irmã.

— Ahã. — Meu pai assente. — Entendi. É um rapaz de sorte. Aposto que, se arranjar confusão, sempre dá um jeito de sair dela.

— Não sei bem sobre isso, senhor — Sebastian responde educadamente. — Mas tenho sorte sim. — Ele olha para mim e coloca a mão sobre a minha. — Tive sorte o bastante para conhecer sua filha, afinal.

Acho que isso deveria me emocionar, mas só me deixa com vontade de vomitar de novo. Que joguinho ele está tentando fazer agora?

Meu pai me dá um olhar como se não conseguisse acreditar nesse cara, mas só consigo retribuir com um sorriso enjoado.

— Mas então — diz Sebastian, batendo palmas. — Estava pensando se queria ir patinar no gelo.

Patinar no gelo?

— Anda logo e termine seu café. — Ele se levanta e aperta a mão do meu pai. — Foi bom vê-lo, Sr. Bradshaw.

— Bom ver *você* — diz meu pai. Posso perceber que ele não sabe mais o que acha dele, porque depois ele dá um tapinha nos ombros de Sebastian.

Homens são tão *estranhos*.

Eu que vou ter de começar essa conversa ou ele? Ou vamos fingir que não aconteceu nada ontem à noite?

— Como está Donna LaDonna? Acha que consegue convencê-la a devolver minhas roupas?

A intempestividade do meu ataque o assusta. Seus patins escorregam e, por um momento, ele se debate.

— Tá bom. Olha quem fala.

Ele se equilibra e deslizamos juntos em silêncio, enquanto processo isso tudo.

Então a culpa é *minha*?

O que eu fiz? Abaixo meu gorro até cobrir as orelhas enquanto um garoto com patins de hóquei passa correndo entre nós dois, rindo por cima dos ombros para seus amigos, ignorando completamente as dúzias de outras pessoas esquiando sobre o lago. Sebastian agarra os ombros do garoto enquanto estamos quase colidindo e o empurra em outra direção.

— Presta atenção! — Ele diz.

— Presta você! — rosna o garoto.

Patino até a lateral, onde vários cavaletes foram montados em volta de um pedaço de gelo perigoso. Uma água negra molha o contorno de um buraco aberto.

— Foi você quem desapareceu na noite passada — enfatiza Sebastian, com um tom de triunfo convencido na voz.

Olho meio feio e meio assustada para ele.

— Fiquei procurando você por toda parte. E depois Lali me disse que tinha ido embora. Francamente, Carrie — diz ele sacudindo a cabeça. — Foi muita grosseria.

— E não foi grosseria sua dançar com Donna LaDonna?

— Era uma festa. Isso é o que as pessoas fazem numa festa. Elas *dançam*. — Ele pega um maço de cigarros de dentro de sua jaqueta de couro.

— Não brinca. Mas elas não dançam com a maior inimiga de suas namoradas. Que também roubou as suas roupas!

— Carrie — ele diz pacientemente. — Donna LaDonna não roubou suas roupas.

— Então quem roubou?

— Lali.

— O *quê?*

— Tive uma longa conversa com Lali depois que você foi embora. — Ele segura um cigarro entre o polegar e indicador enquanto o acende. — Ela fez de brincadeira.

De repente começo a ficar tonta. Ou mais tonta, considerando que o ar frio mal ajudou a aliviar minha ressaca.

— Não fique zangada. Ela teve medo de contar porque você fez um escândalo tão grande sobre a história. Eu disse a ela que contaria e ela pediu pra não fazê-lo porque não queria que você ficasse chateada. — Ele para, traga mais um pouco e joga o cigarro na poça de água escura, onde ele chia como uma bombinha com defeito antes de flutuar lentamente por baixo do gelo. — Nós dois sabemos como você anda sensível.

— Então agora eu sou sensível?

— Qual é? Quer dizer, com o que aconteceu com sua mãe...

— Lali andou conversando com você sobre minha mãe, também?

— Não — diz ele se defendendo. — Quer dizer, talvez ela tenha mencionado algumas vezes. Mas qual é o problema? Todo mundo sabe...

Acho que vou vomitar de novo.

Não meta minha mãe nessa história. Hoje não. Não vou aguentar. Sem falar nada, pego uma lasca de madeira e a jogo dentro da poça.

— Está *chorando*? — pergunta ele, meio rindo e meio preocupado.

— Claro que não.

— Está *sim*. — Ele parece quase alegre. — Você age toda desencanada por fora, como se nada aborrecesse você, mas por dentro você se importa, sim. É uma romântica. Quer que alguém te ame.

Não é o que todo mundo quer? Estou quase falando, mas alguma coisa em seu rosto me impede. Tem uma pontada de hostilidade, misturada com algo de compaixão. Ele está me oferecendo amor, ou o está jogando de volta na minha cara?

Eu hesito, pensando que sempre vou me lembrar da cara dele naquele momento, porque não consigo decifrar suas intenções.

— *Por quê?* — pergunto. — Por que Lali pegaria minhas roupas?

— Porque ela achou que você estava sendo um pé no saco.

— Como?

— Eu não sei. Ela disse que vocês estavam sempre fazendo pegadinhas uma com a outra. Disse que deu laxante a ela antes de uma competição.

— A gente tinha *12 anos*.

— E daí?

— *E daí...*

— Você vai terminar comigo agora? — Ele pergunta de repente.

— Ah meu Deus! — Eu puxo o gorro todo por cima do rosto. Por isso ele foi lá em casa de manhã. Por isso ele me trouxe para patinar. Ele quer terminar comigo, mas tem medo, então ele quer que eu termine com ele. Por isso ele estava dançando com Donna LaDonna na noite passada, também. Ele vai se comportar da pior maneira possível até eu não ter mais outra escolha.

Não que eu não tenha considerado essa possibilidade nas últimas 12 horas.

Enquanto dançava com Walt e Randy na discoteca em Provincetown, a ideia de "largar esse canalha" era como um combustível de foguete, lançando-me para uma atmosfera de êxtase e indiferença. Eu dançava mais e mais, liberando minha agressividade, perguntando-me por que eu precisaria de Sebastian quando tinha *isso* — um carnaval de corpos suados que piscavam e brilhavam como pirilampos — *isso* — isso é se *divertir*.

"Foda-se o Sebastian", eu gritava, agitando os braços para cima como uma adoradora louca num ritual. Randy, dançando a meu lado, respondia: "Querida, tudo acontece por um motivo."

Mas agora não tenho mais tanta certeza. Quero mesmo terminar com ele? Vou sentir falta dele. E certamente vou ficar entediada sem ele. Como alguém pode mudar o que sente em um dia?

E talvez — apenas talvez — ele é quem está com medo. Talvez ele tenha medo de decepcionar uma garota, de não ser bom o suficiente, então ele a afasta antes de ela descobrir que ele não é esse cara tão incrível e especial que finge ser. Quando ele disse que eu era desencanada por fora, mas por dentro queria era ser amada — talvez ele não estivesse falando de mim. Talvez estivesse secretamente falando de si mesmo.

— Eu não sei. Tenho que resolver isso agora? — Puxo o gorro para trás, olhando para ele.

E essa, pelo visto, foi a coisa certa a se dizer, porque ele me olha e ri:

— Você é maluca.

— Você também.

— Tem certeza de que não quer terminar comigo?

— Só porque você tem tanta certeza que eu quero. Não sou tão simples assim, sabia?

— Ah, eu *sei.* — Ele segura minha mão enquanto patinamos juntos pelo lago.

— Eu quero fazer, mas *não posso* — sussurro.

— Por que não?

Estamos no quarto dele.

— Está com medo? — Ele pergunta.

— Um pouco. — Eu me apoio sobre os cotovelos. — Eu não sei.

— Nem sempre dói. Algumas garotas realmente gostam das suas primeiras vezes.

— É. Tipo a Maggie.

— Viu? Todas as suas amigas estão fazendo. Você não se sente boba sendo a última que ainda não fez?

Não.

— Sim.

— Então por que não pode fazer comigo?

— Talvez não tenha nada a ver com você.

— Claro que tem. — Ele diz, sentando-se e colocando as meias. — Senão, você faria.

— Mas eu ainda não fiz com *ninguém*. — Engatinho até ele e coloco os braços em volta de seus ombros. — Por favor, não fique chateado comigo. Só que não posso fazer isso... Hoje. Eu faço outro dia, prometo.

— Isso é o que você sempre diz.

— Mas dessa vez é *verdade*.

— Tudo bem — diz ele, em advertência. — Mas não pode achar que eu vá esperar mais muito tempo.

Ele levanta os jeans e eu caio de volta na cama, rindo.

— O que é tão engraçado? — pergunta ele.

Mal consigo dizer as palavras.

— Você pode sempre ver um filme pornô em vez disso. *Enormes Peitões!*

— Como é que sabe disso? — Ele pergunta furioso.

Cubro o rosto com seu travesseiro.

— Ainda não entendeu? Eu sei *de tudo*.

CAPÍTULO VINTE E DOIS

O circo chega à cidade

— Mais dois dias — diz Walt, dando um tapa no baseado. — Mais dois dias de liberdade, e depois acabou.

— E o verão? — Maggie pergunta.

— Ah sim. O longo verão de Maggie — murmura Walt. — Pegar sol na beira da piscina, encharcando-se de óleo de bebê...

— Passando Sun-In no cabelo...

— Você passa Sun-In no cabelo — diz Maggie, revirando os olhos.

— Verdade — admito.

— Isso está chato. — Lali se levanta do sofá. — Bando de sequelados. Me dá um pouco disso.

— Achei que não ia pedir — diz Mouse, passando a ela o baseado.

— Tem certeza de que vai fumar? — pergunto, em tom de provocação. — Da última vez, comeu um quilo inteiro de bacon. Cru. Lembra?

— Estava frito! — Ela exclama. — Meu Deus, Carrie! Por que está sempre inventando coisas?

— Por que é divertido?

Nós seis — Walt, Maggie, Mouse, Lali, Peter e eu — estamos brincando no velho salão de jogos em cima da garagem de Mouse. É noite de Ano-Novo, e estamos presunçosamente parabenizando uns aos outros por sermos legais demais para perder tempo indo a uma festa. Não que exista alguma festa à qual queiramos ir, de qualquer maneira. Tem um baile para velhos no Country Clube — "Mortal", de acordo com Mouse — tem uma noite de cinema na biblioteca — "Conservadores de meia-tigela que querem fingir que são intelectuais", segundo Walt — e um jantar com festa chique na casa de Cynthia Viande, onde as garotas usam vestidos longos e os garotos, ternos alugados, e supostamente bebem garrafinhas de champanhe e fingem ser adultos. Mas é exclusividade para vinte dos amigos mais íntimos e queridos de Cynthia, se você pode colocar as duas Jens e Donna LaDonna na categoria de amigas do peito. Nenhum de nós foi chamado, à exceção de Peter, que foi convidado na última hora porque Cynthia precisava de "mais um homem". Para poupar Peter dessa indignidade, resolvemos nos reunir na casa de Mouse para fumar maconha, beber White Russians e fingir que não somos fracassados.

— Ei. — Peter diz a Maggie, balançando sua garrafa de cerveja. — O homem a mais precisa de outra cerveja.

— O homem a mais pode pegar ele mesmo — diz Maggie, rindo. — Não é pra isso que serve um homem a mais? Para fazer o trabalho extra?

— Que tal uma mulher a mais? — Lali pergunta, passando o baseado para mim. — Como é que ninguém quer uma mulher a mais?

— Porque uma mulher a mais é uma amante.

— Ou uma vela — acrescenta Mouse.

Eu tusso e escorrego da velha cadeira onde fiquei plantada durante a última hora.

— Alguém quer mais um drinque? — pergunto, dando uma olhada em Mouse. Ela dá de ombros, sabendo exatamente o que foi que acabou de dizer.

Se Lali se ofendeu, certamente não demonstrou.

— Eu tomo outro. E faz um duplo.

— É pra já. — Um saco de gelo, copos de plástico e várias bebidas alcoólicas estão em cima da antiga mesa de cartas. Começo a misturar dois drinques, enchendo o copo de Lali de vodca. É meio maldade, mas tenho me sentido impelida a ser má com ela desde que Sebastian me contou que foi ela quem roubou minhas roupas. Nós rimos de tudo no fim, mas há uma tensão latente entre nós duas, como a sombra de uma nuvem num lindo dia de verão. Você olha para cima e, de repente, se dá conta de que vai cair um temporal.

— Quando Sebastian volta? — Lali pergunta, com casualidade forçada, o que pode ser uma reação ao comentário da "vela" que Mouse fez, afinal. Ela sabe que Sebastian volta das férias com a família amanhã. E ela também sabe que, no domingo, temos aqueles ingressos para o show do Aztec Two-Step no Shaboo Inn. Ela não parou de falar nisso. Até agora.

— Amanhã — respondo, como se não fosse nada demais. O que Lali não precisa saber é como estou contando os dias para ele voltar desesperadamente. Fico imaginando nosso reencontro sem parar. Ele vai parar na frente da minha casa no seu Corvette amarelo. Vou correr até ele e ele vai me levantar com os braços e me beijar apaixonadamente, murmurando: "Eu te amo". Mas, quando imagino essa cena, em vez de imaginar a mim mesma, vejo em vez disso Julie Christie em *Doutor Jivago*. Tenho cabelo escuro e estou usando um chapéu de arminho branco.

— Que horas são? — Walt subitamente pergunta.

— Dez e quinze.

— Não sei se aguento até meia-noite — Maggie geme contente.

— Vai ter que aguentar — insisto. — Só porque somos perdedores, isso não quer dizer que precisamos ser fracos.

— Fale por si mesma. — Walt pega a garrafa de vodca e toma um grande gole.

— Walt, que nojo! — Maggie o repreende.

— Você não achava nojento quando a gente trocava cuspe — diz ele.

— Ei! — Peter fica de pé num salto e começa a fazer movimentos de luta na direção da cabeça de Walt.

— Vai com calma, mocinho. — Walt olha para mim e toma outro gole de vodca.

— Quer um copo?

— Não. — Ele coloca a garrafa de volta na mesa e bate as mãos. — OK, todo mundo — diz ele alto. — Tenho uma declaração a fazer.

Droga. É agora. O momento pelo qual estivemos todas esperando. Olho para Mouse e Maggie. Mouse está dando pequenos acenos de encorajamento com a cabeça, rindo docemente do jeito que você faria para uma criança de 5 anos que acaba de mostrar um desenho de bonecos de palitinhos representando sua família. Maggie cobriu a boca com as mãos e está olhando desesperadamente de mim para Mouse, como se estivesse esperando que alguém lhe dissesse o que fazer.

— Entrou na Penn — diz Peter.

— Não.

Vou para trás de Walt e olho fixamente para Maggie, fazendo uma careta enquanto coloco o dedo indicador na frente da boca.

— Ei, o que tá havendo? — diz Lali, olhando para mim. — Eu sei. Vai virar gerente do Hamburger Shack.

— Maldita seja — responde Walt. É uma frase que ele nunca usou antes, mas provavelmente aprendeu com Randy. — Essa surpresa é muito melhor — continua ele, balançando-se levemente de um lado para o outro. — Eu ia esperar até meia-noite, mas provavelmente já vou estar desmaiado até lá.

Ele olha em volta da sala para ter certeza de que tem a atenção de todos. Então casualmente joga a bomba:

— Para quem ainda não percebeu, agora sou oficialmente gay.

Por um momento, ficamos em silêncio, como se todos estivéssemos pensando em como reagir a essa informação, dado o conhecimento prévio ou não.

Então o silêncio é quebrado por um risinho baixo:

— É isso? — Lali declara. — Você é gay? Isso é *novidade*?

— Muito obrigado! — diz Walt, fingindo indignação.

— Parabéns, cara — diz Peter. Ele atravessa a sala e abraça Walt alegremente, batendo nas suas costas. — Quando foi que descobriu? — pergunta, como se Walt tivesse acabado de anunciar que ia ter um bebê.

— Quando descobriu que você era hétero, Peter? — pergunto rindo.

— Bem — diz Maggie timidamente. — Nós já sabíamos.

Na verdade “nós” não sabíamos. Mas felizmente, dez dias depois de “nós” — ou seja, Maggie — descobrirmos, ela ficou toda enrolada planejando uma viagem para acampar com Peter, e esqueceu completamente o insulto de Walt à sua feminilidade. Eu ergo meu copo:

— Ao Walt! — brindo.

— Ao Walt!

— E a nós — acrescento. — A mil novecentos e oitenta...

Alguém bate com força na porta.

— Merda. — Mouse pega os acessórios e a maconha e esconde atrás das almofadas do sofá. Peter esconde a garrafa de vodca atrás de uma cadeira. Ajeitamos nossos cabelos com os dedos e sacudimos as cinzas das roupas.

— Entra — diz Mouse.

É o pai dela, Sr. Castells. Mesmo que ele esteja meio velho, sempre fiquei impressionada com sua beleza. Mouse diz que, quando ele era jovem, era conhecido como o Cary Grant de Cuba.

— Espero que estejam se divertindo — diz ele educadamente, entrando na sala. Posso ver pelo seu jeito que isso não é uma visita social. — Carrie? — Ele diz. — Seu pai está no telefone. Ele precisa falar com você imediatamente.

— Aparentemente, eles têm um carro antigo que ninguém usa. Não perceberam que tinha sumido até eu ligar — diz meu pai. Sua voz e seu rosto estão sem expressão. Ele está em choque, provavelmente apavorado.

— Pai, tenho certeza de que vai ficar tudo bem — digo, rezando para que ele não perceba que agora tem duas filhas delinquentes juvenis — Dorrit, uma fugitiva, e eu, maconheira. Exceto que estou me sentindo assustadoramente sóbria e desperta. — Até onde elas podem ter chegado? Nenhuma das duas tem carteira. Como é que Cheryl já sabe dirigir?

— Não sei nada sobre essa gente, a não ser pelo fato de que a mãe de Cheryl já foi casada três vezes.

Concordo com a cabeça olhando fixamente a estrada à frente. Apesar de ser véspera de Ano-Novo, as ruas estão escuras e, em sua maioria, desertas. Estou convencida de que, de alguma maneira, essa nova crise de Dorrit é culpa minha. Devia ter prestado mais atenção nela. Mas como é que eu ia saber? Ela disse que ia à biblioteca para a noite de cinema — meu pai até a levou lá e esperou que ela encontrasse sua amiga Maura, que conhecemos há anos. A mãe da Maura ia buscá-las às sete e deixar Dorrit em casa no caminho para uma festa. Mas, quando ela foi buscar a filha, Maura contou à sua mãe que Dorrit tinha ido para o shopping e que ia pegar uma carona para casa comigo. Quando eram nove horas e ela ainda não havia chegado em casa, meu pai começou a entrar em pânico. Ele tentou ligar para a mãe de Maura, mas ninguém atendeu até depois das dez. Ele ligou para a mãe de Cheryl, achando que Dorrit podia ter saído com Cheryl, e o irmãozinho de Cheryl disse que ela não estava em casa e que seus pais estavam no Emerald. Então meu pai ligou para o Emerald e a mãe e o padrasto de Cheryl voltaram para casa e descobriram que o carro havia sumido. E agora estávamos a caminho da casa de Cheryl para tentar resolver o que fazer.

— Pai, sinto muito.

Ele não diz nada, apenas balança a cabeça.

— Ela provavelmente está no shopping. Ou no campo de golfe. Ou talvez nas pradarias.

— Acho que não — diz ele. — Ela pegou 50 dólares da minha gaveta de meias.

Desvio os olhos enquanto viramos na Main Street e passamos em frente ao Emerald, como se nunca tivesse reparado no lugar. Continuamos um pouco mais em frente numa estrada estreita coberta de diversas casas idênticas e paramos em frente a um rancho com tinta azul descascada com uma varanda recém-reformada. A luz está saindo pelas laterais das persianas fechadas e, enquanto observamos a casa, um homem sai de dentro, olhando feio. Seu rosto está meio vermelho, mas pode ser efeito da luz.

— Eu já devia saber — diz meu pai sombriamente. — Mack Kelter.

— Quem é ele?

— Empreiteiro local — diz meu pai, como se isso explicasse tudo. Ele estaciona na entrada, atrás de um caminhão. Ao lado da casa, está uma garagem para dois carros caindo aos pedaços. Uma das portas está aberta, o interior iluminado apenas por uma lâmpada descoberta.

— O que isso quer dizer?

— Mack Kelter é conhecido como pessoa suspeita. — Meu pai tira o cinto de segurança e os óculos, adiando o encontro inevitável. — Sua mãe se recusava a lidar com ele. Ela teve algumas discussões com Mack sobre umas obras. Uma noite encontramos Mack Kelter do lado de fora da nossa casa com um pé de cabra.

Estou chocada por não me lembrar disso. Ou talvez eu lembre. Tenho uma vaga lembrança de uma histeria e de nós três indo nos esconder no porão.

— Você chamou a polícia?

— Não. Sua mãe saiu e o enfrentou. Fiquei morrendo de medo, mas ela não. Sabe como era sua mãe — diz ele, com os olhos se enchendo de lágrimas. — Ela era pequenininha, mas durona como ninguém. Ninguém se metia com Mimi.

— Eu sei. E ela nunca precisou levantar a voz — digo com tristeza, repetindo minha frase habitual de nossas histórias de família sobre minha mãe.

— Era alguma coisa em suas maneiras... Ela era uma dama, o tempo todo, e os homens sabiam disso — diz meu pai, fazendo sua parte. Ele suspirou. — Ela trocou algumas palavras com Mack Kelter, e ele voltou pra casa com o rabo entre as pernas.

Essa era minha mãe. Uma Dama com D maiúsculo. *Uma Dama*. Ainda quando eu era pequena, já sabia que nunca seria uma, não como minha mãe. Eu era muito bruta e desajeitada. Queria ir a todos os lugares que meus pais diziam que eram ruins, tipo Nova York. Fiz Missy e Dorrit queimarem suas bonecas Barbie numa fogueira. Contei a minhas primas que Papai Noel não existia. Suspeito que minha mãe sempre soube que eu não seria uma dama, que nunca seria como ela. Mas ela nunca pareceu se importar com isso.

— Acha que Dorrit sabe? Sobre Mack Kelter? E sobre o que a mamãe achava dele? — Se ela sabe, pode explicar alguma coisa sobre o comportamento de Dorrit. — Pai, acho que Dorrit precisa ir a um psicólogo.

Já dei essa sugestão diversas vezes antes, mas meu pai sempre resistiu. Ele vem de uma geração que acha os psicólogos prejudiciais. E, mesmo nas atuais circunstâncias extremas, meu pai ainda não quer saber.

— Agora não, Carrie — diz ele. E, parecendo prestes a ser executado, ele sai do carro.

A porta se abre antes de batermos nela, e Mack Kelter está parado na entrada, bloqueando nossa passagem. Ele é bonito de um jeito meio sujo que faz você se sentir ligeiramente envergonhada só de olhar para ele.

— Bradshaw? — Ele dá um sorrisinho irônico. — É — diz ele, respondendo à própria pergunta. — Entrem.

Espero que ele não tenha nenhum pé-de-cabra perdido por aí.

— Lá dentro. — Ele indica a sala de estar com uma garrafa de cerveja. Entramos hesitantemente, sem saber o que esperar. Numa parede fica uma enorme televisão, cercada por dois alto-falantes. Tem uma lareira de tijolos, alguns brinquedos espalhados no tapete branco felpudo, dois pequenos poodles amarelos com olhos remelentos e um longo sofá modulado. Esparramada em cima dele com o que parece um gim-tônica numa das mãos e um saco de gelo na outra, está a mãe de Cheryl, Connie.

— Minha bebezinha — choraminga ela, quando nos vê. Ela coloca o drinque na mesa e estende as mãos, não nos dando outra opção a não ser segurá-las. — Minha garotinha. Ela é só uma garotinha — soluça ela.

— Não é tão garotinha assim — zomba Mack Kelter.

— E se elas tiverem sido sequestradas? — Connie pisca rapidamente. — E se estiverem numa vala qualquer...

— Chega disso, Connie — diz Mack Kelter. — Elas roubaram o carro. Elas saíram pra beber. Quando Cheryl voltar, vai levar uma surra. Só isso.

Meu pai, enquanto isso, educadamente conseguiu se desvencilhar da mão de Connie e está parado sem se mexer, como se estivesse tentando fingir que não está no meio dessa situação.

— Vocês chamaram a polícia?

— Por que iríamos envolver a polícia? — Mack Kelter pergunta. — Só vai causar problema. Além disso, eles não procuram pessoas desaparecidas até estarem sumidas por pelo menos 24 horas.

— A essa altura, elas já podem estar mortas! — Connie grita. Ela põe a mão sobre o coração, lutando para respirar. — E essa é minha recompensa por uma vida de miséria. Tenho uma filha delinquente juvenil e um marido bêbado e sem futuro.

— Quer levar um tapão na cabeça? — Mack Kelter pergunta. — Mandei você calar a boca.

Meu pai e eu nos entreolhamos horrorizados.

— Acho que devíamos procurar por elas. — Olho para meu relógio. — São dez e quarenta e cinco. Estão sumidas há três horas...

— Podiam já ter chegado em Boston a essa altura — exclama Connie. Ela olha para seu marido.

— Estou voltando para o Emerald — anuncia ele. Ele repara nas nossas expressões chocadas e sorri. — Ei, a filha não é minha. E tem um cara chamado Jack Daniels me esperando no bar.

Meu pai, Connie e eu dirigimos pela cidade toda procurando por Dorrit e Cheryl. Nós olhamos nas pradarias, no Country Clube e em vários barezinhos que Connie conhece, embora o fato de ela achar que alguém serviria álcool para garotas de 13 anos seja um mistério tanto para mim quanto para meu pai. Mas continuamos a procurar mesmo assim, sem descansar. Às duas da manhã, finalmente desistimos.

— Acharam ela? — Missy guincha esperançosamente quando entramos em casa.

— Não.

— E o que vamos fazer?

— O que podemos fazer?

— Como isso pôde acontecer? — Missy chora.

— Eu não sei. Se ela não tiver voltado até às seis da manhã, vamos à delegacia.

Ficamos parados ali num silêncio aterrorizante, e então atravesso a entrada na ponta dos pés e olho dentro da sala onde meu pai se recolheu para sofrer sozinho. Ele está sentado no sofá, lentamente virando as páginas de um antigo álbum de fotos que minha mãe começou a fazer quando ela e meu pai ficaram noivos.

Volto até a cozinha, pronta para me preparar para uma longa noite, pegando pão, queijo e maionese da geladeira para fazer um sanduíche.

O telefone toca.

O barulho é alto e chocante e, de alguma forma, inevitável. Largo o pão e vou atender.

— Carrie? — diz uma voz de homem.

— George? — pergunto chocada. E então fico decepcionada. E zangada. Por que George está ligando agora — bem depois da meia-noite em pleno Ano-Novo? Deve estar bêbado. — George, agora realmente *não* é uma boa hora..

Ele me interrompe:

— Tem alguém aqui que quer falar com você.

— Quem?

— Feliz Ano-Novo — diz Dorrit, dando risadinhas no telefone.

CAPÍTULO VINTE E CINCO

Presas em Bralcatraz

Evitei o telefone a manhã inteira.

Sei que preciso fazer a coisa certa. E, quanto antes se faz a coisa certa, melhor. Você resolve logo, e não tem mais de se preocupar. Mas quem faz isso na vida real? Em vez disso, você fica adiando e pensando no assunto, e adiando mais um pouco e depois pensa mais ainda, até aquela pedrinha no seu sapato virar uma enorme rocha dentro da sua cabeça. É apenas um telefonema, penso. Mas tenho tantas coisas mais importantes para fazer.

Como por exemplo limpar o espaço acima da garagem. E é onde estou agora, usando uma capa de frio, luvas felpudas e uma estola de pele. A pele pertencia à minha avó, e é uma daquelas bem assustadoras com a cabeça e as patinhas do animal presas em cada ponta. Eu junto uma ponta na outra e faço-as conversarem entre si.

— Olá!

— Como vai?

— Não muito bem. Alguém roubou meu rabo e minhas pernas.

— Ah... quem precisa de um rabo afinal?

Achei a velha estola quando estava remexendo numa caixa cheia de coisas que eram da minha avó, que, com exceção da estola, acabou se revelando um baú de tesouros cheio de velhos chapéus com redinhas e penas fantásticos. Coloco um dos chapéus em minha cabeça e puxo o véu para baixo até o nariz. Imagino-me andando na Quinta Avenida, parando na frente da Tiffany's, a caminho de um almoço no Plaza.

Com o chapéu ainda na cabeça, puxo mais algumas caixas. Estou procurando alguma coisa, mas não sei o quê. Vou saber quando encontrar, tenho certeza.

Estou procurando um sinal.

Meu nariz é atacado pelo forte cheiro de mofo de livros velhos quando levanto as abas de uma caixa com o logotipo borrado da Dei Monte Canned Corn. Minha avó sempre descreveu a si mesma como "uma grande leitora" e se orgulhava de ler cinco livros por semana, apesar de suas escolhas literárias consistirem principalmente romances melosos e mitologia grega. Nos fins de semana de verão que passávamos em sua casinha na beira da praia, eu ficava em segundo lugar atrás dela, devorando aqueles romances como se fossem doces, pensando, *Posso fazer isso um dia*. Eu fechava os livros e examinava as fotos dos autores com os cabelos armados, deitados em chaises cor-de-rosa ou montados em camas de quatro colunas. Essas autoras, eu sabia, eram fantasticamente ricas e, ao contrário das personagens femininas de seus livros, ganhavam o próprio dinheiro sem precisar de um homem para salvá-las. A ideia de me tornar uma dessas autoras me enchia de excitação secreta que era quase sexual, mas também aterrorizadora: se uma mulher pode se cuidar sozinha, ela ainda precisa de um homem? Ela ainda vai querer ter um? E se ela não quiser um, que tipo de mulher ela será? Ela ainda será uma mulher? Porque parece que, se você é mulher, a única coisa que deve querer na vida é um homem.

Acho que eu tinha uns 8 anos na época. Talvez 10. Até mesmo 12. Sentir o cheiro desses livros antigos é como sentir o cheiro da garotinha de minha infância. Aprendi uma coisa desde então: não importa o que aconteça, provavelmente sempre vou querer um garoto.

Tem alguma coisa deprimente nisso?

Fecho a caixa e começo a abrir outra. E, de repente, encontro: uma caixa branca retangular com cantos amarelados, uma caixa de camisas masculinas de lavanderia a seco. Eu tiro a tampa, pego um velho caderno e abro na primeira página. *As Aventuras de Pinky Weatherton* está escrito na minha letra feia de criança.

A boa e velha Pinky! Eu a inventei quando tinha 6 anos. Pinky era uma espiã com poderes especiais: ela podia se encolher até o tamanho de um dedal e conseguia respirar embaixo d'água. Pinky sempre parecia estar descendo pelo cano da pia sem querer, e então nadava pelos canos e aparecia na banheira de alguém.

Cuidadosamente, tiro o conteúdo de dentro da caixa, colocando-o sobre o chão. Além de Pinky, há desenhos e cartões feitos à mão, diários com cadeados de metal (nunca consegui escrever mais do que alguns dias em nenhum deles, e depois me repreendia por minha falta de disciplina, sabendo, já naquela época, que escritores devem ter diários) e, lá no fundo, minhas experiências com contos, datilografados na velha máquina de escrever Royale de minha mãe. É como uma festa-surpresa, subitamente entrar num quarto cheio com todos os seus amigos. Mas também é o sinal, decido, pegando a caixa e descendo as escadas. É o sinal de que realmente preciso ligar para George.

— Você precisa ligar para o George — foram as primeiras palavras que meu pai me disse esta manhã.

— Eu vou, pai. Não se preocupe. — Isso me deixou meio irritada. Eu tinha jurado nunca mais falar com George, não depois do que ele disse sobre Sebastian. Mesmo que acabasse indo para a Brown, o que estava parecendo cada vez mais provável, considerando que não tinha arranjado uma alternativa viável até agora, eu planejava evitá-lo. E, mesmo assim, mais uma vez, ele dera um jeito de entrar em nossa vida — minha vida — e não estava certo. Eu não o queria nela. Sei que meus sentimentos estavam errados — não era culpa de George —, mas eu estava convencida de que ainda era culpa dele. Se ele não tivesse prestado tanta atenção em Dorrit quando ela foi presa, se não tivesse sido tão *gentil*, então Dorrit nunca teria levado a sério essa queda por ele. Era só uma dessas quedinhas chorosas e irracionais que jovens adolescentes têm por cantores bonitinhos, mas por que George? Ele era bonitinho, sim, mas certamente não era lindo. Ele não era nem perigoso.

Talvez não fosse perigo que Dorrit estava procurando, mas sim estabilidade...

E talvez houvesse um quê de competição. Dorrit estava ficando mais abusada a cada infração, começando por roubar brincos e gloss labial, e passando para a bolsa de minha mãe — talvez fizesse sentido que George fosse sua conquista final.

De volta em casa, meu pai está exatamente na mesma posição em que o deixei duas horas atrás, sentado à escrivaninha onde deixamos a correspondência, olhando para um pedaço de papel em branco com um lápis na mão.

— Já ligou para George? — Ele perguntou, levantando os olhos.

— Vou ligar. Agora mesmo.

— Deve a ele uma ligação. O que teria acontecido se George não estivesse lá? Agora preciso arranjar uma maneira de recompensá-lo.

Tenho uma ideia terrível: talvez eu devesse me oferecer como pagamento, como uma daquelas heroínas nos romances da minha avó, cujas famílias forçam-nas a se casar com um homem que não amam. E então Sebastian terá de vir me salvar. Exceto que ele não vai poder, porque meu pai proibiu nós três de sairmos de casa sem a supervisão de um adulto. Não podemos nem usar o telefone, a não ser que falemos com meu pai antes. Subo as escadas pisando forte até meu quarto, odiando meu pai, Dorrit e, principalmente, George.

Enfio a caixa de histórias embaixo da cama e pego o telefone. Talvez George ainda esteja dormindo. Ou tenha saído. Pelo menos posso dizer que tentei. Ele atende na segunda chamada.

— Como está indo? — pergunta ele.

— Estou bem.

— E Dorrit?

— Fechada no quarto. — Faço uma pausa. — De qualquer maneira, obrigada. Não teríamos conseguido sem você. — Tento parecer sincera nessa última declaração, mas não me saio muito bem. George não parece notar, no entanto.

— Sem problemas — diz ele, cheio de alegria. — Essas coisas acontecem. Fico feliz que pude ajudar

— Obrigada de novo. — Cumprido meu dever, estou prestes a desligar quando cometo o erro fatal. — George? — pergunto. — Por que ela escolheu você?

Ele riu.

— Isso quase parece um insulto.

— Não é. Você é um cara ótimo...

— Sou? — Ele pergunta ansiosamente.

— Bem, é claro. — Eu digo, tentando pensar em como fugir dessa armadilha. — Mas ela tem 13 anos. Parece tão extremo roubar um carro e dirigir até Providence...

Escuto um barulho denunciador indicando que meu pai pegou a extensão do andar debaixo e está ouvindo nossa conversa.

— Queria falar com você sobre isso — diz George, abaixando a voz. — Posso passar aí na semana que vem.

— Vou ter que ver com meu pai — digo, sabendo que meu pai vai dizer "sim", e surpresa por ele ainda não ter interrompido a conversa.

Quando George e eu desligamos, desço as escadas para confrontar meu pai.

— Você vai ficar ouvindo todas as minhas conversas de agora em diante?

— Desculpe, Carrie, mas vou. E não estou ouvindo. Estou monitorando.

— Ótimo — digo, sarcasticamente.

— E se você estava pensando em ir ver Sebastian mais tarde, pode esquecer — acrescenta ele. — Não quero aquele M-E-R-D-I-N-H-A nem perto desta casa.

— Mas pai...

— Sinto muito, Carrie.

— Ele é meu namorado!

— É assim que vai ser — diz ele, nada comovido com meu desespero. — Nada de garotos. E isso inclui Sebastian.

— O que é isso? Alcatraz?

Meu pai não diz nada.

Arrggghhh.

Minha raiva é como algum tipo de besta rudimentar e sem cérebro, um vírus de fúria explosivo que paralisa qualquer pensamento racional e me cega para tudo, com exceção de um único objetivo...

— Eu vou te *matar*! — grito, correndo escadas acima até o quarto de Dorrit. Pulo em cima dela, mas ela está preparada, tendo levantado as pernas para uma posição de defesa. Sei que em algum lugar no mundo, em famílias verdadeiramente perfeitas, irmãs não brigam, mas não somos uma dessas famílias. Costumávamos ser pugilistas regularmente, chutando, torcendo braços e correndo uma atrás da outra com pás e vassouras, e trancando umas às outras dentro do carro ou fora de casa, sacudindo árvores para a outra cair de cima, escondendo-se nos armários ou embaixo da cama, ou perseguindo-nos como coelhos. — Eu vou te matar — grito de novo, levantando um travesseiro por cima da cabeça enquanto Dorrit me chuta na virilha.

Tento enfiar o travesseiro na cara dela, mas ela se desvia, caindo no chão. Ela se levanta e tenta pular nas minhas costas. Dou coices como um cavalo, mas ela não solta. Luto para me levantar e nós duas caímos juntas. Vamos parar na cama, comigo deitada em cima dela.

Então a maldita emoção explode e estamos rindo histericamente.

— Não tem graça — insisto, lágrimas descendo pelo rosto. — Você arruinou a minha vida. Você merece morrer.

— O que está havendo? — Missy diz, aparecendo na porta. Dorrit aponta para ela, o que também não tem graça, mas nos faz ter mais um ataque histérico mesmo assim. — Parem de rir — censura Missy. — Acabei de falar com o papai. Ele está pensando em mandar Dorrit para um reformatório.

— Vou ter que usar uniforme? — Dorrit grita às gargalhadas.

— Papai está falando sério dessa vez. — Missy franze o cenho. — Ele disse que não está brincando. Estamos encrencadas. Todas nós. Não podemos mais nem ter amigos.

— Estamos em Bralcatraz — digo.

— Hum — diz Dorrit, indiferente. Ela sai da cama e se olha no espelho, torcendo uma mecha de cabelo azul na frente do rosto. — Ele vai superar. Ele sempre supera — diz ela com maldade.

— Dorrit...

— Eu nem sei por que foi ele que ficou — diz ela. — Ele devia ter morrido. E mamãe devia estar viva. — Ela olha desafiadoramente para mim e para Missy, percebendo o quanto estamos chocadas. É uma coisa que todas nós já sentimos, mas nunca expressamos.

— E eu não ligo se for mandada para o reformatório — continua ela. — Qualquer coisa é melhor que ficar presa com esta família.

CAPÍTULO VINTE E SEIS

M-E-R-D-A no ventilador

Uma buzina faz barulho na entrada. *Por favor, que seja a Mouse.*

Missy, Dorrit, meu pai e eu estamos reunidos em volta da mesa, fingindo jantar, numa tentativa inútil de parecer normais. Com o barulho alto, meu pai vai até a janela, abre as cortinas e olha para fora.

— É a Roberta — confirma ele. Levanto num pulo, pego meu casaco e minha bolsa Carrie, que estão preparados ao lado da porta.

— Não tão rápido. Precisamos rever as regras mais uma vez — diz meu pai, enquanto Dorrit revira os olhos. — Você vai ver *A importância de ser prudente* no teatro Hartford Stage. Vai ligar durante o intervalo. Vai estar em casa às 11 da noite.

— *Mais ou menos* 11 — digo, enfiando os braços no casaco.

— Vou esperar acordado. — Ele olha para Missy e Dorrit. Elas estão de cabeça baixa, fingindo comer, fingindo que não sabem aonde realmente estou indo.

— Claro, pai. — Enrolo a velha estola de pele da minha avó em volta do pescoço. Normalmente eu não a usaria, mas achei que é o tipo de coisa que se usa para ir ao teatro e preciso manter as aparências.

Ando rapidamente até o carro, sentindo como se tivesse um alvo colado nas costas.

Menti. Mas não inteiramente Mouse e eu vamos ver um show, só que não é no Hartford Stage. Vamos encontrar Lali e Sebastian no show do Aztec Two-Step. Não exatamente como imaginei que seria meu reencontro com Sebastian, mas não importa. Cada molécula do meu corpo está vibrando de antecipação.

Uma rajada de ar quente bate em mim quando abro a porta do Gremlin. Mouse me lança um olhar triunfante enquanto cuidadosamente coloco o cinto de segurança, sabendo que meu pai está olhando.

— Problemas? — pergunta ela.

— Não. Ele nem desconfia. — Quando saímos do campo de visão da porta de entrada e pegamos a estrada, eu rio, tremendo de excitação, nervosamente retocando meu batom no espelhinho do visor. — Não acredito que conseguimos — guincho. — Mouse, você é demais.

— Ei — diz ela —, para que servem os amigos?

Eu me recosto no banco, sorrindo como uma louca.

Quando Sebastian ligou ontem às três horas e meu pai disse que eu não podia atender, as coisas ficaram feias na Chez Bradshaw. Gritei e ameacei arrancar meus cabelos, mas não fez diferença alguma. Meu pai desconectou todos os telefones e se trancou no quarto. Então minhas irmãs e eu bolamos um plano para roubar o carro, mas meu pai já havia pensado nisso e escondera as chaves. Tentamos arrombar o quarto dele, mas então achamos tê-lo escutado chorando, então fomos para a sala e nos espremermos no sofá como três órfãs assustadas. Finalmente, meu pai entrou e Missy cedeu e disse:

— Pai, eu sinto muito — começando a chorar em seguida.

Meu pai disse:

— Não é culpa de vocês. Eu amo muito minhas meninas. — E todas nós concordamos em tentar ser melhores no futuro. Tudo que eu conseguia pensar, no entanto, era em Sebastian e em como entrar em contato com ele. A realidade de ele estar a apenas minutos de distância e eu não poder vê-lo me fazia sentir como se tivesse um rato dentro do estômago, roendo tudo por dentro.

Depois de algum tempo, subi as escadas e peguei a caixa com minhas velhas histórias, e tentei me confortar imaginando um futuro melhor, onde eu moraria em Nova York e escreveria livros e teria uma vida completamente diferente. Imaginei meu futuro como uma joia enterrada dentro de mim, de onde não podia ser roubada nem se eu ficasse presa em Bralcatraz pelo resto da vida.

Então meu pai entrou silenciosamente em meu quarto.

— Não quero ser tão duro com você — disse ele.

Lá estava minha deixa se eu conseguisse me manter racional e calma.

— Tá tudo bem, pai.

— Só estou tentando ser justo. Se eu deixar você e Missy saírem, vou ter que deixar Dorrit sair também. E se ela fugir de novo?

— Claro, pai — respondo calmamente.

— Não é para sempre. Só por uma semana ou duas. Até eu pensar no que fazer.

— Entendo.

— Sabe, Carrie — disse ele, sentando-se na beirada da cama. — É tudo uma questão de sistemas. E o que não temos nesta casa é um sistema. Se aplicarmos um sistema para o sucesso nas ações dos seres humanos... Se pegarmos vários seres humanos e os reduzirmos à sua equação molecular mais básica... Afinal, somos apenas moléculas e elétrons, e elétrons são governados por um conjunto rígido de regras. Bem — ele disse, levantando-se como se tivesse finalmente achado a solução para nossos problemas —, sabia que podia contar com você. Eu agradeço. Muito mesmo.

Ele me abraça desajeitadamente e diz o de sempre em situações assim:

— Lembre-se, eu não amo simplesmente você. Eu *gosto* de você.

— Também gosto de você, pai — digo eu, com algo em mente. — Pai? Posso dar um telefonema? — E antes de ele poder recusar, continuo rapidamente: — Preciso ligar para Mouse. Eu ia encontrá-la... — Acho que ele realmente se sente mal, porque acabou cedendo.

Essa manhã, quando as coisas se acalmaram um pouco e meu pai concordou em religar o serviço telefônico — apesar de continuar insistindo em atender ele mesmo a todos os telefonemas —, Mouse ligou e falou com ele enquanto eu ouvia na extensão.

— Sei que Carrie não pode sair, mas temos esses ingressos há meses. Para a peça no Hartford Stage. E eles não devolvem o dinheiro. E é para nossa aula de literatura. Não somos obrigadas a ir, mas, se não formos, nossas notas podem ser prejudicadas.

E agora — liberdade. Fumando juntas no Gremlin, o rádio ligado no volume máximo, Mouse e eu gritando junto com o B-52's, minha cabeça está zonza com a ousadia da minha fuga. Estou pronta para botar pra quebrar. Eu sou, acho, invencível.

* * *

Ou não. Na metade do caminho para nossa missão secreta, começo a me preocupar. E se Sebastian se atrasar? E se ele nem aparecer? E por que sinto essa necessidade de pensar nas piores hipóteses? Se pensarmos numa coisa ruim, podemos transformá-la em realidade? Ou isso é um aviso?

Mas lá está o Corvette amarelo, parado na entrada de terra.

Abro a porta do lugar. Ele está sentado no bar, e registro vagamente que Lali também está lá.

— Ei! — grito. Lali me vê primeiro. Há uma estranha expressão em seu rosto, os músculos se enfraquecendo de decepção. Tem alguma coisa errada. Então ele se vira e ela cochicha alguma coisa em seu ouvido.

Ele está muito bronzeado e a aura de garoto do verão despreocupado combina muito bem com ele. Ele assente para mim, seu sorriso amarelo, o que não é a reação que eu esperava do amor da minha vida depois de ficarmos separados por duas semanas. Mas talvez ele seja como um cãozinho que foi deixado sozinho pelo seu dono — vai levar algum tempo para se acostumar comigo de novo.

— Oi! — exclamo. Minha voz soa alta e entusiasmada demais. Coloco os braços em volta dele e pulo para cima e para baixo.

— Nossa — diz ele, beijando-me no rosto. — Você está bem?

— Claro.

— E Dorrit? — Lali pergunta.

— Ah, isso — digo, abanando as mãos. — Não foi nada. Tudo bem. Só estou muito feliz por estar aqui. — Sento no banco ao lado dele no bar e peço uma cerveja.

— Cadê a Mouse? — ele pergunta.

Mouse? E eu?

— Ela está no banheiro. Então, quando você voltou? — pergunto ansiosa, apesar de já saber, pois ele me ligou.

— Ontem à tarde. — Ele coça o braço.

— Desculpe por não poder falar, mas Mouse ligou para você e contou tudo, não foi? Sobre o que aconteceu com a Dorrit?

Lali e Sebastian trocam olhares.

— Na verdade — começa ele —, depois que seu pai desligou na minha cara, liguei pra Lali. Ela me contou que alguma coisa havia acontecido com Dorrit na sexta à noite...

— Então nós fomos para o Emerald — diz Lali, terminando a frase por ele.

— Sabia que você estava indisposta — acrescentou ele rapidamente, batendo no meu nariz com seu dedo. — Não queria ficar sentado em casa com meus pais mais uma noite.

Uma pedra rasga minha garganta e só para de cair quando chega ao fundo do meu estômago.

— Então como foram as férias?

— Chatas — diz ele.

Noto a expressão de Lali por cima do ombro dele. Ela parece doente. Aconteceu alguma coisa ontem à noite? Lali e Sebastian...? *Não*. Ela é minha melhor amiga. Ele é meu namorado. Eles *deveriam* ser amigos. Não faça cena de ciúmes. Só vai fazer você parecer fraca.

— Oi gente. — Mouse vem até o bar.

Sebastian a envolve num abraço de urso:

— Mouse! — Ele exclama.

— Oi. — Ela dá um tapinha nas costas dele, tão confusa com seu comportamento efusivo quanto eu. Sebastian nunca foi amigável desse jeito antes.

Bebo a cerveja num gole. Estou louca, ou há alguma coisa muito estranha acontecendo?

— Tenho que ir ao banheiro. — Desço do banco alto e olho para Lali. — Quer vir junto?

Ela hesita, olha para Sebastian e põe sua cerveja na mesa.

— Claro.

— É imaginação minha, ou Sebastian está meio esquisito? — pergunto de dentro do reservado.

— Não notei nada.

— Qual é? Ele está muito estranho. — Quando saio do reservado, Lali está parada ao lado da pia, olhando-se no espelho descolorido enquanto afofa o cabelo.

Ela nem olha para mim.

— Talvez seja porque estava longe.

— Acha que aconteceu alguma coisa? Enquanto ele estava de férias? Talvez tenha conhecido outra garota.

— Talvez.

Essa não é a resposta apropriada. A resposta certa é: não. De jeito nenhum. *Ele é louco por você.* Ou algo do tipo.

— Então, vocês foram ao Emerald ontem à noite — digo.

— É.

— Ele falou alguma coisa sobre outra garota?

— Não. — Ela ajeita uma mecha de cabelo atrás de seu pescoço.

— Quanto tempo ficaram lá?

— Não sei. Tomamos um drinque. Ele queria sair de casa. Eu também. Então...

— É. — Concordo com a cabeça, desesperada para saber mais. Quais músicas eles ouviram e o que beberam e se dançaram ou não. Quero interrogá-la, entrar em seu cérebro e descobrir exatamente o que aconteceu. Mas não posso. Não quero escutar uma coisa que sei que não aguentaria.

Quando voltamos, Mouse está conversando seriamente com Sebastian.

— Do que estão falando? — pergunto.

— De você — diz Sebastian, virando-se para mim com uma seriedade atípica.

— O que sobre mim? — Eu rio despreocupadamente

— Sobre como é difícil para você — diz ele.

Não isso mais uma vez.

— Não é *tão* difícil — digo com desdém. Termino minha cerveja e peço outra. Então peço um shot.

— Vamos todos tomar shots — diz Sebastian.

A ideia de beber descontrai o ambiente. Levantamos nossos copinhos de shot e brindamos — ao Ano-Novo, ao próximo verão, a nossos futuros. Sebastian fuma um cigarro com o braço em volta dos meus ombros. Mouse fala com Lali. Eu me inclino para Sebastian, dividindo seu cigarro.

— Tem alguma coisa errada?

— O que quer dizer? — Ele dá um trago em seu cigarro, virando a cabeça para longe de mim. É minha imaginação, ou havia um pouco de agressividade em seu tom de voz?

— Eu não sei. Você está agindo meio estranho.

— Mesmo? Acho que é você que está estranha.

— Eu?

— É — diz ele. Ele me olha fixamente como se estivesse me desafiando a desafiá-lo.

Eu disfarço.

— Talvez eu esteja. Tudo aquilo com Dorrit...

— Mmmm. — Ele desvia os olhos enquanto apaga o cigarro.

— De qualquer maneira, não vou deixar isso me afetar. Quero me divertir. — E o arrasto até a pista de dança.

E então me divirto até demais. A banda entra, e todos nós cantamos junto. O álcool fez sua mágica e subitamente não me importo mais com nada. Tiro minha estola e faço a pele de marta beber cerveja. Outras pessoas se juntam em volta para entrar na brincadeira. Nove horas chega e vai embora e eu nem percebo até ser tarde demais.

Às dez e quinze, Mouse aponta para seu relógio:

— Bradley, é melhor irmos embora.

— Eu não quero ir.

— Só mais duas músicas — ı isa ela. — Depois vamos em bora.

— *Tá bom.* — Pego minha cerveja e me empurro pelo meio da multidão até a frente do palco, chamando a atenção do vocalista, que sorri para mim, divertindo-se. Ele é bem bonitinho. Muito mesmo. Ele tem o rosto liso e cabelos cacheados de um garoto num quadro renascentista. Lali tem uma quedinha por ele desde que tínhamos 14 anos. A gente ouvia seus discos enquanto Lali ficava olhando sonhadoramente sua foto. Quando a música acaba, ele se inclina e pergunta o que quero ouvir. — My Radar Lady! — grito.

A música começa. O vocalista continua me olhando, sua boca se movendo acima do microfone enquanto a música aumenta, envolvendo-me numa nuvem fofa de hélio. Então é só a música e o vocalista e seus lábios macios e cheios, e de repente, parece que estou de volta ao clube em Provincetown com Walt e Randy, selvagem e livre. Ouvir a música não é o suficiente. Tenho de participar. Tenho de... *cantar.*

No palco. Na frente de todo mundo.

E então é como se eu tivesse feito acontecer, porque o vocalista estende a mão. Eu a pego e ele me puxa até o palco, abrindo espaço para mim ao lado do microfone. E lá estou eu, cantando com todas as minhas forças, e antes de me dar conta, a música terminou e a multidão está rindo e aplaudindo. O vocalista se debruça sobre o microfone e diz:

— Essa foi...

E eu grito:

— Carrie Bradshaw! — meu nome ecoando como um raio.

— Uma salva de palmas para... *Carrie Bradshaw* — diz ele.

Dou um pequeno aceno para a plateia, desço do palco e cambaleio pela multidão, rindo da tolice do meu próprio comportamento. *A própria*, penso.

— Não acredito que acabou de fazer isso — Lali diz quando chego ao bar. Eu olho de Lali para Mouse e para Sebastian, e com as mãos tremendo, pego minha cerveja.

— Por quê? — Conforme a cerveja desce por minha garganta, sinto minha confiança descendo junto. — Foi muito ruim?

— Não exatamente ruim — diz Sebastian.

— Bradley, você estava ótima — exclama Mouse.

Olho para Sebastian de forma acusadora.

— Não sabia que você cantava — diz ele, defensivo de novo. — Estou surpreso, só isso.

— Ah, Carrie está sempre cantando — diz Lali com voz venenosa. — Ela cantou no teatro da escola na terceira série.

— É melhor irmos embora — diz Mouse.

— A festa acabou. — Sebastian se inclina e me beija rapidamente na boca.

— Vocês já vão? — pergunto.

Lali e Sebastian trocam mais um olhar misterioso, antes de os olhos de Lali se desviarem.

— Daqui a pouco.

— Vamos lá, Bradley. Seu pai não precisa de mais problemas — diz Mouse, nervosa.

— Claro. — Enrolo a estola em volta do pescoço. — Bem — começo desajeitadamente.

— Bem — Sebastian repete. — Vejo você amanhã, tá bom?

— Tá. — Eu me viro e sigo Mouse.

Mas então, no estacionamento, subitamente fico cheia de remorso.

— Talvez eu não devesse ter feito isso.

— Feito o quê?

— Subido no palco. Talvez Sebastian não tenha gostado.

— Se não gostou, problema dele. Eu achei engraçado — diz Mouse com firmeza. Entramos no carro e ela liga o motor. Estamos dando ré quando bato minha mão no painel.

— Para o carro!

— O quê? — Ela diz, pisando no freio.

Saio correndo do carro.

— Tem alguma coisa errada. Preciso pedir desculpas. Sebastian está chateado. Não posso ir pra casa me sentindo assim.

— Carrie, não! — Mouse grita, mas é tarde demais.

Eu paro do lado de dentro da porta, examinando o clube. Meus olhos varrem o bar e, de repente, estou confusa. Eles não estão aqui. Como podem ter saído antes da gente? Eu me aproximo mais alguns passos, e é quando percebo que me enganei. Eles estão sim. Eles ainda estão no bar. Mas não os reconheci de primeira porque seus rostos estão colados, corpos entrelaçados, agarrando-se como se fossem as duas últimas pessoas no planeta.

Não pode ser. Devo estar vendo coisas. Bebi demais.

— Ei! — grito. Meus olhos não estão me enganando: eles estão se agarrando. Mas minha mente ainda não processou a realidade da cena. — Ei — digo de novo. — *Ei!*

Os dois viram o olhar na minha direção e, então, relutantemente ao que parece, eles desgrudam suas bocas. Por um momento, tudo está parado, como se estivéssemos congelados num globo de vidro. E então eu me sinto assentindo. *Sim*, diz uma voz em minha cabeça. Você sabia que isso ia acontecer. *Sabia que isso era inevitável.*

E então eu me escuto dizendo:

— Acharam que eu não ia descobrir? — Começo a me virar, e do canto do olho vejo Lali pular do banco alto, sua boca formando meu nome, enquanto Sebastian estende a mão e agarra o pulso dela.

Atravesso o salão e saio pela porta. Não olho para trás.

O Gremlin está parado em frente à entrada. Entro e bato a porta.

— Vamos embora.

Na metade do caminho até minha casa, peço a Mouse para parar o carro mais uma vez. Ela para do lado da estrada e eu saio e vomito várias vezes.

A luz do andar debaixo está acesa quando finalmente chegamos à minha entrada. Eu ando decidida pelo caminho e entro em casa, parando na porta da sala. Meu pai está sentado no sofá, lendo uma revista. Ele levanta os olhos, fecha a revista e a coloca cuidadosamente sobre a mesinha de centro.

— Que bom que já chegou — diz ele.

— Também acho.

Estou agradecida por não ter levado uma bronca por não ligar às nove.

— Como foi a peça?

— Boa. — Imagino um castelo de cartas, cada carta impressa com as palavras "E se?". As cartas começam a oscilar, separando-se até desmoronar numa pilha de cinzas.

E se Dorrit não tivesse fugido? E se eu tivesse podido encontrar Sebastian na noite passada? E se eu não tivesse subido no palco e feito papel de boba?

E se eu tivesse dado a Sebastian o que ele queria? E se eu tivesse transado com ele?

— Boa-noite, pai.

— Boa-noite, Carrie.

CAPÍTULO VINTE E SETE

A garota que...

Um caixão. Exceto que não é realmente um caixão. Parece mais um barco. E está partindo. Eu tenho de entrar, mas as pessoas ficam barrando meu caminho. Não consigo passar por elas, e uma delas é Mary Gordon Howard. Ela segura a manga de meu casaco e me puxa para trás. E zomba:

— Você nunca vai superar. Vai ficar marcada para sempre. Nenhum homem nunca vai te amar...

Não. *Nãaaaaaaaao.*

Acordo. Eu me sinto um lixo. Lembro que aconteceu alguma coisa ruim ontem à noite.

Lembro o que foi.

Nego que foi verdade.

Sei que *foi* verdade.

Penso no que fazer. Surtar e ligar para Lali e Sebastian aos gritos? Ou jogar um balde cheio de sangue de porco como no filme *Carrie, a estranha* (mas onde arranjar esse tipo de sangue, e além do mais, que nojo), ou fingir que estou gravemente doente, tentar o suicídio (*aí, sim, eles vão se arrepender*, mas por que dar a eles essa satisfação?), ou fingir que não aconteceu absolutamente nada? Agir como se Sebastian e eu ainda estivéssemos juntos e que o incidente com Lali foi meramente uma aberração estranha num romance longo e feliz.

Cinco minutos se passam. Penso em coisas estranhas. Como: na vida, existem apenas quatro tipos de garotas:

A garota que brincou com fogo.

A garota que abriu a caixa de Pandora.

A garota que deu a maçã para Adão (OK, o nome dela era Eva, mas vocês me entenderam).

E a garota cuja melhor amiga roubou seu namorado.

Não. Ele não pode gostar mais dela do que de mim. Não pode. Mas é claro que pode.

Por quê? Bato com os punhos na cama, tento rasgar minha vestimenta (uma camisa de pijama de flanela que não me lembro de ter vestido), e grito no travesseiro. Caio de volta na cama em estado de choque. Fico olhando para o teto enquanto me dou conta de uma coisa terrível:

E se ninguém mais quiser transar comigo agora? E se eu ficar virgem para sempre?

Tropeço para fora da cama, desço as escadas correndo e pego o telefone.

— Não está com uma cara boa — diz Dorrit.

Eu rosno:

— Vou lidar com você depois. — E então corro como um esquilinho com o telefone para dentro do quarto. Cuidadosamente, fecho a porta. Com as mãos tremendo, disco o número de Lali.

— Lali está?

— Carrie? — Ela pergunta. Ela parece ligeiramente assustada, mas não tanto quanto eu esperava que parecesse. Isso é mau sinal.

— Por favor, me diga que o que aconteceu na noite passada não aconteceu.

— Hum. Bem. Aconteceu.

— Por quê?

— *Por quê?*

— Como pôde fazer isso? — choro agonizante.

Silêncio. E depois:

— Eu não queria te contar — Pausa, como se eu estivesse afundando numa areia movediça emocional. A morte parece inevitável. — Mas *eu* estou saindo com Sebastian agora. — Tão simples. Direto. Tão *indiscutível.*

Isso não pode estar acontecendo.

— Já estou saindo com ele há algum tempo — acrescenta ela.

Eu sabia. Sabia que havia alguma coisa rolando entre os dois, mas não acreditei. Ainda não acredito.

— Há quanto tempo? — exijo saber.

— Quer mesmo saber?

— Sim — sibilo.

— Estamos juntos desde antes de ele viajar.

— O *quê?*

— Ele precisa de mim.

— Ele me disse que precisava de mim também!

— Acho então que ele mudou de ideia.

— Ou talvez você tenha mudado pra ele.

— Pense o que quiser — diz ela rudemente. — É a *mim* que *ele* quer.

— Não, ele não quer — cuspo. — Você só quer a ele *mais* do que quer a mim.

— O que quer dizer com isso?

— Você não entendeu? Não somos mais amigas. Nunca mais seremos amigas. Como posso falar com você?

Um longo e terrível silêncio. Finalmente:

— Eu o amo, Carrie. — Clique, seguido por um sinal de ocupado. Sento na cama, perplexa.

Não posso enfrentar o auditório. Eu me escondo no estábulo em vez disso. Talvez eu passe o dia todo aqui. Fumo três cigarros seguidos. Está congelando aqui, porra. Decido usar a palavra "porra" sempre que possível.

Como isso pode ter acontecido? O que ela tem que eu não tenho? OK, já havia pensado nisso antes. Aparentemente, sou inadequada. Ou mereço isso. Tirei-o de Donna LaDonna e agora Lali o tirou de mim. Aqui se faz, aqui se paga. E, com o tempo, alguma outra garota vai tirá-lo de Lali.

Por que fui tão burra? Eu sabia o tempo todo que não podia prendê-lo. Eu não era interessante o suficiente. Ou sexy. Ou bonita. Ou esperta o bastante. Ou talvez esperta demais?

Coloco a cabeça entre as mãos. Às vezes, eu me fazia de boba perto dele. Dizia, "Oh, o que é isso?" quando sabia perfeitamente do que ele estava falando. Isso me fazia sentir que não sabia mais quem eu era, ou quem devia ser. Eu ria nervosamente de coisas que não eram engraçadas. Ficava muito preocupada com minha boca, ou com o modo como estava movimentando minhas mãos. Comecei a conviver com um buraco negro de insegurança que se alojara permanentemente em meu cérebro como um parente indesejado que se recusa a ir embora, mas, ainda assim, critica constantemente as acomodações.

Eu devia me sentir aliviada. Sinto-me como se tivesse passado por uma guerra.

— Carrie? — Maggie pergunta hesitantemente. Olho para cima, e lá está ela, com bochechas rosadas, o cabelo preso em duas longas tranças. Ela leva a mão enluvada até a boca. — Está bem?

— Não. — Minha voz é um mero murmúrio.

— Mouse me contou o que aconteceu — sussurra ela.

Eu concordo com a cabeça. Daqui a pouco, todo mundo vai saber. Vão falar e rir de mim pelas costas. Vou virar uma piada. A garota que não conseguiu namorar o namorado. A garota que não era boa o suficiente. A garota que foi traída pela melhor amiga. A garota em que você pode pisar. A garota que *não importa*.

— O que vai fazer? — Maggie pergunta, indignada.

— O que *posso* fazer?

— Pode tê-lo de volta.

— Ela disse que ele precisava dela.

— Ela está mentindo! — exclama Maggie. — Ela não é nada mais que uma mentirosa. Sempre se gabando. Tudo é sempre sobre ela. Ela roubou Sebastian porque era invejosa.

— Talvez ele realmente goste mais dela — digo, exausta.

— Ele não pode. E, se gosta, é um idiota. São dois nojentos e cruéis que se merecem. Fez bem em se livrar. Ele não era bom o suficiente para você.

Mas ele era. Era tudo que eu sempre quis. Pertencíamos um ao outro. Nunca vou amar outro cara como o amei.

— Você tem que fazer alguma coisa — diz Maggie. — Alguma coisa com ela. Por que não explode a picape dela?

— Ah, Magwitch. — Levanto minha cabeça. — Estou simplesmente *cansada* demais.

Eu me escondo na biblioteca durante a aula de cálculo. Leio *Signos estelares* furiosamente. Lali é leonina. Sebastian (Se-*bastardo*) é escorpiano, o que faz sentido. Aparentemente, vão fazer sexo explosivo juntos.

Tento decidir o que odeio mais nessa situação. A vergonha e o constrangimento? A perda do meu namorado e da minha melhor amiga? Ou a traição? Eles deviam estar planejando isso há semanas. Falando de mim e de como se livrar de mim. Tramando encontros secretos. Discutindo sobre como me contar. Mas eles não me contaram. Não tiveram a decência. Simplesmente assumiram por aí, bem na minha frente. Como se a única maneira que conseguiriam fazer isso seria sendo pegos. Não pensaram em como eu iria me sentir. Eu só estava na história como um obstáculo. Porque eu não importo para eles. Não sou *nada* para eles.

Todos esses anos de amizade... Foi tudo mentira?

Lembro uma vez na sexta série, quando Lali fez uma festa de aniversário e não me convidou. Entrei na escola um dia, e Lali não falava mais comigo, nem ninguém mais. Ou quase isso. Maggie e Mouse ainda falavam comigo. Mas Lali não, nem as outras garotas com quem andávamos na época, como Jen P. Eu não sabia o que fazer. Minha mãe disse que eu podia ligar para Lali e, quando fiz isso, a mãe dela disse que Lali não estava em casa, embora eu tivesse escutado Lali e Jen P rindo nos fundos.

— Por que elas estão fazendo isso comigo? — perguntei à minha mãe.

— Não posso explicar — disse ela, impotente. — É só uma coisa que as garotas às vezes fazem.

— Mas por quê?

Ela sacudiu a cabeça.

— É inveja.

Mas eu não achei que era inveja. Achei que era algo mais instintivo, como fazer parte de um bando de animais selvagens que expulsam um dos animais para morrer na selva sozinho.

Era assustador: como uma garota não podia viver sem amigas?

— Ignore-as — aconselhou minha mãe. — Aja como se não houvesse nada errado. Lali vai voltar. Vai ver.

Minha mãe tinha razão. Eu as ignorei e o aniversário de Lali chegou e passou, e como minha mãe previra, quatro dias depois, misteriosamente Lali e eu éramos amigas de novo.

Durante as semanas seguintes, no entanto, sempre que Lali mencionava seu aniversário — ela havia levado seis garotas para um parque de diversões — meu rosto ficava vermelho e quente de vergonha pela lembrança de ter sido vetada. Quando finalmente perguntei a Lali por que não fui convidada, ela me olhou surpresa.

— Mas você veio, não veio?

Balancei a cabeça.

— Oh — disse ela —, talvez você estivesse agindo de forma estranha ou algo do tipo.

— Essa Lali é uma *pateta* — disse minha mãe. "Pateta" era um insulto que ela reservava aos que ela considerava da classe mais baixa de seres humanos.

Deixei para lá. Achei que garotas eram assim mesmo. Mas isso — essa traição — também faz parte de como garotas são?

— Ei. — Mouse diz, me achando nos corredores de livro — Ele não estava na aula de cálculo. E ela não foi ao auditório Então devem estar se sentindo bem culpados.

— Ou talvez estejam em algum hotel por aí. Transando.

— Não pode deixar eles atingirem você, Bradley. Não pode deixar que ganhem. Você tem que fingir que não liga.

— Mas eu *ligo*.

— Eu sei. Mas às vezes, você tem que agir da maneira oposta do que as outras pessoas esperam. Elas querem que você enlouqueça. Querem que você as odeie. Quando mais as odeia, mais fortes elas ficam.

— Só queria entender *por quê*.

* * *

— Covardes — diz Walt, colocando sua bandeja ao lado da minha. — Eles não têm nem a coragem de aparecer na escola.

Baixo os olhos para meu prato. O frango frito de repente me lembra um inseto gigante; o purê de batatas, uma cola nacarada. Empurro o prato de lado.

— Por que ele faria isso? Do ponto de vista de um homem?

— Ela é diferente. E é mais fácil. Sempre é mais fácil no começo. — Walt para. — Pode não ter nem nada a ver com você.

Então por que sinto como se tivesse?

Assisto ao resto das aulas. Estou lá fisicamente, mas mentalmente continuo empacada nas lembranças: a expressão chocada de Lali quando a peguei beijando Sebastian e o jeito que a boca de Sebastian se curvou para baixo de desagrado quando viu que eu tinha voltado. Talvez ele estivesse tentando manter nós duas na dele.

— Ela é uma vagabundinha — diz Maggie.

— Achei que gostava dela — digo de propósito. Preciso saber quem realmente está do meu lado e quem não está.

— Eu gostava dela — diz Maggie, virando o volante do Cadillac e errando o retorno, então estamos dirigindo na contramão. — Até ela fazer isso.

— Então se ela não tivesse feito isso, ainda gostaria dela.

— Não sei. Acho que sim. Nunca fui muito fã dela, apesar disso. Ela é meio arrogante e convencida. Como se tudo o que ela faz fosse muito maravilhoso.

— É — digo amargamente. As palavras de Lali, "Ele precisa de *mim*", ecoando na minha cabeça. Abro o porta-luvas e tiro um cigarro. Minhas mãos estão tremendo. — Sabe o que é assustador? Se ela não tivesse feito isso, provavelmente ainda seríamos amigas.

— E daí?

— E daí que é estranho, sabe? Ser amiga de alguém há tanto tempo, e então eles fazem uma coisa que acaba com tudo. E não eram más pessoas antes. Ou pelo menos você achava que não eram. Então você começa a se perguntar se aquela maldade já estava lá, esperando para sair, ou se foi uma coisa isolada, e ainda são boas pessoas, mas em quem você não pode confiar...

— Carrie — Maggie diz sem rodeios —, Lali fez isso. O que significa que ela é uma má pessoa. Você simplesmente não sabia disso antes. Mas teria percebido em alguma hora.

Ela pisa no freio enquanto a fachada de tijolos da casa de Sebastian aparece. Lentamente, passamos em frente. A picape vermelha de Lali está estacionada na entrada atrás do corvete amarelo de Sebastian. Me dobro como se tivesse levado um chute no estômago.

— Não disse — diz Maggie triunfante. — Pode, por favor, agir normalmente agora e admitir que odeia ela profundamente?

Segundo dia: Acordo abalada e furiosa, tendo sonhado a noite toda com tentar dar um soco na cara de Sebastian e não conseguir tocá-lo.

Fico deitada na cama até o último segundo. Não acredito que ainda tenho que lidar com isso. Vai acabar um dia?

Certamente eles estarão na escola hoje.

Não posso faltar ao auditório e à aula de cálculo dois dias seguidos.

Chego à escola. Decido que preciso de um cigarro antes de ter de encará-los.

Aparentemente, Sebastian sente o mesmo. Ele está ali, no celeiro, sentado à mesa de piquenique com Lali. E Walt.

— Oi — ele diz casualmente.

— Que bom — Walt exclama nervoso. — Tem um cigarro?

— Não — respondo, meus olhos se estreitando. — Você não tem?

Lali ainda não olhou para mim.

— Pega um dos meus — diz Sebastian, estendendo seu maço. Olho desconfiada para ele enquanto aceito um cigarro. Ele abre o isqueiro e acende a chama.

— Obrigada — digo, tragando e imediatamente soltando uma nuvem de fumaça.

O que eles estão fazendo aqui? Por um momento, tenho a vaga esperança de que vão pedir desculpas, de que Sebastian vai dizer que errou, que o que eu vi duas noites atrás não é o que estou pensando. Mas, em vez disso, ele passa seu braço como uma cobra em volta do pulso de Lali e segura sua mão. Os olhos dela escorregam até mim, enquanto sua boca se contorce num sorriso desconfortável.

É um teste. Eles estão me testando para ver até onde podem me provocar até eu explodir.

Desvio os olhos.

— Então. — Sebastian se vira para Walt. — Lali me contou que fez uma grande revelação na noite de Ano-Novo...

— Ah, *cala a boca* — declara Walt. Ele joga o cigarro fora e sai. Levanto meu braço e também largo o meu no chão, apagando-o com meu pé.

Walt está me esperando lá fora.

— Tenho apenas uma palavra para você — diz ele. — Vingança.

CAPÍTULO VINTE E OITO

Lindas imagens

Uma semana se passa. Mas, toda vez que vejo Lali, meu coração ainda dispara e sou invadida por um peculiar sentimento de medo, como se minha vida estivesse em perigo. Tento o máximo possível evitá-la, o que significa que estou constantemente procurando-a, olhando pelos corredores atrás de seu cabelo em camadas, olhando por cima dos ombros atrás de sua picape vermelha e até me abaixando para checar os sapatos por trás de portas fechadas nos reservados dos banheiros.

Conheço Lali tão bem — seu andar, o jeito como ela sacode as mãos perto do rosto quando está tentando provar alguma coisa, o canino desafiador que é um pouquinho longo demais — eu poderia achar Lali numa multidão a um quilômetro de distância.

Mesmo assim, duas vezes nos esbarramos inesperadamente. Em cada uma delas, engasguei e ambas rapidamente desviamos os olhos, passando uma pela outra como icebergs silenciosos.

Observo muito Lali quando ela não está olhando. Não quero fazer isso, mas não consigo evitar.

Ela e Sebastian não se sentam mais conosco durante o almoço.

Na metade do tempo, eles evitam o refeitório, e às vezes, subindo a colina até o celeiro antes do intervalo, vejo o Corvette amarelo de Sebastian saindo da escola com Lali no banco do carona. Quando eles resolvem comer no refeitório, sentam com as duas Jens, Donna LaDonna, Cynthia Viande e Tommy Brewster. Talvez lá seja o lugar ao qual Sebastian sempre achou que pertencia, mas não podia ficar lá comigo. Talvez por isso tenha escolhido Lali.

Enquanto isso, Jen P está se comportando estranhamente. No outro dia, ela inclusive sentou-se conosco durante o almoço, rindo e agindo como se eu e ela fôssemos boas amigas.

— O que aconteceu com você e Sebastian? — Ela perguntou, toda cheia de dedos. — Achava vocês dois tão bonitinhos juntos.

A falsidade — a hipocrisia — é espetacular.

Então ela perguntou a Maggie e Peter se eles queriam entrar no Comitê de Formatura.

— Claro — disse Peter, olhando para Maggie, em busca de aprovação.

— Por que não? — Maggie retrucou. Isso é próprio da garota que odeia festas. Que nem consegue sair do carro para ir a uma.

Às vezes, eu me pergunto se estou começando a odiar *todo mundo*. As únicas duas pessoas que consigo aturar são Mouse e Walt.

Walt e eu rimos de todo mundo. Passamos todo o nosso tempo livre no celeiro. Rimos juntos sobre como Tommy Brewster é burro, e como Jen P tem uma marca de nascença em seu pescoço e como é idiota que Maggie e Peter estejam no comitê de formatura. Juramos não ir à formatura, considerando o baile abaixo do nosso nível, e então decidimos que talvez possamos ir, sim, mas só se formos juntos e vestidos como punks.

Na quarta-feira à tarde, Peter para ao lado do meu armário.

— Oi — diz ele, numa voz que me faz suspeitar que ele talvez esteja tentando ao máximo parecer que não sabe o que aconteceu entre mim e Sebastian. — Você vem à reunião do jornal?

— Por quê? — pergunto, imaginando se Maggie o mandou fazer isso

— Achei que poderia querer. — Ele dá de ombros. — Pra mim, tanto faz.

Ele se afasta e fico olhando meu armário. Eu bato a porta e corro atrás dele. Por que deixá-lo se safar dessa tão fácil?

— O que você achou de Sebastian e Lali? — pergunto.

— Acho que é coisa de colégio.

— E isso significa?

— Significa que não importa. É *colégio*. Uma parte relativamente curta e frequentemente desagradável da sua vida. Daqui a cinco meses, estaremos longe daqui. Em cinco meses, ninguém vai dar *a mínima*.

"Ninguém" não. Eu ainda vou.

Eu o sigo escadaria acima até a reunião do jornal. Ninguém parece particularmente surpreso em me ver quando me sento no canto. A Sra. Smidgens me cumprimenta com um aceno de cabeça.

Pelo visto, ela abandonou suas regras rígidas em relação à presença, mas metade do ano letivo já passou e provavelmente não vale a pena se aborrecer.

A pequena Gayle entra e se senta no banco a meu lado.

— Estou decepcionada — diz ela.

Nossa. Até a oitava série sabe sobre mim e Sebastian? É pior do que eu pensava.

— Você disse que ia escrever aquela matéria sobre as animadoras de torcida. Disse que ia denunciar Donna LaDonna. Disse...

— Eu disse muitas coisas, tá bom?

— Por que disse que ia fazer se não tinha nenhuma intenção...

Coloco o dedo em cima da boca para ela fazer silêncio.

— Eu não disse que não ia fazer. Só disse que ainda não tive tempo de começar.

— Mas você vai escrever, certo?

— Veremos.

— Mas...

Subitamente, não consigo mais aguentar o interrogatório de Gayle. Sem pensar, faço uma coisa que nunca havia feito antes, mas sempre tive vontade: pego meus livros, levanto e saio. Simples assim. Sem dar tchau para ninguém.

É bom.

Desço as escadas e saio para o ar frio de inverno.

E agora?

A *biblioteca*. É um dos únicos lugares que não foi arruinado por Sebastian e Lali. Lali nunca gostou de ficar na biblioteca. E, na única vez que estive lá com Sebastian, estava *feliz*.

Será que um dia vou ser feliz de novo?

Acho que não.

Alguns minutos depois, estou enrolando no alpendre sujo de lama da entrada. Várias pessoas passam por mim enquanto tento entrar. A biblioteca parece estar excepcionalmente movimentada hoje. A Srta. Detooten, a gentil bibliotecária, está parada nos degraus.

— Olá, Carrie — diz ela. — Não tenho visto você por aqui.

— Estive ocupada — murmuro.

— Veio para a aula de fotografia? É lá em cima.

Aula de fotografia? Por que não? Sempre fui levemente interessada em fotografia.

Subo as escadas para dar uma olhada.

A sala é pequena e tem cerca de vinte cadeiras dobráveis. A maioria já está ocupada com pessoas de várias faixas etárias — esse deve ser um daqueles cursos gratuitos oferecidos à comunidade para trazer as pessoas à biblioteca. Pego um lugar no fundo. Um cara feio, de uns 30 anos, cabelos escuros e bigode fininho, está sentado atrás de uma mesa. Ele olha em volta da sala e sorri.

— Tudo bem, gente — começa ele. — Sou Todd Upsky. Sou fotógrafo profissional aqui na cidade. Trabalho para o *Castlebury Citizen*. Considero-me um fotógrafo de arte, mas também trabalho em casamentos. Então, se conhecem alguém que vai se casar, mandem para mim.

Ele ri descontraidamente, como se tivesse contado essa história várias vezes antes, e o público gorjeia de apreciação.

— Esse é um curso de 12 semanas — continua ele. — Vamos nos encontrar uma vez por semana. Cada semana vocês vão tirar uma foto, revelá-la, e discutiremos o que deu certo e o que não deu...

De repente, ele para e, com uma expressão de agradável surpresa, olha fixamente para o fundo da sala.

Giro minha cabeça para trás. Ah, não! Não acredito. É Donna LaDonna, usando um desses casacos grandes e bufantes e protetores de orelha de pelo de coelho.

Que diabo ela está fazendo aqui?

— Desculpe o atraso — diz ela sem fôlego.

— Não tem problema — diz Todd Upsky. Seu sorriso está enorme. — Sente-se em qualquer lugar. Ali — diz ele, apontando para a cadeira vazia a meu lado.

Droga.

Não respiro uma só vez durante os vários minutos que se passam para Donna LaDonna tirar seu casaco, baixar os protetores de orelha, ajeitar o cabelo e colocar uma bolsa de câmera embaixo de sua cadeira.

— Certo, então — diz Todd Upsky, batendo as mãos para atrair a atenção de todos. — Quem tem câmera?

Várias pessoas levantam as mãos, incluindo Donna.

— Quem não tem?

Levanto minha mão, imaginando como escapar bem rápido.

— Ótimo — diz ele. — Vão trabalhar em duplas. As pessoas que têm câmeras vão se juntar às que não têm. Você aí, senhorita — ele assente para Donna. — Por que não trabalha com a garota a seu lado?

Garota?

— Nossas duplas vão lá para fora tirar uma foto da natureza. Uma árvore. Ou uma raiz. Ou qualquer outra coisa que achem interessante ou que tenham vontade. Vocês têm 15 minutos — diz ele.

Donna se vira para mim, abre os lábios e sorri.

É como encarar a boca de um crocodilo.

— Só para deixar registrado, estou gostando disso tanto quanto você — digo.

Donna levanta a câmera.

— Por que está fazendo essa aula, afinal?

— Por que *você* está fazendo? — rebato. Além disso, eu acho, não tenho certeza de que estou fazendo essa aula. Especialmente agora que Donna também está.

— Caso não tenha percebido, vou ser modelo.

— Achei que modelos ficavam na frente das câmeras. — Pego um graveto e dobro-o até onde consigo. Ele salta no ar e cai a 60cm de distância.

— As melhores modelos sabem tudo sobre fotografia. Isso é o que minha prima diz. Ela mora em Nova York. Ela é importante no mundo da publicidade. Sei que pensa em si mesma como alguém especial, mas não é a única que quer sair de Castlebury. Minha prima disse que eu devia ser modelo. Mandei algumas fotos para ela e ela vai mandá-las para Eileen Ford.

— Tá bom — digo sarcasticamente. — E espero que todos os seus sonhos se realizem. Espero que se torne mesmo modelo e espero que seu rosto esteja na capa de todas as revistas do país.

— Ah, é isso mesmo que estou planejando.

— Claro que está — digo com a voz transbordando de cinismo.

Donna tira uma foto de um pequeno arbusto, com galhos vazios.

— O que quer dizer com isso?

— Nada. — Estendo a mão para a câmera. Vi um toco que parece interessante. Parece resumir bem minha vida no momento. Significando sem vida, cortada pela metade e ligeiramente apodrecida.

— Escute aqui, sua fresca — explode ela. — Se acha que vou deixar você sentar aqui e deixá-la ficar dizendo que não sou bonita o suficiente...

— O *quê?* — zombo, espantada com a possibilidade de que Donna LaDonna seja insegura em relação à sua aparência. Parece que, no fim das contas, ela também tem seus pontos fracos.

— Só deixe-me lembrá-la que tive que aguentar todos os tipos de idiotices de babacas como você a vida inteira.

— É mesmo? — Clico o botão e devolvo a câmera para ela. *Ela* teve de aguentar idiotice? E quanto a toda a idiotice que ela mesma fez? E quanto a todos os alunos cujas vidas foram tornadas miseráveis por Donna LaDonna?

— Com licença, mas permita-me dizer que a maioria das pessoas acredita exatamente no contrário. — Quando estou nervosa, uso palavras como "permita-me dizer". Eu definitivamente leio demais.

— Com licença digo *eu* — responde ela. — Você não sabe de que diabos está falando.

— Ramona Marquart? — devolvo.

— *Quem?*

— A garota que queria estar na equipe. A garota que você rejeitou por ser feia demais.

— *Ela?* — Donna pergunta surpreendida.

— Já parou pra pensar no fato de que talvez você tenha destruído a vida dela?

Ela sorri de lado.

— Você com certeza enxerga por esse lado.

— E que outro lado há para ver?

— Talvez eu a tenha salvado. Da humilhação. O que acha que teria acontecido se eu a tivesse deixado entrar em campo? As pessoas são cruéis, caso não tenha notado. Ela teria sido motivo de piada. Todos os caras teriam rido dela. Garotos não vão ver jogos atrás de mulheres feias.

— Está brincando, não está? — digo, como se não pudesse acreditar nela. Mas acredito. Um pouco. É um mundo terrível.

Não estou pronta para dar o braço a torcer, no entanto.

— É assim que você planeja viver? De acordo com o que os caras gostam e quem acham bonita? Isso é patético.

Ela sorri, convencida.

— E daí? É verdade. E se tem alguém patético aqui, é você. Garotas que não conseguem os caras sempre acham que há algo errado com as garotas que *conseguem*. Se *você* tivesse homens, garanto que não estaríamos tendo essa discussão.

— É mesmo?

— Só tenho duas palavrinhas para você: Sebastian Kydd. — Ela ri.

Tenho de cerrar os dentes para me segurar e não pular em cima dela e dar um soco em seu rostinho tão lindo.

E então, *eu* rio.

— Ele largou você também, lembra? Ele largou você por mim. — Eu rio perversamente. — E parece que me lembro de você passar a maior parte do outono infernizando a minha vida porque eu estava namorando Sebastian e você não.

— Sebastian Kydd? — Ela sorri sarcasticamente. — Acha que dou a mínima para Sebastian Kydd? Claro, ele é bonitinho. E meio sexy. E eu o tive. Fora isso, ele é completamente inútil. Sebastian Kydd não tem relevância alguma em minha vida.

— Então por que se deu ao trabalho...

Ela dá de ombros.

— Queria infernizar a sua vida porque você é uma idiota.

Eu sou idiota?

— Então acho que estamos quites. Porque também acho você uma idiota.

— Na verdade, você é pior que idiota. Você é uma esnobe.

Hein?

— Se quer saber a verdade — diz ela —, eu odeio você desde o primeiro dia do jardim de infância. E não sou a única.

— Jardim de infância? — pergunto, perplexa.

— Você estava usando sapatos boneca de verniz vermelho. E se achava muito especial. Você achava que era melhor que todo mundo. Porque tinha sapatos vermelhos e ninguém mais tinha.

OK. Eu me lembro desses sapatos. Minha mãe os comprou para mim como um presente especial por ter entrado no jardim de infância. Eu os usava o tempo todo — até tentava dormir com eles. Mas, ainda assim, eram apenas sapatos. Quem imaginaria que sapatos podiam causar tanta inveja?

— Você me odeia por causa de uns sapatos que eu usava quando tinha 4 anos? — indago, incrédula.

— Não eram só os sapatos — explica ela. — Era toda a sua atitude. Você e sua familiazinha perfeita. As garotas Bradshaw — diz ela zombando. — Não são tão bonitinhas? E tão bem-comportadas?

Se ela soubesse.

Subitamente, estou exausta. Por que garotas guardam esses rancores durante anos e anos? Garotos também fazem isso?

Penso em Lali e estremeço.

Ela me olha, solta uma pequena exclamação de triunfo e volta para dentro.

E então fico simplesmente parada ali, perguntando-me o que fazer. Ir para casa? Desistir? Mas, se eu for embora, significa que Donna LaDonna ganhou. Ela vai dizer que essa aula é território dela e minha ausência vai significar que ela me expulsou.

Não vou deixá-la ganhar. Mesmo que para isso precise ficar presa aqui com ela uma hora por semana.

Quer dizer, tem como minha vida ficar pior do que está?

Abro a porta pesada, subo as escadas e sento em meu lugar ao lado dela.

E, durante a meia hora seguinte, enquanto Todd Upsky fala sobre foco, sentamos uma ao lado da outra em silêncio, cada uma fingindo desesperadamente que a outra não existe.

Como Lali e eu.

CAPÍTULO VINTE E NOVE

A Górgona

— Por que não escreve sobre isso? — George pergunta.

— Não — respondo, quebrando a delicada ponta de um galho de árvore. Eu a examino, esfregando a macia madeira seca entre os dedos antes de jogá-la de volta no mato.

— Por que não?

— Porque não. — Acelero o passo pelo caminho que leva até uma colina íngreme. Atrás de mim, escuto George respirando com dificuldade pelo esforço. Agarro o meio de uma pequena árvore e escalo até o topo. — Não quero ser uma escritora para falar sobre a minha vida. Quero ser uma escritora para escapar dela.

— Então não devia ser escritora — diz George, bufando.

Chega.

— Estou tão cansada de todo mundo me dizendo o que devia e não devia fazer. Talvez eu não queira ser sua ideia de escritora. Já pensou nessa hipótese?

— Ei — diz ele —, relaxa.

— Não vou relaxar. E não vou escutar você. Nem mais ninguém. Por que quer saber? Todo mundo acha que sabe tanto sobre tudo e ninguém sabe porra nenhuma de nada.

— Desculpe — diz ele, sua boca se fechando numa linha fina de desaprovação. — Só estava tentando ajudar.

Respiro fundo. Sebastian teria rido de mim. Sua gargalhada teria me enfurecido por alguns minutos, mas então eu também acabaria achando engraçado. George, por outro lado, é sério demais.

Ele tem razão, no entanto. Só está tentando ajudar. E Sebastian já era. Ele me largou, como George disse que ele iria fazer.

Devia estar agradecida. George, pelo menos, teve a decência de não dizer "eu te disse".

— Lembra quando eu disse que ia apresentar você à minha tia-avó? — pergunta ele agora.

— Aquela que é escritora? — indago, ainda levemente impressionada.

— Isso. Quer conhecê-la?

— Oh, George. — Agora me sinto culpada.

— Vou providenciar tudo. Na semana que vem. Acho que isso vai animar você.

Eu podia me bater. George realmente é o máximo. Se apenas eu conseguisse me apaixonar por ele...

Passamos por Hartford e dobramos numa avenida larga rodeada de bordos. As casas são afastadas da rua — grandes, brancas, praticamente mansões — e têm colunas e janelas com painéis decorados em detalhes. Estamos em West Hartford, onde as velhas famílias abastadas vivem, onde, imagino eu, elas têm jardineiros para cuidar de suas roseiras e piscinas e quadras de tênis. Não me surpreende que George tenha me trazido aqui. A família de George é rica, afinal — ele nunca fala nisso, mas deve ser, morando num apartamento de quatro quartos na Quinta Avenida com um pai que trabalha em Wall Street e uma mãe que passa os verões nos Hamptons. Onde quer que seja isso. Entramos num caminho de cascalho rodeado de moitas e estacionamos em frente a uma casa de carruagens com uma cúpula no alto.

— Sua tia-avó mora aqui?

— Eu disse que ela era bem-sucedida — diz George, sorrindo misteriosamente.

Tenho um princípio de pânico. Uma coisa é imaginar que alguém tem dinheiro, mas é bem diferente ser confrontada com o verdadeiro tamanho de sua herança. Um caminho de lajes dá a volta na casa até uma estufa de vidro, cheia de plantas e mobiliário de jardim de ferro elaborado. George bate à porta, e então a abre, liberando uma nuvem de ar quente e úmido.

— Bunny? — ele chama.

Bunny?

Uma mulher de meia-idade de cabelos ruivos num uniforme cinza atravessa a sala.

— Sr. George — exclama ela, com sotaque irlandês. — Você me assustou.

— Olá, Gwyneth. Essa é minha amiga Carrie Bradshaw. Bunny está em casa?

— Ela está esperando vocês.

Seguimos Gwyneth por um longo corredor, passando por uma sala de jantar, uma biblioteca, até uma enorme sala de estar. Há uma lareira de um lado com moldura de mármore, sobre a qual está uma pintura de uma jovem num vestido de tule cor-de-rosa. Seus olhos são grandes, castanhos e autoritários — olhos, tenho certeza, que já vi antes. Mas quando?

George vai até um carrinho de bebidas e pega uma garrafa de xerez.

— Bebida? — ele pergunta.

— Devemos? — sussurro, ainda olhando a pintura.

— É claro. Bunny sempre gostou de um pouco de xerez. E ela fica muito zangada quando alguém não a acompanha.

— Então essa, er, Bunny. Ela não é fofa e macia?

— Nem um pouco. — Os olhos de George se arregalam de diversão enquanto ele me entrega um copo de cristal cheio do líquido cor de âmbar. — Algumas pessoas diriam que ela é um monstro.

— Quem diz isso? — Um vozeirão declara. Se eu não soubesse que Bunny era mulher, acharia que aquela voz pertencia a um homem.

— Olá, velhota — diz George, atravessando a sala para cumprimentá-la.

— E o que temos aqui? — ela pergunta, referindo-se a mim. — Quem você arrastou para me conhecer dessa vez?

George nem liga para o insulto. Deve estar acostumado com aquele senso de humor peculiar.

— Carrie. — Ele diz, orgulhoso. — Esta é minha tia Bunny.

Aceno fracamente e estendo minha mão.

— Bu-bu-bu... — gaguejo, sem conseguir falar.

Bunny é Mary Gordon Howard.

Mary Gordon Howard se ajeita no sofá, como se fosse uma delicada peça de porcelana. Fisicamente, ela é mais frágil do que eu me lembrava, apesar de George ter dito que ela tinha 80 anos. Mas sua presença é tão imponente quanto era quatro anos atrás, quando me atacou na biblioteca.

Isso não pode estar acontecendo.

O cabelo dela é branco e grosso, e está preso longe da testa num coque fofo. Mas seus olhos parecem fracos, a íris de um marrom líquido, como se o tempo tivesse tirado sua cor.

— Então, minha cara — diz ela, enquanto toma um gole de xerez e maliciosamente lambe o excesso dos lábios —, George me disse que quer ser escritora.

Ah não. Isso de novo não. Minha mão treme enquanto vou pegar meu copo.

— Não *quer ser* escritora. *É* escritora — interrompe George, brilhando. — Já li algumas de suas histórias. Ela tem potencial...

— Sei — diz MGH com um suspiro. Sem dúvida, ela já ouviu isso vezes demais. Como se estivesse no automático, ela começa um sermão. — Existem apenas dois tipos de pessoas que se tornam grandes escritores; grandes *artistas*. Aqueles da classe alta, que têm acesso à melhor educação, *ou* aqueles que já sofreram demais. A classe média — diz ela, olhando para mim, desaprovadoramente — pode às vezes produzir um simulacro de arte, mas tende a ser medíocre ou maliciosamente comercial e sem real valor. É meramente *entretenimento prostituído*.

Concordo como num transe. Posso ver o rosto da minha mãe, as bochechas encovadas até a mandíbula, a cabeça encolhida até o tamanho da de um bebê.

— Eu — hum — na verdade, já a conheci antes. — Minha voz é praticamente inaudível. — Na biblioteca. Em Castlebury?

— Minha nossa! Já fiz tantas leituras desse tipo.

— Pedi para você autografar um livro para minha mãe. Ela estava morrendo.

— E ela acabou? Morrendo, quero dizer? — pergunta ela.

— Sim. Morreu.

— Oh, Carrie. — George muda o peso de um pé para o outro. — Que coisa gentil de se fazer. Pedir a Bunny para autografar o livro para ela.

De repente, Bunny se inclina para frente e, com uma intensidade assustadora, diz:

— Ah, sim. Lembro-me de você, agora. Estava usando laços de fita amarelos.

— Sim. — *Como ela pode lembrar? Causei alguma impressão no final das contas?*

— E acredito que eu disse a você para não virar uma escritora. Obviamente, não seguiu meu conselho. — Bunny ajeita o cabelo triunfante. — Nunca me esqueço de um rosto.

— Titia, você é um gênio — exclama George.

Olho de um para o outro, abismada. E então entendo tudo: estão fazendo algum tipo de jogo doentio.

— Por que Carrie não deveria virar uma escritora? — George ri. Ele parece achar tudo que a "Tia Bunny" diz extremamente engraçado.

Adivinhem só? Também sei jogar.

— Ela é bonita demais — responde Tia Bun-Bun.

— Como é? — Engasgo com meu xerez, que tem gosto de xarope para tosse.

Ironia das ironias: "Bonita" demais para ser escritora, mas não bonita o bastante para segurar meu namorado.

— Não bonita o bastante para ser uma estrela de cinema. Não esse tipo de beleza — continua ela. — Mas bonita o bastante para achar que pode se dar bem na vida usando sua aparência.

— E para *que* eu usaria isso?

— Para arranjar um marido — diz ela, olhando para George. Ahá. Ela acha que estou atrás do sobrinho dela.

Isso tudo está muito Jane Austen e estranho demais para mim.

— Acho que Carrie é muito bonita — oferece George.

— E depois, naturalmente, vai querer ter filhos — diz MGH, venenosamente.

— Tia Bun. — George diz, sorrindo de orelha a orelha. — Como sabe disso?

— Porque toda jovem quer ter filhos. A não ser que seja uma exceção. Eu mesma, nunca quis filhos. — Ela levanta seu copo para George, indicando que precisa de refil. — Se quer ser uma grande escritora, não pode ter filhos. Seus *livros* devem ser seus filhos!

Imagino se Bunny bebeu demais e está começando a aparecer.

E, de repente, não consigo evitar. As palavras simplesmente escapam de minha boca.

— Livros precisam que troquem as fraldas também?

Minha voz transborda de sarcasmo.

O queixo de Bunny desaba. Claramente, ela não está acostumada a ter sua autoridade desafiada. Ela olha para George, que dá de ombros, como se eu fosse a criatura mais adorável do mundo.

E então Bunny gargalha. Ela, na verdade, se regozija de alegria.

Ela bate no sofá ao lado:

— Qual é o seu nome mesmo, querida? Carrie Bradshaw? — Ela olha para George e pisca. — Venha, sente aqui. George fica me dizendo que estou virando uma velha amarga, e seria bom ter alguma diversão.

The Writer's Life, por Mary Gordon Howard.

Eu abro a capa e leio a dedicatória:

Para Carrie Bradshaw. Não se esqueça de trocar a fralda de seus filhos.

Viro a página. Capítulo Um: A importância de manter um diário.

Argh. Eu baixo o livro e pego um caderno pesado com capa de couro preta, presente de George. "Eu disse que ela ia adorar você", exclamou ele no carro a caminho de casa. E então ele ficou tão animado com o sucesso da visita que insistiu em pararmos numa papelaria e em comprar um diário para mim.

Coloco o livro de Bunny em cima do diário e o folheio aleatoriamente, parando no Capítulo Quatro: Como criar um personagem.

O público frequentemente pergunta se os personagens se baseiam em "pessoas reais". Realmente, o primeiro instinto de um amador é escrever sobre alguém "que ele conhece". O profissional, por outro lado, compreende a impossibilidade dessa tarefa. O "criador" de um personagem deve saber mais sobre tal personagem do que qualquer um poderia saber sobre uma "pessoa real". O autor deve ter total conhecimento: o que o personagem estava usando na manhã de Natal quando ele ou ela tinham 5 anos. Um "personagem", portanto, é uma "pessoa real", que existe em outro plano; num universo paralelo, um universo baseado na percepção da realidade pelo autor.

Ao falar de pessoas não escreva sobre alguém que você conheça, mas sim sobre o que sabe da natureza humana.

CAPÍTULO TRINTA

Acidentes acontecem

Escrevo um conto sobre Mary Gordon Howard. A empregada envenena seu xerez e ela morre lenta e horrivelmente. Tem seis páginas e está uma porcaria. Guardo-o dentro da minha gaveta.

Falo com George por telefone regularmente. Levo Dorrit ao psicólogo que George conseguiu para ela em West Hartford.

Sinto como se estivesse perdendo tempo.

Dorrit está ranzinza, mas não se meteu mais em problemas.

— Papai disse que você vai pra Brown — ela diz uma tarde, enquanto estou levando-a para casa depois da sessão.

— Ainda não entrei.

— Espero que vá — diz ela. — Tudo que papai sempre quis foi que uma de suas filhas estudasse na mesma faculdade que ele. Se você entrar, não vou ter mais que me preocupar com isso.

— E se eu não quiser ir pra Brown?

— Então é uma idiota — diz Dorrit.

— Carrie! — Missy diz, correndo de dentro da casa. — Carrie! — Ela está abanando um envelope grosso. — É da Brown.

— Viu? — Dorrit disse. — Até ela está animada.

Abro o envelope, rasgando-o. Está cheio de horários de aula e mapas e panfletos com títulos como *Vida de Estudante*. Minhas mãos estão tremendo enquanto desdobro a carta. *Querida Srta. Bradshaw*, diz, *Parabéns...*

Meu Deus.

— Eu vou pra Brown! — Pulo várias vezes e corro em volta do carro de tanta alegria. Então eu paro. Fica só a 45 minutos de distância. Minha vida vai ser exatamente igual, exceto que estarei na faculdade.

Mas estarei na Brown. O que é realmente muito bom. E é meio que grande coisa.

— Brown — guincha Missy. — Papai vai ficar muito feliz.

— Eu sei — concordo, aproveitando o momento. Talvez minha sorte tenha mudado. Talvez minha vida finalmente comece a andar na direção certa.

— Então, pai — digo mais tarde, depois de ele ter me abraçado e dado tapinhas nas minhas costas e dito coisas como "Sempre soube que conseguiria, garota, se fizesse esforço" — considerando que vou para Brown —, eu hesito, tentando falar isso da melhor maneira possível —, estava pensando se podia passar o verão em Nova York.

A pergunta o pega de surpresa, mas ele está animado demais por causa da Brown para pensar nela de verdade.

— Com George? — ele pergunta.

— Não necessariamente com George — respondo rapidamente. — Mas tem esse curso de literatura no qual estou tentando entrar...

— Escrever? — diz ele. — Mas agora que vai para Brown, vai querer ser cientista.

— Pai, não sei se...

— Não importa — diz ele balançando as mãos, como se descartando a questão. — O importante é que vai estudar na Brown. Não precisa resolver sua vida inteira neste minuto.

E então chega o dia da volta aos treinos de natação.

O descanso acabou. Vou ter de ver Lali.

Seis semanas se passaram e ela ainda está namorando Sebastian.

Não tenho de ir. Na verdade, não tenho mais de fazer nada. Já fui aceita na faculdade. Meu pai já mandou um cheque. Posso matar as aulas, sair do time de natação, ir para a escola bêbada e ninguém pode fazer nada. Estou dentro.

Então talvez seja puro masoquismo o que me faz descer os corredores até o vestiário.

Ela está lá. Parada na frente dos mesmos armários onde costumávamos nos trocar. Como se estivesse marcando o território antes mútuo, do jeito que fez com Sebastian. Meu sangue ferve. Ela é a má nessa história, a que errou. Ela devia ter ao menos a decência de se mudar para outro lado do vestiário.

Minha cabeça subitamente se sente presa no cimento.

Largo minha bolsa de ginástica ao lado da dela. Ela se endurece, sentindo minha presença do mesmo modo que consigo sentir a dela, mesmo que ela esteja na outra ponta do corredor. Abro a porta do meu armário. A porta bate contra o dela, quase prendendo seu dedo.

Ela tira a mão no último segundo. Ela me olha fixamente, com surpresa, e depois furiosa.

Dou de ombros.

Tiramos nossas roupas. Mas agora não fico mais me encolhendo do jeito que sempre fazia, tentando esconder meu corpo. De qualquer modo, ela não está me olhando. Ela se limita a se enfiar no maiô e esticar as alças por cima dos ombros com um estalo.

Em um minuto, ela vai sair.

— Como está Sebastian? — pergunto.

Dessa vez, quando ela me olha, vejo tudo que precisava. Ela nunca vai pedir desculpas. Nunca vai admitir ter feito alguma coisa errada. Ela nunca vai assumir que me magoou. Não vai dizer que sente saudades minhas ou que se sente mal. Ela vai seguir em frente, como se nada tivesse acontecido, como se tivéssemos sido amigas, mas nunca tivéssemos sido *tão* íntimas.

— Ótimo. — Ela sai do vestiário, balançando seus óculos de mergulho.

Ótimo. Visto minhas roupas de volta. Não preciso ficar perto dela. Deixe-a ficar com a natação. Deixe-a ficar com Sebastian também. Se ela precisa tanto dele assim a ponto de destruir uma amizade, tenho pena dela.

Na saída, escuto os gritos vindos do ginásio. Olho pela janelinha da porta de madeira. A equipe de animadoras de torcida está praticando.

Atravesso os chãos polidos até as arquibancadas, sento na quarta fila e me apoio sobre as mãos, perguntando-me por que estou fazendo isso.

As integrantes da equipe estão usando macacões ou camisetas com leggings, seus cabelos puxados para trás em rabos de cavalo. Elas usam sapatos de dança estilo antigo. A rápida batida de "Bad, Bad, Leroy Brown" ecoa de um toca-fitas no canto, enquanto uma fileira de garotas sacode seus pompons, dão passos para frente e para trás, viram para a direita, colocam uma das mãos no ombro da garota da frente, e depois uma a uma, com vários níveis de graciosidade e técnica, abrem as pernas até sentar no chão.

A música termina e elas se levantam num pulo, sacudindo os pompons por cima da cabeça e gritando "Vamos lá, time!".

Honestamente? São péssimas.

O grupo se dispersa. Donna LaDonna usa a faixa de cabelo branca que usou em volta da testa para secar o rosto. Ela e outra menina da equipe, uma garota chamada Naomi, vão para as arquibancadas sem notar minha presença, e se sentam duas fileiras à frente.

Donna sacode o cabelo:

— Becky precisa fazer alguma coisa em relação àquele fedor — diz ela, referindo-se a uma das garotas mais novas.

— Talvez devêssemos dar a ela uma caixa de desodorante — diz Naomi.

— Desodorante não vai adiantar. Não para aquele tipo de cheiro. Estou pensando mais numa coisa de higiene íntima. — Donna dá um risinho, enquanto Naomi relincha com essa observação tão sagaz. Levantando a voz, Donna abruptamente muda de assunto. — Acredita que Sebastian Kydd ainda está namorando Lali Kandesie?

— Ouvi dizer que ele gosta de virgens — diz Naomi. — Até não serem mais virgens. Então ele as larga.

— É como se ele estivesse prestando um serviço. — Donna LaDonna levanta a voz mais ainda, como se não conseguisse se conter. — Quem será a próxima? Não pode ser bonita... todas as bonitas já transaram. Tem que ser alguma garota feia. Tipo aquela tal de Ramona. A que tenta ser chefe de torcida há três anos seguidos? Tem gente que não entende o recado. Deprimente.

De repente, ela se vira e, com uma expressão falsa de surpresa, exclama:

— Carrie Bradshaw! — Arregalando os olhos, ela estica a boca num sorriso exuberante. — Estávamos falando agora de você. Conta pra gente, que tal *é* Sebastian? Quer dizer, na cama, é claro! Ele é bom de cama mesmo como Lali disse que é?

Estava esperando por isso. Estava esperando o tempo todo.

— Nossa, Donna — digo inocentemente. — E você não sabe? Não transou com ele uma hora depois de se conhecerem? Ou foi em, tipo, 15 minutos?

— Francamente, Carrie. — Ela estreita os olhos. — Achei que me conhecia melhor que isso. Sebastian é inexperiente demais para o meu gosto. Não *faço* garotos.

Inclino-me para a frente e a encaro nos olhos.

— Sempre me perguntei como é ser você. — Olho em volta do ginásio e suspiro. — Deve ser tão... *cansativo*.

Junto as minhas coisas e salto da arquibancada. Enquanto ando até a porta, escuto-a gritando:

— Vai sonhando, Carrie Bradshaw. Boa *sorte* pra você.

Pra você também. Está morta.

Por que continuo fazendo isso? Por que continuo me colocando nessas situações horríveis se eu sei que não posso ganhar? Mas parece que não consigo me segurar. É como alguém que se dá mal uma vez e vai se acostumado com a sensação. Agora tenho de ficar me dando mal de novo e de novo. Só para provar a mim mesma que ainda continuo viva. Para me lembrar de que ainda consigo *sentir*.

O psicólogo da Dorrit disse que era melhor sentir alguma coisa do que não sentir nada. E Dorrit parou de sentir. Ela tinha medo de sentir, e então ficou com medo de não sentir mais. E enfim passou a agir daquele jeito.

Tudo muito lindo e arrumadinho. Amarre seus problemas com um grande laço e talvez possa fingir que é um presente.

Do lado de fora, perto da porta que leva direto para a piscina, vejo Sebastian Kydd estacionando o carro.

Começo a correr.

Não para longe dele, como uma pessoa sensata, mas em sua direção, como uma incendiária.

Ele está completamente alheio a respeito do que está prestes a acontecer, examinando sua barba por fazer no retrovisor.

Pego meu livro mais pesado — cálculo — e atiro-o em cima do carro. O livro mal encosta na traseira e se abre, caindo com as páginas para baixo no asfalto, as páginas abertas como as pernas de uma animadora de torcida. O barulho é alto o bastante para tirar Sebastian de seu transe de amor-próprio, e ele vira a cabeça, perguntando-se o que está acontecendo — se é que realmente está acontecendo. Corro para mais perto e atiro outro livro sobre o carro. É uma brochura — *O sol nasce para todos* — e ele bate no vidro da frente. No segundo seguinte, ele sai do carro, pronto para a guerra.

— O que está fazendo?

— O que acha que estou fazendo? — grito, tentando arremessar meu livro de biologia em sua cabeça. Quase solto a capa escorregadia, então levanto o livro até minha cabeça e corro até ele, em vez disso.

Ele protetoramente estica os braços na frente do carro.

— Não faça isso, Carrie — diz ele ameaçadoramente. — Não toque no meu carro. Ninguém arranha minha garota e se safa numa boa.

Fico imaginando o carro dele se despedaçando em milhões de pedaços de plástico e vidro, espalhados pelo estacionamento como detritos de uma explosão, quando o ridículo de sua declaração faz com que eu pare. Mas só por um momento. Uma onda de sangue sobe à minha cabeça e corro para cima dele de novo.

— Não ligo pro seu carro. É *você* que estou tentando machucar.

Balanço meu livro de biologia, mas ele o tira de minhas mãos antes que eu possa tocá-lo. De alguma maneira, porém, sigo em frente, passando por ele, pelo carro e pelo macadame, até tropeçar no meio-fio e cair numa moita de grama gelada. Sou seguida pelo livro de biologia, que cai fazendo barulho a alguns metros de distância.

Não me orgulho do meu comportamento. Mas fui longe demais e não tem como voltar atrás agora.

— Como ousa? — grito, colocando-me de pé com dificuldade.

— Para! *Para* — berra ele, agarrando meus pulsos. — Você é *louca*.

— Me diga por quê!

— Não — diz ele, furioso. Estou feliz em ver que ele finalmente também ficou com raiva.

— Você me *deve* isso.

— Não devo droga nenhuma. — Ele larga meus braços como se não suportasse tocar em mim, enquanto eu corro atrás dele, indo para frente e para trás como um joão-bobo.

— Qual o problema? Está com medo? — provoco.

— Sai daqui.

— Você me deve uma explicação...

— Quer mesmo saber? — Ele para, se vira e fica cara a cara comigo.

— *Sim*.

— Ela é mais legal — diz ele simplesmente.

Mais legal?

Que diabo significa isso?

— *Eu* sou legal. — Bato no meu peito com as mãos. Meu nariz começa a arder com um aviso de que lágrimas estão prestes a descer.

— Deixa pra lá, quer saber? — diz ele, passando as mãos pelo cabelo.

— Não posso. Não vou. Não é justo...

— Ela só é mais legal, tá bom?

— O que isso quer dizer? — choramingo.

— Ela não é, você sabe, competitiva.

Lali? Não é competitiva?

— Ela é a garota mais competitiva que conheço.

Ele balança a cabeça.

— Ela é *legal*.

Legal — legal? Por que ele fica usando essa palavra? O que significa? E então entendo tudo. Legal — equivale a sexo. Ela faz sexo com ele. Ela vai até o final. E eu não fui.

— Espero que sejam muito felizes juntos. — Dou um passo para trás. — Espero que sejam tão felizes que se casem e tenham filhos. E espero que fiquem nesta cidade idiota para sempre e *apodreçam*... como duas maçãs bichadas...

— Obrigado — diz ele sarcasticamente, indo em direção ao ginásio. Dessa vez, eu não o impeço. Em vez disso, grito palavras bobas para as costas dele. Palavras como "larvas" e "mofo" e "vermes".

Sou uma idiota, sei disso. Mas não ligo mais.

Pego um pedaço de papel em branco e coloco-o na antiga máquina de escrever Royale da minha mãe. Depois de alguns minutos, escrevo: *O segredo de ser uma abelha-rainha não é necessariamente beleza, mas muito trabalho. Beleza ajuda, mas sem a vontade de chegar ao topo e lá permanecer, a beleza só vai fazer com que você seja uma abelha aspirante.*

Três horas depois, leio minha obra. Nada mal. Agora tudo que preciso é de um pseudônimo. Algo que mostre às pessoas que não estou de brincadeira, que é para não se meterem comigo. Por outro lado, também precisa ter algum senso de humor — até de absurdo. Aliso distraidamente as páginas enquanto penso.

Releio meu título, "Sumário de Castlebury: um guia para a flora e fauna de uma escola", seguido por, "Capítulo Um: A abelha-rainha". Pego uma caneta, apertando o botão de abre e fecha várias vezes, até finalmente pensar num nome. *Por Pinky Weatherton*, escrevo, em perfeitas letras de forma.

CAPÍTULO TRINTA E UM

Pinky invade Castlebury

— Maggie está me forçando a ir a uma reunião do Comitê de Formatura com ela — diz Peter baixinho. — Se importa se eu ler depois?

— Sem problema. Divirta-se. Gayle e eu cuidamos de tudo.

— Não conte a Smidgens, tá bom?

— Não vou contar — reasseguro-o. — Pode confiar totalmente em mim.

Peter não parece inteiramente convencido disso, mas não tem escolha. Maggie entrou no departamento artístico e está parada atrás dele.

— Peter? — pergunta ela.

— Indo.

— OK, Gayle — digo, quando vejo que eles já desceram o corredor. — Hora de trabalhar.

— Não tem medo de dar algum problema?

— Não. Uma escritora tem que ser destemida. Uma escritora tem que ser como um animal com garras.

— Quem disse isso?

— Mary Gordon Howard.

— Quem é essa?

— Não importa. Não está feliz de nos vingarmos de Donna LaDonna?

— Sim. Mas e se ela não perceber que é ela?

— Mesmo que ela não perceba, todo mundo vai saber, prometo.

Trabalhando rapidamente, Gayle e eu tiramos a história de Peter sobre acabar com os equipamentos da academia para os alunos do terceiro ano, e colocamos no lugar minha história sobre "A abelha-rainha" — também conhecida como Donna LaDonna. Depois Gayle e eu levamos a boneca da edição de amanhã de *Nutmeg* para a sala de audiovisual, onde vários nerds felizes vão transformá-lo num jornal. Peter e a Sra. Smidgens vão ficar furiosos, é claro. Mas o que podem fazer — *me despedir*? Acho que não.

Acordo cedo na manhã seguinte. Pela primeira vez em muito tempo, estou animada de verdade em ir para a escola. Entro na cozinha, onde meu pai está fritando um ovo.

— Já está acordada — exclama ele.

— Já — digo, fazendo uma torrada para mim e enchendo-a de manteiga.

— Parece feliz — diz ele, cautelosamente, levando seu ovo até a mesa. — Está feliz?

— Claro, pai. Por que não estaria?

— Não queria tocar nesse assunto — diz ele, mostrando-se bastante inquieto e desconfortável. — Mas Missy me contou um pouco sobre o que aconteceu com Sebastian... e eu não queria piorar as coisas, mas tenho pensado em dizer há semanas que, bem, não se pode contar com ninguém para construir sua própria felicidade. — Ele fura a gema do ovo, enquanto balança a cabeça afirmativamente como se concordasse com suas próprias palavras de sabedoria. — Sei que acha que sou só seu velho e que não sei muito sobre o que está acontecendo, mas sou um grande *observador*. E observei sua *tristeza* por causa desse incidente. Queria ajudar, acredite, nada dói mais para um pai do que ver sua própria filha se machucar, mas também sabia que não podia. Quando esse tipo de coisa acontece, você está sozinha. Queria que não fosse assim, mas é. E se você consegue passar por esse tipo de coisa sozinha, isso a torna uma pessoa mais forte. Tem um grande impacto no seu desenvolvimento como ser humano saber que tem forças, e...

— Obrigada, pai — digo, beijando-o na cabeça. — Já entendi.

Subo de volta as escadas e abro meu armário. Penso em usar algo extravagante, como leggings listradas e uma camisa xadrez, mas penso melhor. Não quero chamar atenção desnecessária para mim mesma. Coloco uma camisa de gola alta de algodão, calças de veludo e um par de mocassins, em vez disso.

Lá fora, é um daqueles dias estranhamente quentes de abril que fazem você pensar na primavera chegando, então decido tirar vantagem desse clima e vou andando até a escola.

De ônibus, a corrida é de cerca de 6km. Mas conheço todos os atalhos e, cortando caminho pelas pequenas ruas atrás da escola, chego lá em mais ou menos 25 minutos. Meu trajeto me faz passar pela casa de Walt, pequena e de telhado inclinado, com uma cerca viva comprida na frente. O lado de fora de sua casa é perfeitamente cuidado devido aos esforços de Walt, mas sempre fico impressionada em como sua família inteira cabe naquela casa mínima. São cinco crianças e quatro quartos, o que significa que Walt sempre teve de dividir seu quarto com o irmão mais novo, que ele odeia.

Quando chego à casa de Walt, entretanto, vejo uma coisa diferente. Uma barraca de camping verde está erguida no fundo do quintal e uma extensão elétrica laranja está saindo da casa até a barraca. Walt, sei muito bem, nunca permitiria uma barraca no quintal — ele consideraria isso uma mancha. Eu me aproximo e então a cortina da barraca se abre e Walt em pessoa sai de dentro dela, pálido e desarrumado, numa camiseta amarrotada e jeans que parece que foram usados para dormir. Ele esfrega os olhos e olha para um tordo que está pulando por ali, em busca de minhocas.

— Saia daí. Caia fora! — diz ele, andando até o tordo e balançando os braços. — Malditos pássaros — diz ele enquanto o bicho sai voando.

— Walt?

— Hein? — Ele aperta os olhos. Walt precisa de óculos, mas se recusa a usá-los, pois acredita que óculos só pioram a vista. — Carrie? O que está fazendo aqui?

— O que está fazendo nessa barraca? — pergunto, com a mesma surpresa.

— É meu novo lar — diz ele, com uma mistura de ironia e sarcasmo. — Não é fabuloso?

— Não entendo.

— Espera — ele diz. — Tenho que fazer xixi. Já volto.

Ele entra na casa e sai alguns minutos mais tarde com uma xícara de café.

— Eu convidaria você para entrar, mas acredite em mim: não vai achar agradável ficar lá dentro.

— O que está acontecendo? — Sigo-o até a barraca. Há um tapete no chão, um saco de dormir, um cobertor duro do exército, uma pilha de roupas e uma pequena mesa de plástico onde está uma antiga luminária e uma caixa aberta de biscoitos. Walt remexe numa pilha de roupas, tira um maço de cigarros e o estende.

— Uma das vantagens de não morar dentro de casa. Ninguém pode te proibir de fumar.

— Hum — digo, sentando de pernas cruzadas em cima do saco de dormir.

Acendo um cigarro enquanto tento entender a situação.

— Então você não está morando mais na sua casa? — repito.

— Não — diz ele. — Eu me mudei há alguns dias.

— Não está meio frio para acampar?

— Hoje não. — Ele gira e joga a cinza no canto da barraca. — De qualquer maneira, estou acostumado. Adoro dureza.

— Adora?

Ele suspira:

— O que você acha?

— Então por que está aqui fora?

Ele respira fundo.

— Meu pai. Richard descobriu que eu sou gay. Ah sim — ele continua, assimilando minha expressão chocada. — Meu irmão leu meu diário...

— *Você* tem um diário?

— É claro, Carrie — diz ele, impacientemente. — Sempre tive. São mais ideias de arquitetura — fotos de construções que gosto e desenhos —, mas também tem algumas coisas pessoais lá — algumas Polaroides minhas com Randy — e meu irmão imbecil de algum jeito somou dois e dois e contou a meus pais.

— Droga!

— É. — Walt apaga o cigarro e imediatamente acende outro. — Minha mãe não está nem aí, é claro — ela tem um irmão que é gay, apesar de ninguém nunca tocar no assunto e dizer, só o chamam de "solteirão invicto". Mas meu pai surtou. Ele é tão babaca que nunca daria para imaginar que é religioso, mas é. Ele acha que ser homossexual é um pecado mortal ou coisa parecida. Enfim, não posso mais ir à igreja, o que é um alívio, mas meu pai decidiu que também não pode mais confiar em mim para dormir dentro de casa. Ele tem medo de que eu vá corromper meus irmãos.

— Walt, isso é *ridículo*.

Ele dá de ombros:

— Podia ser pior. Pelo menos ainda posso usar a cozinha e o banheiro.

— Por que não me contou? — pergunto.

— Como se você já não estivesse bastante envolvida com seus próprios dramas.

— E *estou*, mas sempre tenho tempo para os dramas dos outros também.

— Quase me enganou.

— Ah, meu Deus. Fui uma amiga horrível?

— Não horrível — diz Walt. — Só enrolada com seus próprios problemas.

Abraço meus joelhos e olho distraidamente para as paredes de pano grosso.

— Sinto muito, Walt. Eu não fazia ideia. Pode vir morar na minha casa. Até a poeira baixar. Seu pai não pode ficar com raiva pra sempre.

— Quer apostar? — Walt diz. — Segundo ele, sou cria do demônio. Ele me desonrou como filho.

— Por que não vai embora? Foge de casa?

— E ir para onde? — zomba ele. — Além disso, para quê? Richard se recusa a pagar a faculdade, como punição por eu ser gay, ele tem medo de que na faculdade eu vá só ficar me arrumando e indo a discotecas ou coisa assim, então preciso guardar cada centavo. Acho que vou ficar morando na barraca até setembro, quando vou para Rhode Island School of Design. — Ele se apoia no travesseiro úmido. — Não é tão mal. Eu meio que gosto daqui.

— Bem, eu não. Você vai ficar na minha casa. Eu durmo no quarto da minha irmã e você pode ficar no meu...

— Não quero caridade, Carrie.

— Mas certamente sua mãe...

— Ela nunca discorda do meu pai quando ele faz essas coisas. Só piora tudo.

— Odeio homens hétero.

— É — diz Walt. — Eu também.

Estou tão chocada com a situação de Walt que demoro alguns minutos para perceber que tem alguma coisa diferente no auditório essa manhã. O auditório está um pouco mais quieto que o normal e, quando me sento ao lado de Tommy Brewster, noto que ele está lendo O *Nutmeg*.

— Já viu isso? — pergunta ele, sacudindo o jornal.

— Não — respondo casualmente. — Por quê?

— Achei que você escrevia pra esta porcaria.

— Escrevi. Uma vez. Mas isso foi há meses.

— Bom, é melhor dar uma lida agora — diz ele alarmado.

— Tudo bem. — Dou de ombros. E, para enfatizar mais ainda meu não envolvimento no assunto, eu me levanto e vou até a frente do auditório, onde pego um exemplar do *Nutmeg* de uma pilha no canto do palco. Quando me viro, três meninas do primeiro ano estão esperando atrás de mim.

— Pode pegar um pra gente? — Uma delas pergunta quando esbarramos uma na outra.

— Disseram que é sobre Donna LaDonna — sibila outra. — Dá pra acreditar? Dá pra acreditar que alguém faria isso? — Eu dou a ela três jornais e volto ao meu lugar, enfiando as unhas nas palmas das mãos para controlar minha tremedeira. Porcaria. E se eu for pega? Mas não serei se agir normalmente e Gayle mantiver o bico fechado.

Tenho essa teoria: você pode se safar de tudo, desde que aja como se não estivesse fazendo nada de errado.

Abro o jornal e finjo estar lendo, enquanto disfarçadamente checo para ver se Peter já chegou. Ele chegou, e também está absorto no jornal. Seu rosto está corado e uma mancha vermelha igual a uma chama desce das bochechas até o queixo.

Volto para minha cadeira, onde Tommy, aparentemente, terminou de ler o artigo e está indignado.

— Quem fez isso devia ser expulso da escola. — Ele olha a página da frente mais uma vez, lendo o nome. — Quem é Pinky Weatherton? Nunca nem ouvi falar nele.

Ele?

— Nem eu. — Pressiono os lábios, como se também estivesse surpresa. Não acredito que Tommy realmente ache que Pinky Weatherton é um estudante de verdade — e um garoto. Mas agora que Tommy apresentou essa brecha, entro na onda. — Deve ser alguém novo.

— A única pessoa nova na escola é Sebastian Kydd. Acha que ele pode ter feito isso?

Cruzo os braços e olho para o teto, como se a resposta pudesse estar rondando por lá.

— Bem, ele saiu com Donna LaDonna. E ela não o largou ou coisa assim? Talvez ele tenha pensado que podia se vingar...

— Isso mesmo — diz Tommy, apontando o dedo. — Sabia que tinha algo estranho nesse cara. Sabia que ele era de um colégio particular? Ouvi dizer que vem de família rica. Provavelmente acha a gente inferior. Acha que é melhor que a gente.

— Ahã — concordo entusiasticamente.

Tommy bate de punho fechado na mão.

— Temos que fazer alguma coisa com esse cara. Furar os pneus dele. Ou fazê-lo ser expulso da escola. Ei. — Ele para subitamente e coça a cabeça. — *Você* também não saiu com ele? Não ouvi dizer...

— Algumas vezes — admito, antes de ele conseguir montar o quebra-cabeça. — Mas ele acabou sendo como você disse. Muito estranho.

Durante toda a aula de cálculo, sinto os olhos de Peter grudados na minha cabeça. Sebastian também está lá, mas, desde o incidente no estacionamento, tenho metodicamente evitado olhar para ele ou atrair sua atenção. Hoje, no entanto, não consigo deixar de sorrir quando ele entra na sala. Ele me olha surpreso e sorri de volta, como se estivesse aliviado que eu não esteja mais com raiva dele.

Se ele soubesse.

Saio da aula apressadamente quando a campainha toca, mas Peter está bem atrás de mim.

— Como isso foi acontecer? — exige ele.

— O quê? — pergunto, como se estivesse meio irritada.

— O quê? — Ele revira os olhos como se não pudesse acreditar que estou fazendo esse jogo. — O artigo no *Nutmeg*, isso é o quê.

— Não tenho a menor ideia — digo, começando a andar de novo. — Fiz exatamente o que você disse. Levei a boneca até a sala de audiovisual...

— Você fez alguma coisa. — Ele insiste.

— Peter. — Eu suspiro. — Honestamente, não sei do que está falando.

— Bem, é melhor então descobrir. Smidgens quer me ver na sala dela. Agora. E você vem comigo.

Ele pega meu braço, mas eu o puxo de volta.

— Tem certeza? Realmente quer contar a ela que não foi você quem fechou a edição?

— Droga — diz ele, e então me olha feio. — É melhor pensar rápido, só digo isso.

— Sem problemas. — A ideia de uma cena entre Peter e a Sra. Smidgens é tentadora demais para resistir. Sou como uma incendiária que não consegue ficar longe dos próprios crimes.

A Sra. Smidgens está sentada atrás de sua mesa com o exemplar do *Nutmeg* aberto na sua frente. Uns bons 5cm de cinza estão precariamente equilibrados na ponta de seu cigarro.

— Olá, Peter — diz ela, levando o cigarro até a boca, enquanto observo fascinada, perguntando-me quando a cinza vai cair. Ela larga o cigarro numa pilha de bitucas, a cinza ainda intacta. Nuvens de fumaça de cigarros ainda em brasa sobem de um grande prato de cerâmica.

Peter se senta. Smidgens olha para mim, claramente desinteressada em relação à minha presença. Eu me sento assim mesmo.

— Então — diz ela, acendendo outro cigarro. — Quem é Pinky Weatherton?

Peter fica olhando-a fixamente, então vira a cabeça e me olha furiosamente.

— Ele é novo — digo.

— Ele?

— Ou ela — diz Peter. — Ele ou ela acabaram de se mudar.

A Sra. Smidgens não se impressiona:

— É mesmo? De onde?

— Hum, Missouri? — Peter pergunta.

— Por que não consigo achá-lo... ou achá-la... na minha lista de alunos?

— Ele *acabou* de se mudar pra cá — digo. — Tipo ontem. Bem, não exatamente ontem. Talvez na semana passada ou algo assim.

— Provavelmente ainda não está no sistema — acrescenta Peter.

— Sei. — Smidgens levanta o exemplar do *Nutmeg*. — Pinky Weatherton escreve bem. Gostaria de ver mais do trabalho dele... ou dela... no jornal.

— Claro — diz Peter hesitantemente.

A Sra. Smidgens dá um sorriso maléfico para Peter. Ela balança o cigarro, prestes a dizer mais, quando, de repente, uma longa coluna de cinza cai em seu decote. Ela salta da cadeira, sacudindo as cinzas da blusa, enquanto Peter e eu tentamos sair às pressas. Já estamos na porta quando ela nos chama:

— Esperem.

Lentamente nos viramos.

— Sobre Pinky — diz ela, apertando os olhos através da fumaça. Seus lábios se curvam num sorriso sórdido. — Quero conhecê-lo. Ou conhecê-la. E diga a essa pessoa para se resolver quanto a seu sexo.

— Viu isso? — Maggie pergunta, jogando o jornal na mesa do refeitório.

— Hum, vi — diz Mouse, mexendo a água quente de sua sopa pronta. — A escola inteira está falando nisso.

— Como é que eu não sabia disso? Até agora? — Maggie pergunta, olhando acusadoramente para Peter.

— Porque anda muito ocupada com o Comitê de Formatura? — Peter sugere. Ele se espreme entre Maggie e Mouse. Maggie levanta o jornal e aponta para a manchete.

— E que tipo de nome é Pinky Weatherton, aliás?

— Talvez seja um apelido. Como Mouse — digo.

— Mas Mouse não é o nome verdadeiro de Roberta. Quer dizer, ela nunca assinaria seus trabalhos como "Mouse".

Peter olha para mim e gentilmente bate na cabeça de Maggie.

— Não precisa se preocupar com o método de trabalho no *Nutmeg*. Está tudo sob controle.

— Está? — Maggie o olha surpresa. — O que vai fazer em relação a Donna LaDonna então? Aposto que ela está furiosa.

— Na verdade — diz Mouse, soprando a sopa —, ela parece estar gostando.

— Mesmo? — Maggie pergunta. Ela se vira em sua cadeira e olha para a outra ponta do refeitório.

Mouse tem razão. Donna LaDonna parece estar se esbaldando com toda aquela atenção. Ela está bem no meio de sua mesa de sempre, cercada por seus zangões e suas abelhas aspirantes que se reuniram em volta dela, como se ela fosse algum tipo de estrela de cinema que precisa ser protegida dos fãs. Donna se alisa, sorrindo e abaixando o queixo, sedutoramente subindo os ombros, como se todos os seus movimentos estivessem sendo captados por uma câmera invisível. Enquanto isso, Lali e Sebastian estão misteriosamente ausentes. Só quando vou esvaziar minha bandeja é que finalmente os vejo, encolhidos juntos, na ponta de uma mesa vazia no canto do refeitório.

Estou prestes a sair quando sou chamada pela própria Donna LaDonna.

— Carrie! — Sua voz é mais alta que um sino tocando. Eu me viro e ela agita os dedos acima da cabeça de Tommy Brewster.

— Oi? — pergunto, aproximando-me com cautela.

— Viu a história sobre mim no *Nutmeg*? — ela indaga despudoradamente satisfeita.

— Como não?

— É tão louco — diz ela, como se mal pudesse suportar toda a atenção. — Mas eu disse a Tommy e a Jen P que quem escreveu essa história deve me conhecer muito, muito bem.

— Acho que deve mesmo — digo suavemente.

Ela pisca os olhos para mim, e de repente, por mais que eu tente, não consigo mais odiá-la. Tentei derrubá-la, mas de algum jeito ela conseguiu usar aquilo a seu favor.

Bom pra você, penso enquanto me afasto.

CAPÍTULO TRINTA E DOIS

O príncipe nerd

— Sabia que Walt estava morando numa barraca? — pergunto a Maggie. Nossos braços estão cheios de sacolas de confete.

— *Não* — Maggie responde num tom que parece que ela acha que estou inventando toda a história. — Por que ele faria isso?

— O pai descobriu que ele é gay e não deixa Walt dormir dentro de casa.

Maggie balança a cabeça.

— Aquele Richard. Ele é tão idiota. Mas ele nunca deixaria Walt dormir do lado de fora. — Ela se inclina para mim e, num sussurro alto, diz: — Walt está ficando dramático demais. Agora que ele é... você sabe.

— *Gay?*

— Tanto faz — diz ela, enquanto entramos no ginásio.

Humpf. Só estava tentando ser uma amiga melhor.

Depois que encontrei Walt dormindo na barraca, decidi que ele estava certo — eu andava tão ocupada com Sebastian e a subsequente traição que mal havia notado o que andava acontecendo com meus amigos. Por isso aceitei o convite de Maggie para ajudá-la na decoração do ginásio para a festa de formatura. É só dessa vez, eu ficava me lembrando. E é uma maneira de passar mais tempo com Maggie.

— Ah que bom — diz Jen P, correndo até nós. — Confete. Pegaram as 12 sacolas?

— Ahã — Maggie assente.

Jen P olha com preocupação para os sacos que trouxemos.

— Não sei se é o bastante. Vocês acham que precisamos de mais?

Maggie parece cansada — ela nunca foi muito boa com organização — e eu estou surpresa de que ela tenha durado tanto.

— Quanto de confete realmente precisamos?

— Coloque-os lá e tentamos resolver depois — manda Jen P, apontando para um espaço cheio de fitas e papel. Mas, conforme começamos a andar, ela nos segue. — A propósito — diz ela a Maggie —, viu aquela história no *Nutmeg*? Sobre quem vai ser rei e rainha da formatura? Pinky Weatherton tem razão. Como Donna LaDonna pode ser eleita se vai trazer um par de fora da escola? Quem quer se lembrar de sua formatura e nem conhecer o rei? E é claro que Cynthia Viande acha que ela e Tommy são os segundos na preferência. Mas gostei da parte sobre *mim* — que diz que, se eu arrumasse alguém para ir comigo, seria uma concorrente. — Ela respira, cutuca Maggie, e continua: — Mas como Pinky disse, nunca se sabe. Você e Peter podem ser os azarões... Afinal, estão namorando há seis meses.

Criei um monstro, penso, largando minhas sacolas de confete.

Essa semana no *Nutmeg*, Pinky Weatherton analisou as chances de todos para rei e rainha da formatura, e agora ninguém consegue parar de falar nisso. Toda vez que me viro, alguém está citando a história. "Devemos considerar todos os casais que já contribuíram para a escola — e que sejam um exemplo de amor verdadeiro." Não sei por que joguei aquele "amor verdadeiro" no meio —, mas acho que pode ter sido para que Lali e Sebastian não ousem achar que têm alguma chance.

Maggie fica corada:

— Não gostaria de ser rainha do baile. Ia morrer se tivesse que subir no palco na frente de todo mundo.

— Mesmo? Eu adoraria. Cada um do seu jeito, certo? — Jen P dá um tapinha no ombro de Maggie, me olha séria e sai.

— Certo — balbucio. Olho para Maggie, que parece perplexa.

Talvez eu não devesse ter escrito aquela matéria, afinal.

Um mês se passou desde que Pinky Weatherton fez sua estreia no *Nutmeg* e, desde então, Pinky tem estado ocupado, publicando uma história por semana: "A escaladora de grupinhos" cobre uma garota que consegue chegar ao topo tornando-se a faz-tudo de todo mundo; "O príncipe nerd", sobre um cara nerd que vira o mais cobiçado no último ano; e "Façam suas apostas! Quem vai ser eleito rei e rainha da formatura?". Pinky também completou uma história chamada "Ladras de namora do e os garotos que gostam delas", um relato levemente disfarçado sobre o relacionamento de Lali e Sebastian, que Pinky ainda não entregou e que planeja publicar só na última semana de aulas.

Enquanto isso, tirei cópia das cinco histórias e as mandei para a New School. George insistiu que eu ligasse para ter certeza de que haviam recebido. Normalmente, eu nunca faria uma coisa assim, mas George diz que o mundo está cheio de gente querendo a mesma coisa, e você tem de fazer algo extra para que seja lembrada. Eu disse que poderia correr pelos corredores pelada, mas ele não entendeu a piada. Então liguei.

— Sim, Srta. Bradshaw — disse a voz grossa e sonora de um homem do outro lado da linha: — Recebemos suas histórias e entraremos em contato.

— Mas quando?

— Entraremos em contato — repetiu ele, e então desligou.

Nunca vou entrar nesse curso.

— Ela é tão chata! — Maggie exclama agora, franzindo o cenho.

— Jen P? Achei que tinha concluído que meio que gostava dela.

— Gostava, no começo. Mas ela é amigável demais, sabe? — Maggie ajeita as sacolas de confete no lugar com o dedão do pé. — Ela está sempre por perto. Eu juro, Carrie, desde que Pinky Weatherton escreveu aquela história sobre Peter...

Uh-oh. De novo não.

— O príncipe nerd? — pergunto. — Como sabe que era sobre o Peter?

— Sobre quem mais podia ser? Que outro garoto nesta escola era um nerd e depois que apareci virou cobiçado?

— Hummmm — digo, lembrando-me da matéria.

Geralmente começa em setembro. Se você é garota e está no último ano, olha em volta e se pergunta: Será que vou ter par na formatura? E se não, como posso encontrar um? E é aqui que entra o príncipe nerd.

Ele é o garoto que você ignorou no primeiro e no segundo ano. Antes ele era o baixinho da educação física com a voz fina. Depois ele virou um cara mais alto cheio de espinhas. E então, alguma coisa acontece. Sua voz engrossa. Ele usa lentes. De repente, você se vê sentada ao lado dele na aula de biologia e pensa — ei, acho que poderia gostar desse cara.

E o príncipe nerd tem suas vantagens. Porque ele não foi corrompido por ter sido o cara mais gato durante toda a sua vida, ele é grato. E porque não levou broncas de treinadores nem foi pisoteado pelo time de futebol, ele até é meio gentil. Pode confiar nele...

Maggie cruza os braços e olha feio para as costas de Jen P.

— Desde que saiu aquela história sobre Peter ser o príncipe nerd, Jen P anda atrás dele. Devia ver como ela olha para ele...

— Qual é, Magwitch? Tenho certeza de que não é bem assim. Além disso, Peter nunca iria gostar de Jen P mesmo. Ele odeia esse tipo de garota.

Ela balança a cabeça.

— Não sei não, Carrie. Ele mudou.

— Como?

— Acho que ele pensa que *merece* mais.

— Não tem como ser melhor que você, Mags — digo gentilmente. — Ele sabe disso.

— Ele pode saber, mas Jen P não.

E então, como se para ilustrar sua teoria, Peter entra no ginásio. Maggie acena, mas Peter não a vê, possivelmente porque Jen P corre até ele antes, rindo e agitando os braços em volta de si. Peter assente e sorri.

— Maggie — eu me viro para falar com ela, mas ela não está mais lá.

Eu a encontro no estacionamento, sentada dentro do Cadillac, aos prantos. Todas as portas estão trancadas.

— Maggie! — Eu bato na janela. Ela sacode a cabeça, acende um cigarro e depois acaba abaixando a janela.

— Sim?

— Maggie, qual é? Eles só estavam conversando. — *Como quando Sebastian e Lali só estavam conversando... no começo.* Eu me sinto péssima. — Deixe-me entrar.

Ela destranca as portas e entro no banco de trás.

— Querida, você está sendo paranoica. — Mas estou preocupada que não seja isso. Isso é culpa minha? Se eu não tivesse publicado aquela história sobre o príncipe nerd...

— Odeio Pinky Weatherton — diz ela. — Se o encontrar algum dia, vou dizer a ele o que penso disso tudo. Agora a cabeça de Peter está inchada, e ele acha que é o presente de Deus para a humanidade. — De repente, ela se vira para mim. — Você trabalha no *Nutmeg*. Deve conhecer Pinky Weatherton.

Droga!

— Maggie, não conheço. Eu juro.

— Bem, então — diz ela, estreitando os olhos desconfiados —, quem conhece?

— Eu não sei — digo impotente. — Esse... tal de Pinky Weatherton... Ele dá as histórias para Gayle, e Gayle...

— Quem é Gayle? — pergunta ela. — Talvez Gayle seja Pinky Weatherton.

— Acho que não, Mags. — Examino minhas cutículas. — Gayle é só da oitava série.

— Preciso falar com Peter.

— Boa ideia — digo, acalmando-a. — Tenho certeza de que Peter pode explicar tudo.

— Então está do lado dele agora?

— Estou do seu lado, Maggie. Só estou tentando ajudar.

— Então vá buscá-lo — comanda. — Vá até o ginásio e encontre-o. Diga que preciso falar com ele. Imediatamente.

— Claro. — Pulo para fora do carro e volto correndo para dentro. Peter ainda está refém de Jen P, que agora tagarela sobre a importância de se usarem balões de hélio.

Eu interrompo e dou a ele o recado de Maggie. Ele parece irritado, mas me segue para fora do ginásio, acenando relutantemente para Jen P e dizendo a ela que já volta. Observo enquanto ele atravessa o estacionamento, sua raiva aumentando a cada passo. Quando ele chega ao carro, já está tão furioso que abre a porta com brutalidade e a bate.

Talvez seja hora de Pinky voltar para o Missouri.

CAPÍTULO TRINTA E TRÊS

Segurem suas calcinhas

Mouse vem jantar no sábado à noite. Sirvo Coq au vin, o que me tomou o dia todo para preparar, mas recentemente descobri que cozinhar é uma ótima maneira de se distrair de seus problemas enquanto oferece uma sensação de realização. Você sente que está fazendo alguma coisa útil, mesmo que algumas horas depois acabem comendo todas as provas. Além disso, estou tentando passar mais tempo em casa com Dorrit, que, segundo o psicólogo, precisa sentir que ainda faz parte de uma família ativa. Uma vez por semana, preparo alguma coisa elaborada e demorada do livro de receitas de Julia Child.

Meu pai, naturalmente, ama Mouse — ela entende de teoremas quase tão bem quanto ele — e, depois de conversarmos um pouco sobre matemática, a conversa muda para faculdade e em como Mouse está excitada para ir para Yale e eu para Brown, e depois a conversa de alguma maneira muda para garotos. Mouse conta a meu pai tudo sobre Danny e, depois de algum tempo, o nome de George surge.

— Carrie teve um rapaz muito bom interessado nela — diz meu pai enfaticamente. — Mas ela o rejeitou.

Suspiro.

— Não rejeitei George, pai. A gente se fala o tempo todo no telefone. Somos amigos.

— Quando eu era jovem, garotos e garotas não eram "amigos". Se eram "amigos", significava que...

— Sei o que significava, pai — interrompo. — Mas não é mais assim agora. Garotos e garotas podem mesmo ser amigos.

— Quem é esse George? — Mouse pergunta.

Dou um grunhido. Toda vez que George liga, o que acontece cerca de uma vez por semana, ele me chama para sair e eu recuso. "Não estou pronta." Mas realmente, quando se trata de George, acho que nunca vou estar pronta. Falo em voz alta:

— É só um cara. Que estuda na Brown.

— Ele é um jovem muito educado — diz meu pai. — Exatamente o tipo de rapaz que um pai espera que namore sua filha.

— E exatamente o tipo de rapaz que a filha sabe que devia namorar, mas não consegue. Porque não sente atração por ele.

Meu pai ergue as mãos.

— Qual é a grande coisa sobre atração? O que conta é o amor.

Mouse e eu nos entreolhamos e rimos. Se eu fosse atraída pelo George, todos os meus problemas estariam resolvidos. Até teria um par para a formatura. Ainda dá tempo de convidá-lo, e sei que ele viria, mas não quero dar a ele a ideia errada mais uma vez. Não seria justo.

— Podemos, por favor, falar de *outra coisa*? — E subitamente, como em resposta às minhas orações, ouvimos uma batida frenética na porta dos fundos.

— É a Maggie — grita Missy.

— Pode pedir a Maggie para entrar? — Meu pai pergunta.

— Ela disse que não vai. Disse que tem que falar com Carrie sozinha. Disse que é uma emergência.

Mouse revira os olhos.

— O que foi agora? — Ponho o guardanapo em cima da mesa e vou até a porta.

O rosto de Maggie está inchado de choro, seu cabelo um emaranhado, como se ela tivesse tentado arrancá-lo pela raiz. Ela faz um gesto para eu ir lá para fora. Tento abraçá-la, mas ela se afasta, tremendo de raiva.

— Sabia que isso ia acontecer. Sabia.

— Sabia o quê? — pergunto, minha voz se elevando de pânico.

— Não posso falar sobre isso aqui. Não com seu pai por perto. Me encontre no Emerald em cinco minutos.

— Mas — eu olho de volto para a casa. — Mouse está aqui, e...

— Então traga a Mouse — estoura ela. — No Emerald. Em cinco minutos. Esteja lá.

— Que diabo ela tem agora? — Mouse pergunta, quando paramos ao lado do carro de Maggie. Está vazio, o que significa que Maggie deve ter entrado sozinha, o que já é o bastante para ficar preocupado.

— Não sei — digo, sentindo-me derrotada. — Acho que tem alguma coisa a ver com Peter. E aquela história do *Nutmeg*. Sobre o príncipe nerd.

Mouse faz uma careta:

— Aquilo não foi necessariamente sobre o Peter.

— Maggie acha que sim.

— Típico. Maggie acha que tudo é com ela.

— Eu sei, mas... — Estou pensando em contar tudo sobre a verdadeira identidade de Pinky Weatherton quando a porta do Emerald se abre e Maggie põe a cabeça para fora.

— Vocês estão aí! — Ela exclama severamente, e volta para dentro.

Ela está sentada no bar, bebendo o que parece ser vodca sem gelo. Ela toma num gole o conteúdo todo e pede mais um. Mouse pede uísque, enquanto eu peço um Singapore Sling. Tenho um pressentimento de que isso não vai ser agradável, e preciso beber alguma coisa gostosa.

— Bem — declara Maggie. — Ela conseguiu.

— Quem é "ela" e o que ela conseguiu? — Mouse pergunta. Sei que não pretendia parecer sarcástica, mas parece, um pouco.

— Roberta — Maggie censura. — Por favor, não é hora disso.

Mouse ergue as mãos e dá de ombros.

— Só perguntei.

— Mas acho que *é* um pouco de culpa sua também. — Maggie toma outro gole de vodca. — Foi você quem nos apresentou.

— Peter? Qual é Maggie? Você o conhece há anos. Apenas não havia reparado nele antes. E não me lembro exatamente de mandar você ir atrás dele.

— É — entro no meio. — Não é como se alguém tivesse *obrigado* você a transar com ele.

— Só porque *você* não...

— Eu sei, eu sei. Sou virgem, tudo bem. Não é culpa minha. Eu provavelmente teria transado com Sebastian se Lali não o tivesse roubado.

— Ia mesmo? — pergunta Mouse.

— Sim. Quer dizer, por que não? Com quem mais vou transar? — Olho em volta do bar. — Acho que podia escolher um cara qualquer e fazer no estacionamento...

— Com licença — interrompe Maggie, batendo com o copo no balcão. — Isso é sobre mim, tá bom? Sou eu quem está com problemas aqui. Sou eu que estou surtando. Sou eu que estou prestes a me matar...

— Não faça isso — diz Mouse. — Trabalho demais...

— *Para* — grita Maggie.

Mouse e eu nos entreolhamos e imediatamente calamos a boca.

— Tudo bem. — Maggie respira fundo. — Aconteceu. Meu maior medo. Virou realidade.

Mouse olha para o teto.

— Maggie — diz ela pacientemente. — Não podemos ajudála se não disser o "que" aconteceu.

— Você não sabe? — Sua voz sobe até uma lamúria. — Peter terminou comigo. Ele terminou comigo e agora está saindo com Jen P.

Quase caio do banco.

— Isso mesmo — rosna ela. — Depois de termos tido aquela briga horrível na quarta-feira à noite, *você sabe* — ela olha para mim. — Naquele dia em que ele estava paquerando Jen P no ginásio. Tivemos uma grande troca de gritos e então transamos e achei que estivesse tudo bem. E então hoje à tarde, ele me liga e diz que tem que conversar comigo.

— E...

— Então ele foi lá em casa e — os ombros de Maggie desabam só de lembrar — ele disse que não podia mais namorar comigo. Disse que tinha *acabado*.

— *Mas por quê*?

— Porque ele está "interessado" na Jen P. Quer sair com ela.

Droga. Isso *é* culpa minha. Como pude ser tão burra? Mas nunca imaginei que alguém fosse levar aquelas histórias do *Nutmeg* a sério.

— Não pode ser. — Mouse finalmente diz.

— Sim, pode — diz Maggie. Ela pede mais uma vodca, toma um gole e a coloca na mesa. Ela está começando a arrastar as palavras. — Ele disse que tinha perguntado à mãe dele — à mãe dele, dá pra acreditar — o que ela achava, e ela disse que ele era muito novo para ter um relacionamento sério com uma garota e que devia "explorar suas opções". Já ouviu alguém falar assim? E não foi ideia da mãe dele, disso tenho certeza. Foi *dele*. E ele estava usando a mãe como *desculpa*.

— Isso é revoltante. Que covarde! — Puxo o canudo do meu copo com força.

— Peter não é exatamente um covarde — diz Mouse. — Ele pode ser um babaca, mas...

— Ele é um covarde com um bom corte de cabelo.

— Um corte de cabelo que eu o fiz adotar! — Maggie exclama. — Fui eu quem disse para ele cortar o cabelo. É como se eu o tivesse transformado nesse cara popular, e agora todas as garotas o querem. *Eu* o inventei. E é assim que ele me paga?

— É no mínimo escandaloso.

— Qual é, Maggie? Não é culpa sua. Peter é só um cara como os outros. A única maneira de ver os homens é como se eles fossem elétrons. Eles têm todas essas cargas saindo deles, e estão sempre procurando um buraco onde colocar essas cargas...

— Está dizendo como um pênis? — Maggie pergunta me olhando feio.

— Pênis seria exagero. — Mouse diz, dando prosseguimento à minha teoria. — Não estamos falando de matéria de verdade aqui. É mais como uma forma de eletricidade...

Maggie cerra os dentes.

— Ele vai levá-la à formatura.

Encolho-me no bar, destruída pela culpa. Devia contar a verdade a Maggie. Ela provavelmente nunca mais vai falar comigo, mas...

Um homem chega até nós e se senta no banco ao lado de Maggie.

— Você parece meio chateada — diz ele, tocando o braço de Maggie de leve. — Talvez eu possa te pagar um drinque.

Hein? Mouse e eu nos olhamos e de volta para Maggie.

— Por que não? — Ela levanta o copo vazio. — Enche aqui.

— Maggie! — digo para adverti-la.

— O quê? Estou com sede.

Tento fazer uma cara de olhos arregalados para ela, para lembrá-la de que não conhecemos esse cara e não devíamos o estar deixando pagar drinques para a gente, mas ela não entende.

— Vodca — diz ela, sorrindo afetadamente.

— Desculpe. — Mouse pergunta ao cara. — A gente se conhece?

— Acho que não — diz ele, todo cheio de charme. Ele não é exatamente velho, talvez uns 25 anos, mas é velho demais para nós. E está usando uma camisa de botão listrada de azul e branco junto com um blazer azul-marinho e botões dourados. — Sou Jackson — diz ele, estendendo a mão.

Maggie a cumprimenta.

— Sou Maggie. E esta é Carrie. E Mouse. — Ela soluça. — Quer dizer, Roberta.

— Saúde. — Jackson ergue seu copo. — Outra rodada para minhas novas amigas — diz ele ao *barman*.

Mouse e eu nos entreolhamos mais uma vez.

— Maggie. — Eu bato no ombro dela. — É melhor a gente ir embora.

— Não até eu terminar meu drinque. — Ela chuta meu tornozelo. — Além disso, quero conversar com o Jackson. Então, Jackson — pergunta ela, inclinando a cabeça. — O que está fazendo aqui?

— Acabo de me mudar para Castlebury. — Ele parece uma pessoa razoavelmente sensata, razoavelmente significando que não parece estar completamente bêbado, ainda. — Sou banqueiro — acrescenta ele.

— Oooooh. Banqueiro — Maggie repete arrastadamente. — Minha mãe sempre me disse para casar com um banqueiro.

— É mesmo? — Jackson coloca a mão nas costas de Maggie para segurá-la.

— Maggie — sibilo.

— Shhhhh. — Ela põe o dedo na frente da boca. — Estou me divertindo. As pessoas não têm direito de se divertir por aqui?

Ela tropeça para fora do banco.

— Banheiro — diz ela, e sai correndo. Depois de mais um minuto, Jackson pede licença e também desaparece.

— O que fazemos agora? — pergunto a Mouse.

— Eu voto em jogá-la no porta-malas e *você* a leva pra casa.

— Bom plano.

Mas, quando dez minutos se passam e Maggie ainda não voltou, começamos a entrar em pânico. Procuramos no banheiro, mas Maggie não está lá. Ao lado do banheiro, há um pequeno corredor com uma porta que leva até o estacionamento. Corremos para fora.

— O carro dela ainda está ali — digo aliviada. — Ela não pode ter ido muito longe.

— Talvez esteja desmaiada no banco de trás.

Maggie pode estar dormindo, mas seu carro, no entanto, parece estar envolvido em algum tipo de atividade violenta. Está balançando para frente e para trás, e as janelas estão embaçadas.

— Maggie? — grito, batendo na janela de trás. — *Maggie?*

Tentamos as portas. Estão todas trancadas, com exceção de uma.

Eu a abro de uma vez. Maggie está deitada no banco de trás com Jackson em cima dela.

— Merda! — Ele exclama.

Mouse coloca a cabeça dentro do carro:

— O que está fazendo? Sai! Sai já do carro.

Jackson procura a maçaneta atrás de sua cabeça. Ele consegue destrancá-la e, quando a porta subitamente se abre completamente, Jackson cai no asfalto.

Ele ainda está, eu reparo aliviada, basicamente vestido. E Maggie também.

Mouse corre até ele e grita:

— Quem é você, algum tipo de pervertido?

— Calma — diz ele, afastando-se. — Não foi ideia minha. Foi ela que quis...

— Não interessa — ruge Mouse. Ela pega o blazer e joga para ele. — Vão você e seu blazer idiota já pra fora daqui antes que eu chame a polícia. E não ouse voltar! — Ela acrescenta, enquanto Jackson, protegendo-se com o casaco, sai correndo.

— O que está acontecendo? — Maggie pergunta hipnotizada.

— Maggie. — Eu digo, tocando seu rosto. — Você está bem? Ele... ele não...

— Me atacou? Não. — Ela ri. — Eu o ataquei. Ou tentei de qualquer maneira. Mas não consegui tirar as calças dele. E sabe o que mais? — Ela soluça. — *Eu gostei. Eu gostei muito mesmo. Muito.*

— Carrie? Está chateada comigo?

— Não — respondo, confortadora. — Por que eu estaria chateada com você, Magwitch?

— Porque tive mais homens que você — diz ela com outro soluço e um sorriso.

— Não se preocupe. Um dia eu te alcanço.

— Espero que sim. Porque é muito legal, sabe? E também é meio que... um poder. Como se você tivesse poder sobre esses caras.

— Ahã — respondo cautelosamente.

— Não conte pro Peter, tá?

— Não vou contar pro Peter. Vai ser nosso segredinho.

— E Mouse também não, né? Vai ser segredinho dela, também?

— É claro...

— Pensando melhor — ela levanta um dedo. — Talvez você devesse contar a Peter. Quero que ele fique com ciúmes. Quero que ele pense em tudo que está perdendo. — Ela arfa e coloca a mão em cima da boca. Paro o carro ao lado da rua. Maggie tropeça para fora e vomita enquanto seguro seu cabelo.

Quando ela volta para o carro, parece ter ficado consideravelmente mais sóbria, mas também ficou mais melancólica.

— Fiz besteira, não fiz? — pergunta.

— Não, Mags. Todos fazem besteira às vezes.

— Oh, Deus. Sou uma vagabunda. — Ela cobre o rosto com as mãos. — Quase transei com dois homens.

— Qual é, Maggie, você não é uma vagabunda — insisto. — Não importa com quantos homens tenha transado. Apenas como transou com eles.

— O que quer dizer com isso?

— Não tenho a menor ideia. Mas parece bom, não parece?

Paro cuidadosamente na entrada da casa dela. Os pais da Maggie já estão dormindo, e consigo levá-la até o quarto e vestir a camisola sem ser flagrada. Até consigo convencê-la a beber um copo de água e tomar duas aspirinas. Ela engatinha na cama e deita de costas, olhando o teto. Então ela se enrosca em posição fetal.

— Às vezes só queria ser uma garotinha outra vez, sabe?

— Sim. — Suspiro. — Sei o que você quer dizer. — Espero um pouco para ter certeza de que ela dormiu, e então apago as luzes e saio de fininho da casa.

CAPÍTULO TRINTA E QUATRO

Transformação

Querida Srta. Bradshaw, diz a carta. *Temos o prazer de lhe informar que temos uma vaga disponível para o seminário de literatura de verão com o romancista vencedor do National Book Award, Viktor Greene. Se for de seu interesse participar, por favor, comunique-nos imediatamente, pois as vagas são limitadas.*

The New School.

Entrei! *EntreiEntreiEntrei.* Ou pelo menos acho que sim. Diz especificamente se eu entrei? "Temos uma vaga disponível." De última hora? Alguém desistiu? Sou algum tipo de aluno reserva? "As vagas são limitadas." Ahá. Então isso quer dizer que, se eu não pegar a vaga, outra pessoa vai fazê-lo. Eles já têm dúzias de pessoas na fila, talvez centenas...

— Paaaaaaai!

— O quê? — pergunta ele, assustado.

— Eu tenho que... Recebi essa carta... Nova York...

— Pare de pular e me diga o que está acontecendo.

Coloco a mão no peito, como se para acalmar meu coração aos pulos.

— Entrei naquele programa de literatura. Em Nova York. E se eu não confirmar agora mesmo, vão dar minha vaga pra outra pessoa.

— Nova York — diz meu pai. — E quanto à Brown?

— Pai, você não entendeu. Viu? Está bem aqui: curso de literatura de verão. De 22 de junho a 19 de agosto. E Brown só começa em setembro. Então tem tempo o bastante...

— Não sei não, Carrie.

— Mas pai...

— Achei que essa coisa de escrever fosse um hobby.

Olho perplexa para ele.

— Não é. Quer dizer, é só uma coisa que quero muito fazer.
— Não consigo expressar como quero isso. Não quero assustá-lo.

— Vamos pensar no assunto, tá bom?

— Não — eu grito. Ele vai pensar e pensar e quando finalmente tiver pensado no assunto, será tarde. Coloco a carta embaixo de seu nariz. — Tenho que decidir agora. Senão...

Finalmente ele se senta e realmente lê.

— Não sei bem — diz ele. — Nova York no verão? Pode ser perigoso.

— Milhões de pessoas moram lá. E estão muito bem.

— Hummmm — diz ele, pensando. — George sabe sobre isso?

— Sobre eu ter sido aceita? Ainda não. Mas foi ele que me incentivou a mandar minhas histórias. George é super a favor.

— Bem...

— Pai, por favor.

— Se George vai estar lá...

Por que George precisa ter alguma coisa a ver com isso? Quem liga para George? Isso é sobre mim, não George.

— Ele vai estar lá o verão todo. Ele vai estagiar no *New York Times*.

— Ah, é? — Meu pai parece impressionado.

— Então, ir para Nova York durante o verão é uma coisa muito ao estilo Brown.

Meu pai tira os óculos e belisca o nariz.

— É bem longe...

— Duas horas.

— É outro mundo... Odeio pensar que já estou perdendo você.

— Pai, você vai me perder de qualquer jeito. Mais cedo ou mais tarde. Por que não resolver isso logo? Assim vai ter mais tempo para se acostumar.

Sim! Meu pai riu. Estou dentro.

— Acho que dois meses em Nova York não podem fazer mal — diz ele, convencendo-se. — O primeiro ano na Brown é intenso. E sei como esse ano foi difícil para você. — Ele esfrega o nariz, tentando adiar o inevitável. — Minhas filhas... Significam tanto para mim.

E como se estivesse seguindo a deixa, ele começa a chorar.

— Você me surpreendeu — diz Donna LaDonna alguns dias depois. — É bem mais durona do que eu pensava.

— Ahã. — Aperto os olhos atrás do visor. — Vire a cabeça para a direita. E tente não parecer tão feliz. É pra parecer entediada com sua vida.

— Não quero sair feia.

Suspiro e levanto a cabeça.

— Só tente não parecer tanto uma maldita animadora de torcida, tá bem?

— OK — ela concorda relutantemente. Ela leva o joelho até o queixo e levanta os olhos para mim por baixo de seus cílios encharcados de rímel.

— Ótimo. — Clico o botão, lembrando-me do "grande segredo" de Donna LaDonna: ela odeia seus cílios. Sem rímel, eles são espetos curtos e claros. É o maior medo de Donna: um dia, algum cara vai vê-la sem rímel e sair correndo do quarto.

Triste. Clico mais várias fotos, então grito:

— Pronto.

Guardo a câmera enquanto Donna desce as pernas do corrimão da varanda.

— Quando vamos fazer as da Marilyn? — pergunta ela, enquanto eu a sigo para dentro de casa.

— Podemos fazer a Marilyn hoje à tarde. Mas significa que amanhã é o dia das fotos punk.

Ela começa a subir as escadas, inclinando a cabeça de lado.

— Odeio punk. É nojento.

— Vamos deixar você andrógina — digo, tentando tornar essa ideia o mais atraente possível. — Igual ao David Bowie. Vamos pintar seu corpo todo de vermelho.

— Você é louca. — Ela sacode a cabeça e vai se trocar, mas não está irritada. Isso eu aprendi sobre ela. Ter ataque de frescura é o jeito Donna LaDonna de brincar.

Empurro uma caixa aberta de cereal e subo na bancada de mármore enquanto espero. A casa de Donna é um festival de texturas — mármore, dourado, cortinas pesadas de seda — que, de alguma maneira, não combinam entre si e criam a impressão de que se entrou numa casa do espanto de mau gosto. Mas, nos últimos dias, fui me acostumando.

Dá para se acostumar com tudo, eu acho, quando a frequência é alta.

Dá até para se acostumar com a ideia de que sua ex-melhor amiga ainda está namorando seu ex-namorado e que vão à festa de formatura juntos. Mas não significa que é obrigada a falar com eles. Nem significa que você tem de falar deles. Não depois de ter convivido com o fato durante quatro meses.

É apenas mais uma coisa que você tem de superar.

Pego a câmera e examino a lente. Gentilmente, sopro um fio de poeira e recoloco a tampa.

— Donna? — chamo. — Depressa.

— Não consigo subir o zíper — grita ela de volta.

Reviro os olhos e cuidadosamente coloco a câmera em cima da bancada. Vou ter de vê-la de lingerie de novo? Donna, descobri, é uma dessas garotas que tiram a roupa à menor provocação. Na verdade, não é bem isso. Ela não precisa de provocação alguma, só de um mínimo de privacidade. A primeira coisa que ela fez — a primeira coisa que sempre faz, ela me contou, quando me trouxe à sua casa depois da escola — foi tirar a roupa.

— Acho o corpo humano lindo — disse ela, arrancando a saia e o suéter e jogando-os em cima do sofá.

Tentei não olhar, mas não resisti.

— Ahã. Quando se tem um corpo como o seu.

— Ah, seu corpo não é *feio* — disse ela, desdenhosamente. — Mas podia ter mais curvas.

— Eles não exatamente distribuem seios perfeitos como bala, sabe? Quer dizer, não é como se pudesse entrar numa loja e comprar um par.

— Você é engraçada. Quando eu era criança, minha avó costumava me dizer que bebês eram comprados numa loja.

— E ela estava errada?

Subo as escadas até o quarto de Donna, pensando mais uma vez como é que acabamos virando amigas. Ou amigáveis, pelo menos.

Não somos amigas realmente. Somos diferentes demais para isso. Nunca vou entendê-la completamente, e ela não tem interesse em me entender também. Mas, fora isso, ela é uma garota legal.

Parece que foi há um milhão de anos que entrei naquela aula de fotografia na biblioteca e formei dupla com ela. Continuei frequentando as aulas e ela também, e depois que saiu a matéria sobre A abelha-rainha, sua atitude em relação a mim começou a melhorar.

— Ainda não entendo essa de F-stops — disse ela uma tarde. — Toda vez que vejo a letra "f", penso na palavra "foda". Não consigo evitar.

— Fuck stops — digo. — São como paradas de ônibus aonde você vai para transar.

Depois disso, Donna parou de me odiar e decidiu que eu, na verdade, era uma garota excêntrica, engraçada e maluca. E então, quando tivemos de formar dupla mais uma vez, Donna me escolheu para ser a sua.

Essa semana, tivemos de inventar um tema para fotografar. Donna e eu escolhemos "transformação". Na verdade, eu tive a ideia e Donna concordou avidamente. Com o visual de Donna, achei que podíamos vesti-la com looks diferentes e transformá-la em três mulheres diferentes, enquanto eu tirava as fotos.

— Donna? — pergunto agora. A porta está aberta, mas bato antes assim mesmo, só por educação. Ela está dobrada para frente, lutando com o zíper do vestido vintage de seda preta que encontrei no meio das velhas roupas da minha mãe. Ela levanta a cabeça e põe as mãos no quadril.

— Carrie. Pelo amor de Deus. Não precisa bater na porta. Quer vir logo aqui e me ajudar?

Ela se vira e, por um momento, ao vê-la no vestido da minha mãe, parece que o passado e o futuro se encontraram como dois rios desaguando no mar. Sinto-me ilhada — uma sobrevivente numa balsa sem terra à vista.

— Carrie? — Donna chama. — Algo errado?

Respiro fundo e sacudo a cabeça. Tenho um remo nas mãos agora, eu me lembro. É hora de começar a remar para o futuro.

Dou um passo à frente e fecho o zíper do vestido.

— Obrigada — diz ela.

Lá embaixo, Donna se acomoda sedutoramente no sofá, enquanto monto o tripé.

— Você é engraçada, sabia? — pergunta ela.

— É — concordo com um sorriso.

— Não engraçada ha-ha — diz ela, apoiando-se sobre os cotovelos. — Um tipo diferente de engraçada. Não é quem parece ser.

— Como assim?

— Bem, sempre achei você meio medrosa. Meio nerd. Quer dizer, você é bonita e tudo mais, mas nunca pareceu que queria usar isso.

— Talvez eu quisesse usar meu cérebro em vez disso.

— Não, não é isso — diz ela, divertindo-se. — Acho que eu achava que podia passar bem por cima de você. Mas então li aquele artigo no *Nutmeg*. Devia ter ficado furiosa, mas me fez meio que admirar você. Pensei "Essa garota sabe se defender. Sabe se defender *de mim*". E não são muitas as garotas que fazem isso.

Ela levanta a cabeça.

— Quer dizer, você é a verdadeira Pinky Weatherton, não é?

Abro a boca, cheia de argumentos e explicações para provar que não sou, mas então a fecho de volta. Não preciso mais fingir.

— Sou — digo apenas.

— Humpf. Você com certeza enganou muita gente. Não tem medo de que descubram?

— Não importa. Não preciso mais escrever no *Nutmeg*. — Eu hesito, e então dou a notícia. — Entrei em um curso de literatura. Vou para Nova York durante o verão.

— Bem. — Donna parece ligeiramente impressionada e também um pouco invejosa. Para não ficar para trás, ela diz: — Sabia que tenho uma prima que mora em Nova York?

— Ahã — digo. — Você me contou um milhão de vezes.

— Ela é uma pessoa importante no mundo da publicidade. E tem tipo um milhão de homens atrás dela. E ela é muito bonita.

— Que bom.

— Mas quero dizer, muito bonita mesmo. E bem-sucedida. — Ela para enquanto ajeita o vestido. — Você devia conhecê-la.

— OK...

— Não, falando sério — insiste ela. — Vou te dar o telefone dela. Devia ligar pra ela e se encontrarem. Vai gostar dela. Ela é ainda mais louca que eu.

Ao chegar na entrada da minha casa eu paro, confusa.

Uma picape vermelha está parada na frente da garagem, e demoro um segundo para perceber que é a picape da Lali, e que ela veio até minha casa e está esperando por mim. Talvez ela e Sebastian tenham terminado, penso descontrolada. Talvez tenham terminado e ela veio se desculpar, o que significa que talvez, apenas talvez, eu possa voltar a sair com Sebastian, e Lali e eu possamos ser amigas de novo...

Faço uma careta quando paro ao lado da picape. O que estou pensando? Nunca poderia voltar a namorar Sebastian agora. Ele está estragado, como um suéter favorito com uma mancha medonha. E minha amizade com Lali? Também permanentemente destruída. Então o que ela está fazendo aqui?

Encontro-a sentada na varanda com minha irmã Missy. Sempre educada, Missy está tentando desesperadamente bater papo, provavelmente tão confusa quanto eu com a visita de Lali.

— E como vai sua mãe? — Missy pergunta, desconfortável.

— Bem — diz Lali. — Meu pai comprou um cachorrinho novo pra ela, então ela está feliz.

— Que bom — diz Missy, com um sorriso amarelo. Ela desvia o olhar e me vê subindo. — Carrie. — Ela se levanta num pulo. — Graças a Deus chegou. Tenho que praticar — diz ela, fazendo um gesto de tocar piano com os dedos.

— Bom te ver — diz Lali. Ela fica olhando para as costas de Missy até ela entrar. Então se vira para mim.

— Bem? — pergunto, cruzando os braços.

— Como pôde? — ela pergunta.

— *Hein?* — pergunto surpresa. Estava esperando que ela implorasse meu perdão e, em vez disso, ela me ataca? — Como pôde *você*? — pergunto atônita.

E então noto o manuscrito enrolado em sua mão. Meu coração aperta. Imediatamente sei do que se trata: minha história sobre Sebastian e ela. A que dei para Gayle semanas atrás, e disse para ela segurar. A que eu planejava dizer para não publicar mais.

— Como você pôde escrever isso? — Lali pergunta. Dou um passo em direção a ela, hesito, e então lentamente me sento do outro lado da mesa. Ela está dando uma de durona, mas seus olhos estão grandes e marejados, como se estivesse prestes a chorar.

— Do que está falando?

— Disso! — Ela bate com as páginas na mesa. Elas se espalham e ela rapidamente as junta de novo. — Nem tente inventar alguma mentira. Sabe que foi você que escreveu.

— Sei?

Ela enxuga os cantos dos olhos com raiva.

— Você não me engana. Tem coisas aqui que só você poderia saber.

Droga ao quadrado. Agora realmente me sinto mal. E culpada. Mas então eu lembro a mim mesma que ela ainda é a responsável por isso tudo.

Eu me recosto na cadeira, colocando os pés sobre a mesa.

— Como conseguiu isso, afinal?

— Jen P.

Jen P devia estar com Peter no departamento de arte e encontrou a matéria na pasta de Gayle e roubou.

— E por que Jen P daria isso a você?

— Eu a conheço há muito tempo — diz ela lentamente. — Algumas pessoas são leais.

Agora ela está sendo muito vil. Ela também me conhece há muito tempo. Talvez tenha decidido pular essa parte.

— Parece mais um caso de farinha do mesmo saco. Você roubou Sebastian e ela roubou Peter.

— Ah, Carrie. — Ela suspira. — Você sempre foi tão burra em relação a garotos. Não se pode roubar o namorado de alguém a não ser que ele queira ser roubado.

— Ah, é mesmo?

— Você é tão má — diz ela, sacudindo o manuscrito. — Como pôde fazer isso?

— Por que você mereceu, que tal?

— E quem é você para decidir quem merece o quê? Quem pensa que é? *Deus*? Você sempre se achou um pouco melhor que todo mundo. Sempre achou que alguma coisa melhor ia acontecer com você. Como se isso — ela indica meu jardim —, como se isso aqui não fosse sua vida real. Como se tudo isso fosse apenas um degrau para algum lugar melhor...

— Talvez *seja* mesmo — respondo.

— E talvez *não*.

Ficamos nos olhando, em silêncio e choque, por nossa animosidade.

— Bem. — Jogo o cabelo para trás. — Sebastian já leu?

A pergunta parece agitá-la mais ainda. Ela desvia os olhos, apertando-os com os dedos. Ela respira fundo, como se estivesse tomando uma decisão, e então se debruça sobre a mesa, seu rosto se contorcendo de dor.

— *Não*.

— Por que não? Achei que seria mais um tijolo útil no seu edifício nós-odiamos-Carrie-Bradshaw.

— Ele não viu nem nunca vai ver. — Seu rosto se endurece. — Nós terminamos.

— Mesmo? — Minha voz sai esganiçada. — Por quê?

— Porque eu o peguei ficando com minha irmã mais nova.

Junto as páginas que ela jogou sobre a mesa e as ajeito até os cantos estarem perfeitamente alinhados. Então eu rio. Eu tento segurar, mas é impossível. Cubro a boca e um barulho sai do meu nariz. Coloco a cabeça entre os joelhos, mas não adianta. Minha boca se abre e emito uma gargalhada alta.

— Não tem graça! — Ela faz um movimento de se levantar, mas, em vez disso, bate com o punho na mesa. — Não tem graça. — Ela repete.

— Ah, mas tem sim. — Eu rio histericamente. — É hilário.

CAPÍTULO TRINTA E CINCO

Um homem livre em Paris

20 de junho, eu escrevo.

Aperto as juntas dos dedos contra minha boca e olho pela janela.

> *Trem Amtrak. Papai, Missy e Dorrit me levaram até a estação para se despedirem. Fico insistindo que Missy e Dorrit não precisam vir. Fico dizendo que não é grande coisa. Fico repetindo que é só durante o verão. Mas estávamos todos nervosos, esbarrando uns nos outros enquanto tentávamos sair de casa. Não é como se fosse 1893 e eu estivesse indo para a China nem nada, mas parecia, pelo modo como estávamos.*

E então ficamos parados na plataforma raquítica, tentando conversar trivialidades.

— Pegou o endereço? — Meu pai pergunta pela milésima vez.

— Sim, pai. Está anotado na minha agenda. — Só para ter certeza, tiro a agenda de dentro da minha bolsa Carrie e leio a anotação em voz alta. — Duzentos e quarenta e cinco East 47 Street.

— E dinheiro. Trouxe o dinheiro?

— Duzentos dólares.

— Isso é só para emergências. Não vai gastar tudo de uma vez?

— Não.

— E vai ligar quando chegar lá?

— Vou tentar.

Vou *tentar*, mas minhas palavras são abafadas pelo barulho alto e lento do trem se aproximando, enquanto os alto-falantes anunciam:

— Trem onze zero três para Penn Station, Nova York e Washington D.C, chegando em aproximadamente um minuto.

— Tchau, tchau — abraços e abraços, enquanto a locomotiva gigantesca desacelera lentamente sobre os trilhos, as rodas guinchando como centenas de corvos. — Tchau, tchau — enquanto meu pai levanta minha mala para os degraus e eu aperto meu chapéu sobre a cabeça. — Tchau, tchau. — O trem começa a andar com uma arrancada, as portas se fecham e meu coração afunda até o estômago — tchau, tchau — *alívio*.

Desço o corredor cambaleando como um marinheiro bêbado. *Nova York*, penso, enquanto afundo num assento de couro vermelho rachado e pego meu diário.

Ontem eu me despedi de todos os meus amigos. Maggie, Walt, Mouse e eu nos encontramos no Hamburger Shack para um último hambúrguer com cebola e pimentão grelhados. Walt não está mais trabalhando lá. Ele arranjou um emprego num escritório de advocacia, atendendo ao telefone. Seu pai disse que, mesmo que não pudesse perdoar Walt por ser gay, estava disposto a ignorar isso se ele fosse bem-sucedido. Mouse vai para seu acampamento militar em Washington, e Maggie vai passar o verão no Hilton Head, onde sua irmã e cunhado alugaram uma cabana. Maggie vai ajudar com os filhos deles e, sem dúvida, ficar com alguns salva-vidas pelo caminho.

Ouvi dizer que Lali vai para a Universidade de Hartford, onde planeja estudar economia.

Mas ainda havia alguém que eu precisava ver.

Eu sabia que devia deixar para lá.

Não consegui.

Estava curiosa. Ou talvez tivesse de ver eu mesma que havia acabado mesmo. Precisava de provas de que ele realmente não me amava e nunca tinha amado.

No sábado à noite, por volta das sete horas, passei em frente à casa dele. Não esperava que ele estivesse em casa. Tive essa ideia de que deixaria um bilhete, dizendo que eu estava indo pra Nova York e esperava que ele tivesse um bom verão. Estava convencida de que era a coisa certa a fazer — a coisa educada — e que, de alguma maneira, me faria superior.

O carro dele estava estacionado na entrada.

Eu disse a mim mesma que não iria bater. Deixaria o bilhete no para-brisa de seu carro.

Mas então escutei música dentro da casa. A porta de tela estava aberta e de repente eu precisava vê-lo só mais uma vez.

Bati.

— Quê? — Sua voz, ligeiramente irritada, veio da sala de estar.

Bati de novo.

— Quem é? — ele perguntou, dessa vez mais irritado.

— Sebastian? — chamei.

E então lá estava ele, olhando-me do outro lado da porta. Queria poder dizer que ele não me afetava mais, que vê-lo foi uma decepção. Mas não era verdade. Meus sentimentos por ele eram tão fortes quanto naquela primeira vez em que o vi na aula de cálculo.

Ele pareceu surpreso.

— E aí?

— Vim me despedir.

— Ah. — Ele abriu a porta e saiu. — Para onde você vai?

— Nova York. Entrei naquele curso — disse apressadamente. — Escrevi um bilhete. Ia deixar no seu carro, mas... — Peguei o papel dobrado e o entreguei a ele.

Ele o leu rapidamente.

— Bem, boa sorte.

Ele dobrou o papel e o devolveu pra mim.

— O que vai fazer? No verão, quis dizer — perguntei rapidamente, subitamente desesperada para mantê-lo ali na frente, por pelo menos mais um pouco.

— França — disse ele. — Vou para a França. — E então ele sorriu. — Quer vir?

Tenho esta teoria: Se perdoar alguém, não podem mais te machucar.

O trem sacode e treme. Passamos por prédios ocos grafitados, outdoors anunciando pasta de dente e creme para hemorroida e uma garota sorridente numa roupa de sereia apontando para as palavras "Me Liga!" em letras maiúsculas. Então o cenário desaparece e entramos num túnel.

— Cidade de Nova York — anuncia o condutor. — Penn Station.

Fecho meu diário e o guardo na mala. As luzes dentro do vagão piscam, e então se apagam totalmente.

E, como um recém-nascido, chego a meu futuro na escuridão.

Uma escada rolante que sobe eternamente. E então um espaço enorme, cheio de azulejos como um banheiro e o forte cheiro de urina e suor quente. Penn Station. Gente para todo lado.

Paro e ajeito meu chapéu. É um dos velhos chapéus da minha avó, com uma pluma verde comprida e uma redinha. Por algum motivo, achei que seria apropriado. Queria chegar a Nova York usando chapéu.

Era parte da minha fantasia.

— Olha por onde anda!

— Sai da frente.

— Pelo menos *sabe* pra onde está indo? — Essa vem de uma mulher de meia-idade usando um terno preto e com um humor mais sombrio ainda.

— A saída? Táxis? — pergunto.

— Pra lá — diz ela, apontando para mais uma escada rolante que parece subir até o nada.

Eu subo, equilibrando minha mala atrás de mim. Um homem ziguezagueando para lá e para cá vem atrás de mim — calças listradas, chapéu chamativo, olhos escondidos atrás de óculos verdes de armação dourada.

— Ei garotinha, parece perdida.

— Não estou — digo.

— Tem certeza? — ele pergunta. — Tenho um lugar ótimo onde pode ficar, um lugar muito bom, chuveiro quente e roupas bonitas. Deixe-me ajudá-la com essa mala, querida, parece muito pesada...

— Já tenho onde ficar. *Obrigada.*

Ele dá de ombros e sai por uma porta automática.

— Ei! Ei! — Alguém grita impacientemente. — Quer um táxi ou não? Não tenho o dia todo...

— Sim, *por favor* — digo sem fôlego, arrastando minha mala pela calçada até um táxi amarelo. Coloco a mala sobre o meio-fio, ponho a bolsa Carrie em cima e me debruço na janela aberta.

— Quanto é? — pergunto.

— Para onde está indo?

Eu me viro para pegar minha bolsa e dar a ele o endereço.

Hein?

— Só um minuto, moço...

— Qual o problema?

— Nada... — Eu contorno minha mala, procurando pela bolsa. Deve ter caído... Meu coração palpita enquanto coro de vergonha e horror.

Sumiu.

— Para onde? — O motorista pergunta de novo.

— Vai pegar esse táxi ou não? — pergunta um homem de terno cinza.

— Não, eu, é... — Ele passa por mim, entra no táxi e bate a porta.

Fui roubada.

Fico olhando o espaço aberto da Penn Station. Não. Não posso voltar. Não vou.

Mas não tenho dinheiro. Não tenho nem o endereço de onde vou ficar. Podia ligar para George, mas também não tenho o número dele.

Dois homens passam por mim, carregando um som portátil gigante. Uma música berra dos alto-falantes — "Macho Man".

Pego a mala. Uma maré de gente me carrega pela Sétima Avenida, onde sou depositada em frente a um monte de cabines telefônicas.

— Com licença — chamo vários passantes. — Tem 10 centavos? Dez centavos para um telefonema? — Eu nunca teria feito isso em Castlebury — pedir esmola —, mas não estou mais em Castlebury.

E estou desesperada.

— Te dou 50 centavos pelo chapéu. — Um homem de sobrancelhas arqueadas me olha entretido.

— Meu chapéu?

— A pluma — diz ele. — É o máximo.

— Era da minha avó...

— Claro que era. Cinquenta centavos. É pegar ou largar.

— Tá bom.

Ele põe cinco moedas de 10 centavos em minha mão.

Insiro a primeira moeda no telefone.

— Telefonista.

— Tem o número de George Carter?

— Tenho 15 George Carters. Qual o endereço?

— Quinta Avenida.

— Tenho um William Carter na Quinta com 72nd. Quer o número?

— *Sim.*

Ela me dá o número e fico repetindo sem parar na cabeça enquanto coloco a segunda moeda.

Uma voz de mulher atende.

— Alô?

— George Carter mora aí?

— Senhor George? Sim, mora.

Alívio.

— Posso falar com ele?

— Ele saiu.

— O quê?

— Ele saiu. Não sei quando volta. Ele nunca me diz.

— Mas...

— Quer deixar um recado?

— Sim — digo desanimada. — Pode dizer a ele que Carrie Bradshaw ligou?

Desligo o telefone e coloco as mãos no rosto. E agora? Sinto-me subitamente oprimida — cansada, assustada e cheia de adrenalina. Pego minha mala e continuo andando.

Consigo andar um quarteirão, e então tenho de parar. Sento em cima de minha mala para descansar. Droga. Agora só tenho 30 centavos, algumas roupas e meu diário.

De repente, eu me levanto, abro a mala e tiro meu diário. Será possível? Eu estava com meu diário aquele dia na casa de Donna LaDonna.

Folheio as páginas, passando por minhas anotações para A abelha-rainha e O príncipe Nerd e Lali e Sebastian — e, finalmente, lá está, sozinho numa página inteira, escrita no rabisco redondo de Donna LaDonna e envolvido três vezes.

Um número. E, embaixo, um nome.

Empurro minha mala para um canto, até outro grupo de cabines telefônicas. Minhas mãos tremem quando coloco a terceira moeda no telefone. Disco o número. O telefone toca e toca. Sete vezes. Nove. Dez. Na décima segunda, alguém atende.

— Você deve ser alguém terrivelmente desesperado para me ver. — A voz é lânguida, sexy. Como se a dona daquela voz tivesse acabado de sair da cama.

Engasgo, sem saber o que dizer.

— *Alô?* É você, Charlie? — Provocando. — Se não vai falar comigo...

— Espera! — guincho.

— Sim? — A voz subitamente se torna desconfiada.

Respiro fundo.

— Samantha Jones? — pergunto.

Este livro foi composto na tipologia Class Garamond BT,
em corpo 10,5/16, e impresso em papel off-white
no Sistema Cameron da Divisão Gráfica
da Distribuidora Record.